SOPHIE COLLIEX

L'enfant de Mers el-Kébir

Les personnages de *L'enfant de Mers el-Kébir* sont nés de mon imagination. Toute ressemblance avec des personnes ayant réellement existé serait purement fortuite.
Pourtant, je serais heureuse que les enfants du « Grand Port » se retrouvent un peu dans cette histoire qui leur est dédiée.

lenfantdemerselkebir@bluewin.ch

« Il respirait sur le grand dos de la mer, il respirait par vagues, sous le grand balancement du soleil, il pouvait enfin dormir et revenir à l'enfance dont il n'avait jamais guéri. »

ALBERT CAMUS, *Le premier homme*, 1994.

Eté 1939, Mers el-Kébir.

— **MICHEL, T'ES PRÊT ?** demande Samir.

Il s'assure, d'un coup d'œil à droite, et à gauche, que Michel et Norbert, étendus sur leurs ventraines[1], attendent son signal de départ.

— Prêt, dit Michel. Toi aussi, Norbert ?

— Oui, moi aussi, répond Norbert.

Michel se tient tendu, cœur battant, prêt au départ. Il est chargé, en plus, d'une grosse bonbonne de verre au fond recouvert d'alfa[2] tressé, que Moman lui a demandé de remplir à la « Fonteta », une des sources du Santon[3]. Il la maintient calée de son mieux entre ses avant-bras.

— Prêts... partez ! s'écrie Norbert.

Ils s'élancent ensemble dans un nuage de poussière. La descente du cimetière est vertigineuse et les ventraines prennent de la vitesse ; c'est indispensable, car après ce tronçon de forte pente, le chemin redevient plat et il faut prendre beaucoup d'élan pour aborder la descente suivante sans mettre pied à terre.

Un gros camion débouche soudain d'une des anciennes carrières espagnoles. Lourdement chargé de caillasses et de gros blocs de rochers, l'engin s'engage pesamment sur la route à l'instant même où les concurrents abordent le virage. Après un brusque écart sur la droite pour l'éviter, Michel, Samir et Norbert le doublent

1 « Ventraine », « avant-train » ou « carrico » : planche à roulettes constituée de quelques planches assemblées, montées sur trois roulements à billes, un à l'avant, deux à l'arrière (ancêtre du skateboard).
2 Alfa : crin végétal, dont les brins peuvent atteindre un mètre de hauteur, servant à la vannerie, à la fabrication de semelles d'espadrille et de cordes.
3 Le djebel Santon est la montagne qui domine le village.

à fond de train. Effrayé par la vision des trois enfants se jetant sous ses roues, le chauffeur écrase son klaxon. On l'entend pester par la fenêtre entrouverte.

Les gamins filent comme le vent : ils savent qu'ils passeront un sale quart d'heure s'ils se font attraper. Les chauffeurs du chantier sont de plus en plus excédés de les trouver devant leurs roues. Quelques jours auparavant, Norbert a eu l'idée lumineuse de s'accrocher avec une corde au pare-chocs arrière d'un poids lourd pour remonter la pente sans se fatiguer. Le chauffeur l'a vite repéré dans son rétroviseur, coincé et ramené à sa mère par ses fonds de culotte.

Parti en tête, Michel est rapidement gêné par la bonbonne qu'il maintient avec difficulté sur la ventraine. Un coup d'œil jeté par-dessus son épaule l'informe que ses camarades le talonnent… et ne vont pas tarder à le dépasser ! Il s'aplatit de son mieux sur la planche, mais Samir et Norbert le doublent en même temps et Michel se retrouve en queue de peloton. Largement distancé, assuré de n'être pas vu, il transgresse une règle absolue : ne jamais s'aider des pieds. Il se projette en avant d'une forte impulsion. Là, c'est la catastrophe : la planche, inhabituellement lourde, gîte sur le côté et la bonbonne lui échappe des mains. Elle chute et roule, roule, répandant toute son eau sur le chemin. Terrifié, Michel court derrière elle. Elle va se briser ! La bonbonne s'immobilise. Il s'approche : miracle, elle semble intacte dans son enveloppe d'alfa. N'osant croire à sa chance, il la saisit délicatement entre ses mains. Hélas, elle se fendille et s'effondre en mille morceaux de verre dans l'enveloppe de paille.

Samir et Norbert, alertés par le bruit et le cri, interrompent la course et remontent rapidement vers leur ami, leurs avant-trains sous le bras. Ils le considèrent avec consternation. Les colères de Marthe d'Ambrosio, la maman de Michel, sont célèbres dans tout le quartier. Ça va être sa fête. Le camion repasse à leur hauteur ; le conducteur tend vers eux une main menaçante et lâche une bordée de jurons. L'engin poursuit sa route en brinquebalant vers le chantier du port.

Laissant là ses deux copains, sans un mot, Michel prend piteusement le chemin de sa maison. Son cœur cogne à grands coups dans sa poitrine. Il sait qu'il n'a aucune excuse. Il entend déjà les vociférations de sa mère. Dévaler la montagne en ventraine avec la bonbonne pleine d'eau ! On n'a pas idée d'être aussi bête. Il va falloir en acheter une autre. A la maison, on ne roule pas sur l'or. On ne peut pas se permettre de casser des bonbonnes tous les jours. Le petit garçon aux pieds nus s'immobilise devant une maison basse, aux murs passés à la chaux, dominant la ruelle pavée en marches d'escalier.

Michel tend l'oreille : Moman fait la sieste, comme tous les après-midi en ces temps de fortes chaleurs. Ses ronflements sonores s'échappent par la fenêtre entrouverte. Rassemblant tout son courage, l'enfant pénètre à pas de chat dans la cuisine. C'est une pièce de petites dimensions, éclairée d'une unique fenêtre, sommairement meublée d'une table, de chaises et d'un buffet de bois sculpté au couteau par le père de Moman. Un évier posé sur une pierre et surmonté d'un miroir, un poêle servant à la cuisine et au chauffage et un four à bois en constituent le simple équipement. Au fond, la pièce communique avec la chambre des enfants que Michel partage avec Tessa. Un minuscule dégagement conduit à celle des parents : comme il n'y a pas beaucoup de place dans la maison, on y a installé le lit de Joanno.

Michel remarque immédiatement la présence de la « Visiteuse », trônant à sa place habituelle sur le buffet. Bien à l'abri dans sa niche de bois, la Sainte Vierge de plâtre pose sur le monde un œil vague et azuréen. La « Visiteuse » est vêtue de velours clair brodé de fils dorés. La richesse de sa mise contraste étrangement avec la simplicité de la maison. La Madone évoque quelque riche princesse égarée dans la cabane du pêcheur. Michel sait que Papa et Moman n'ont pas lésiné, ils ont acheté la plus belle. Comme ils ne pouvaient se l'offrir seuls, ils se sont cotisés avec une autre famille. Notre Dame honore chaque foyer de sa présence, à tour de rôle, selon un calendrier établi à l'avance. Moman porte à sa maternelle oreille toutes sortes de doléances. Mais la Sainte sait à quoi s'en tenir. Dans les foyers de pêcheurs, les prières sont un peu partout les mêmes : la santé d'abord, puis les enfants ; protéger la vie des hommes qui mesurent leurs forces en mer ; apaiser les vents et la houle ; remplir sans discontinuer les filets et trémails de la précieuse masse frétillante. En effet, dans le village, de nombreuses familles vivent de la pêche ; ce n'est pas facile tous les jours.

Le petit garçon glisse un œil par l'entrebâillement de la porte de la chambre. Vêtue de son tablier bariolé sans manches, ses bras dodus repliés sur le ventre, Moman dort. Ses cheveux noirs sont enserrés dans une résille ; un nez busqué retombe sur une bouche aux lèvres fines, un peu pincées. Ses mains rougies par les lessives se contractent convulsivement. Un souffle rapide soulève son buste plantureux. Marthe d'Ambrosio a été belle. De sa beauté d'antan, elle garde ses yeux gris et vifs et de beaux cheveux.

Ses origines se devinent nettement sur ses traits fermes. Ses grands-parents sont venus de la région d'Almeria, un demi-siècle plus tôt. L'Andalousie est juste en face. Un jour et une nuit de navigation à peine séparent l'Espagne de la terre d'Afrique, si proche qu'on peut en apercevoir le relief par temps clair. Outre ses cheveux de jais et son port altier, Moman a hérité de ses aïeux andalous une énergie à toute épreuve et un caractère bien trempé.

L'enfant inspire profondément. Que faire ? Un instant, il est tenté de poser la bonbonne sur la table et de filer comme le vent, laissant Moman la découvrir à son réveil. Il réfléchit. Ce n'est pas du tout une bonne idée. Elle ne cherchera pas longtemps avant de découvrir qui a fait le coup et la fuite du coupable attisera sa colère. Se débarrasser de la bonbonne, dire qu'elle lui a été dérobée à la source ? Il grimace. Moman ne croira jamais une histoire pareille. Les gens de Kébir s'approvisionnent souvent en eau douce à la « Fonteta » et au « Collao », car l'eau du robinet est saumâtre. Ils alignent leurs bonbonnes les unes derrière les autres devant les sources pour déterminer l'ordre de remplissage. Personne ne vole celle du voisin. Mieux vaut affronter Moman. Michel pousse la porte de la chambre. La mère émerge aussitôt du sommeil. Son regard passe du récipient brisé au petit garçon qui se tient penaud devant elle. L'indignation se peint sur son visage. Elle se redresse et pousse une exclamation de colère. Une gifle claque. Une bourrade refoule l'enfant dans la rue.

Sur le trottoir, Michel se ressaisit rapidement, hausse les épaules et tourne les talons. Il connaît Moman. Elle entre facilement dans des colères épouvantables, mais elle ignore la rancune. Cet après-midi, elle sera reprise par son travail, ses tâches ménagères. Ce soir, elle aura oublié. Le petit garçon examine avec attention sa ventraine, posée contre la porte d'entrée. L'engin a souffert dans la chute : les planches se sont un peu disjointes. Ce n'est pas bien grave : deux clous et un coup de marteau arrangeront l'affaire. Mais il y a pire. Le roulement à billes avant est cassé : il faudra en trouver un autre.

Samir et Norbert l'attendent au coin de la rue, leur planche posée à leurs pieds. Ce sont ses meilleurs copains. Unis comme les doigts de la main, les trois enfants ne se quittent pas. Ils fréquentent la classe de Monsieur Gillot à l'école communale de Mers el-Kébir et passent ensemble tous leurs moments de liberté. Ils sont vêtus de pantalons courts, chemisettes déboutonnées. De grosses boucles brunes encadrent le visage rond et doux de Samir. De profondes fossettes creusent ses joues lorsqu'il sourit, et Samir sourit tout le temps. Michel porte des bretelles pour maintenir son pantalon à sa taille mince. Des mèches châtain, rebelles et drues, sont hérissées en épis sur sa tête. Ses larges yeux bleus, transparents comme l'eau claire, dévorent son visage mat. Norbert, lui, est blond. Cette couleur de cheveux, plutôt rare par ici, le signale à l'attention de tous. Un jour, les trois copains ont jeté, histoire de rire, quelques billes de ciment dans le kanoun[4] de la vieille Ramona. Les billes ont explosé sous l'effet de la chaleur, renversant le poêle. La vieille dame, brûlée à la jambe, a poussé des cris d'orfraie et dénoncé « la bande au petit blond ». On les a tout de suite retrouvés, grondés et punis.

Samir avance d'un pas vers lui et s'enquiert avec sollicitude :

— Elle t'a grondé ?

Michel tend sa ventraine à bout de bras.

— Mon roulement avant, pfff... regarde ! Il est fichu.

— C'est pas grave, dit Norbert avec un haussement d'épaules. T'en trouveras un autre.

Michel fronce les sourcils.

— T'en as de bonnes, proteste-t-il. Evidemment, pour toi ce n'est pas un problème de trouver ces trucs-là avec ton père qui est mécanicien ! Moi, il est pêcheur, mon père.

— On va aller en chercher à la casse, suggère Samir.

— Pas évident de les sortir des carcasses de camions rouillés avec des bouts de ferraille ou des cailloux !

Michel tourne vers Norbert ses paumes grandes ouvertes.

— Regarde, comme je me suis écorché les mains.

— T'en fais pas, dit Samir. Je vais t'aider.

— Bon, fait Norbert. Je vais demander à mon père. Il lui en reste peut-être un quelque part.

---

4 Kanoun : poêle en terre cuite, ou constitué d'un bidon percé de trous et couvert d'une grille.

Les trois enfants se détournent vers la baie lumineuse qui s'offre à leurs regards.

— Qu'est-ce qu'il fait chaud. On va se baigner d'abord ?

— Oui ! Le premier à la Sardine ! s'écrie Norbert.

Ils s'élancent sur le chemin poussiéreux vers la mer. Ils ont tellement l'habitude de courir pieds nus que leurs plantes de pieds sont aussi dures que des semelles et ne craignent ni les épines sur les sentiers ni les rochers de la côte. De temps à autre, les parents achètent une paire d'espadrilles. Mais les semelles de corde s'usent vite. Il faut tout le temps les enlever pour les économiser et ne pas se faire gronder. Pendant les parties de foot, on s'en sert pour délimiter les surfaces de jeu et les buts. Sur le rivage, les trois enfants se débarrassent de leurs vêtements et se jettent dans la mer en riant et en s'éclaboussant. Michel se laisse couler à pic et étend bras et jambes contre le fond sableux. Son soupir de bonheur remonte à la surface dans un gargouillis de bulles.

A quelques pas de là, sur la plage, à l'abri du soleil sous une tente rayée, des jeunes filles bavardent avec animation. Parmi elles, Michel vient de reconnaître sa sœur Tessa qui agite le bout de ses doigts dans sa direction. Le cœur du garçon se gonfle de fierté. Norbert et Samir l'ont remarquée aussi. Quand elle est là, on ne voit qu'elle. Tessa, c'est la plus belle. Michel a beaucoup de chance qu'elle fasse partie de sa famille. Il sort de l'eau, s'allonge sur le sable. Les yeux fermés, il s'abandonne avec délice à la caresse du soleil.

Michel vient d'avoir huit ans. Depuis l'aube de sa vie, ce soleil brûle sa peau, cette moiteur colle à son corps. Ses yeux s'ouvrent sous ce ciel. Ses membres se développent sur les versants des djebels[5] et sur les plages de la baie qu'il parcourt du matin au soir, au gré de sa fantaisie. Ses sens s'éveillent sur le port de pêche aux effluves puissants : odeurs de bois humide, miasmes de rouille montant des bateaux, émanations de mazout et de l'acétylène des lampes, relents de poissons amplifiés par l'humidité et la chaleur de l'Afrique. Le monde entier lui appartient.

Et le monde, c'est la vaste baie en demi-lune de Mers el-Kébir.

---

5 Djebel : colline, montagne

MICHEL, NORBERT ET SAMIR ont marché toute la journée sur la route des crêtes ; parvenus aux environs de la ferme maraîchère, ils s'engagent en silence au milieu de la belle allée d'orangers et tendent l'oreille : pas d'autre bruit que le gazouillis des oiseaux et le bruissement des feuilles. Les arbres, clémentiniers, grenadiers, orangers, plient sous le poids des fruits. Les trois enfants échangent un regard circonspect. Michel lance un timide :

— Y'a quelqu'un ?

Personne ne répond. Il s'agit d'être prudents : Pascual, le paysan, dit Matagatos, passe pour avoir la colère impétueuse, la détente facile, et un fusil prêt à tirer toujours à portée de main devant la porte de sa maison. Ces oranges, belles et charnues, sont si tentantes ! Tenaillé par le désir, Michel s'enhardit : il cueille prestement quelques fruits et les fourre dans sa musette.

Un coup de feu claque dans le paysage.

— Flûte, il nous a vus, souffle Norbert.

— On fait comme on a dit ! s'écrie Michel.

Selon leur plan, les trois gamins s'éparpillent dans trois directions différentes. Michel court à perdre haleine, pieds nus, sa musette chargée d'oranges frappant ses cuisses. Si Matagatos les attrape, ils sont perdus : ils auront droit à quelques coups de pied aux fesses bien sentis et seront traînés chez leurs mères par leurs cols de chemisette. Ce qui est plus certain encore, c'est que Moman rallongera la correction pour ne pas être en reste de sévérité. Mais Matagatos ne les a pas encore attrapés. Les gamins sont plus vifs et rapides que des écureuils. Le paysan halète dans le dos de Michel, bondissant sur ses jambes longues et maigres comme des pinces à linge. Amorçant un large demi-cercle sur la droite, il remonte à toute vitesse vers les deux gros eucalyptus adossés au mur de clôture. En un éclair, Michel comprend la tactique : l'homme veut se rabattre face à lui et lui couper la route avant qu'il s'échappe de la propriété. Michel réfléchit rapidement. De quel côté s'enfuir ? Droite, gauche ? S'ils se télescopent, il est perdu. Michel s'élance à droite. Le paysan bondit au même moment de l'autre côté. Il pousse un cri ; en faisant demi-tour il perd quelques précieuses secondes que l'enfant met à profit pour détaler. Matagatos le poursuit encore, mais c'est fini et il le sait.

Le garçon court éperdument, un instant poursuivi par les grognements de colère de l'homme. Il atteint le chemin côtier ceinturant la presqu'île et s'arrête enfin, haletant. Un coup d'œil par-dessus l'épaule : personne. Le paysan a abandonné la partie. Mais il l'a reconnu. Il va forcément aller tout rapporter à sa mère. Que faire ? Michel décide d'attendre l'heure du déjeuner pour paraître à la maison. Les pêcheurs sont rentrés au petit matin. Papa et Joanno seront là. Il pourra peut-être compter sur son grand frère pour le sortir de ce mauvais pas.

Assis sur les rochers, il contemple la rade. Mers el-Kébir, en arabe, signifie « le Grand Port ». L'immense baie est ceinturée par un amphithéâtre de montagnes. Le djebel Murdjadjo, sombre, creusé de vallées profondes, pousse dans les flots ses deux bras escarpés : à l'est, la presqu'île de Santa Cruz ; à l'ouest le Santon, dressé en pain de sucre au-dessus de la mer. Les murailles ocre du vieux fort hispano-mauresque, prestigieux vestige de la longue présence espagnole sur les terres d'Oranie et gloire de la petite cité, se fondent dans les rochers. Le drapeau français flotte depuis un siècle sur ses tours carrées.

Le petit bourg originel, blotti dans l'anse du promontoire, a depuis longtemps jailli hors de ses limites pour lancer ses ruelles à l'assaut du Santon. Saint-André de Mers el-Kébir vit tranquillement de la modeste activité de quelques briqueteries, tuileries et carrières, exploitant les immenses ressources de terre glaise de la montagne et de ses conserveries de poissons et salaisons. Dans le village, il y a aussi des commerçants, des fonctionnaires de l'administration française, quelques paysans, des maraîchers et des ouvriers et techniciens occupés à la construction du nouveau port de guerre. Le cœur de Kébir bat au rythme de son port de pêche. Tous les matins, lorsque le soleil étend ses premiers rayons au-dessus des crêtes du Murdjadjo, les pêcheurs rentrent au port. Alourdies par les prises de la nuit, les barques de pêche glissent silencieusement vers les quais. Papa, Joanno, et tous les autres déchargent les bateaux et regagnent leurs foyers pour se reposer.

La cloche de l'église sonne douze coups. S'arrachant à sa contemplation, Michel se redresse, étire ses bras et ses jambes. La musette pleine d'oranges gît à ses pieds. Que faire des fruits ? Mieux vaut éviter de se présenter chez Moman avec son butin en bandoulière. Cela risque de faire des tas d'histoires. Le garçon a une idée. Avant de rentrer, il fera un détour par la plage. Le cabanon de pêche de papa n'est jamais fermé à clé ; il y déposera les fruits et retournera les chercher plus tard.

Moman s'active à ses préparatifs de repas dans un joyeux tintamarre de plats et de casseroles. Tessa dispose les assiettes, les couverts, un panier empli de pain rompu à la main et la gargoulette en terre cuite où l'eau apportée par Moussa, le porteur d'eau, reste bien fraîche par ces fortes chaleurs. Tout le monde prend place. Le pain, un peu sec, date de deux ou trois jours, mais c'est du pain. Dans la famille, il est mal vu de faire le difficile. La mère dessine un rapide signe de croix sous le pain avant de couper de fines tranches. Elle a préparé un ragoût de poissons bouillis et de légumes secs. Papa et Joanno sont servis les premiers. Armée de sa louche, la mère racle le fond de la cocotte pour leur trouver les plus gros morceaux. Les hommes ont besoin de forces pour travailler la nuit sur le lamparo[6]. Vient le tour de Tessa, puis celui de Michel. Enfin, elle s'assoit en soupirant. La famille mange silencieusement. Le corps de l'enfant se détend imperceptiblement. Moman ne le gronde pas : Matagatos n'est pas venu se plaindre à la maison.

Soudain, se tournant brusquement vers le petit garçon, la mère brandit sous son nez une louche menaçante.

— Dis donc, toi, au fait ! J'ai reçu ce matin la visite de Matagatos, de la ferme, là-haut... Il paraît que tes copains et toi, vous passez votre temps à chaparder dans ses vergers.

---

6 Un lamparo est une grande barque pontée, de type pointu méditerranéen, traînant derrière elle des youyous (petites barques) chargés de lampes de surface ou à immersion, pour la pêche au feu.

Michel rougit.

— Nous ? Non. On ne chaparde pas.

— Il dit qu'il vous a surpris dans les arbres.

— Moi, j'ai rien pris, proteste l'enfant d'une voix mal assurée.

A la mention du nom de Matagatos, Joanno lève la tête et fixe sa mère de ses yeux gris. Joanno, c'est le fils aîné des d'Ambrosio. A dix-huit ans, c'est un jeune homme de petite taille mais d'apparence vigoureuse, la stature trapue, les épaules massives. Un sourire étroit découvre ses longues dents. Ses cheveux châtains sont ébouriffés : il vient de se réveiller.

— Fiche-lui la paix, au petit, intervient le jeune homme d'une voix pâteuse. Tu ne vas pas le gronder pour… quoi, qu'est-ce qu'il a volé, une clémentine, c'est ça ? Ou une grenade ? Est-ce que Matagatos l'a vu voler ?

— Il dit qu'il a trouvé les gosses cachés dans les arbres. Il a eu le temps de reconnaître Michel, mais les autres, non. Je parie que Norbert est dans le coup. Faut que je parle à Carmelette.

— Bon, il a vu les gosses dans les arbres, et après, qu'est-ce que ça prouve ?

— Matagatos dit qu'ils se cachaient. S'ils se cachaient, c'est qu'ils n'avaient pas la conscience tranquille. Ils avaient dû voler quelque chose… ! Ou ils s'apprêtaient à le faire, ce qui n'est pas mieux.

— Peut-être pas ! Ils ont bien le droit de se promener, non ?

Peu convaincue, Moman hausse les épaules.

— Tu étais sur la route des crêtes ce matin ? demande

Joanno à Michel.

— Oui, répond l'enfant, d'une petite voix.

— Avec qui ?

— Norbert et Samir.

— Le trio habituel, grommelle la mère.

Joanno tend la main et saisit le menton de son petit frère.

— Dis-moi la vérité, à moi. Je ne te gronderai pas : avez-vous chipé les clémentines de Matagatos ?

— Non ! Je n'ai rien volé ! proteste le petit avec véhémence, heureux de se sentir épaulé, s'efforçant de chasser de sa pensée la musette et les oranges dissimulées dans le cabanon de pêche de Papa.

— Ah ! fait Joanno, l'air satisfait. Tu vois bien.

— Si tu crois tout ce qu'il te dit ! s'écrie Moman.

— Bien sûr que je le crois. Il dit qu'il n'a rien volé, moi je le crois. C'est un bon gars, notre Michel. Pas du genre à mentir ni à voler. Ce Matagatos, il voit le mal partout. Qu'il s'en prenne aux chats[7] si ça l'amuse, mais qu'il laisse Michel tranquille. Sinon, il pourrait avoir affaire à moi.

Un grand ressentiment transparaît soudain dans la voix du jeune homme.

— Au fait, hier j'ai vu Lucette, annonce Tessa.

Le visage de son frère s'éclaire.

— Ah ! Que faisait-elle ?

— Le marché. Comme sa mère était avec elle, elle m'a juste fait un petit signe de main.

---

7 Mata gatos : en espagnol, celui qui tue les chats.

Les sentiments de Joanno pour Lucette, la fille cadette de Matagatos, ne sont un secret pour personne dans la famille. L'enfant a surpris les jeunes gens une fois dans les collines. Le jeune homme appuyait tendrement la tête de la fille contre sa poitrine, refermait ses bras autour d'elle. Ses mains fiévreuses parcouraient le dos de Lucette, enserraient sa tête, soulevaient ses longs cheveux. Son visage cherchait celui de la demoiselle ; elle ne se dérobait pas. Depuis son poste d'observation, dans un tas de broussailles, Michel stupéfait distinguait l'expression bouleversée de son grand frère dont les yeux se fermaient, les traits se crispaient, un peu comme s'il souffrait… On souffrait donc quand on aimait une jeune fille ?

La jalousie a pincé très fort le cœur de l'enfant. Il a détesté cette fille. Et si Joanno allait la lui préférer et se détourner de lui ? Fort heureusement, cela ne s'est pas produit. Les amours de Joanno et Lucette restent discrètes ; Matagatos surveille ses filles plus jalousement encore que ses oranges. Les jeunes gens se rencontrent en secret, car leur idylle n'est pas du goût du vieux paysan. L'homme a travaillé très dur pour gagner un peu d'argent ; il envisage pour sa fille un destin plus enviable qu'une union avec un matelot.

Moman se tourne vers son mari qui a assisté à l'échange sans intervenir.

— Pepico, toi, qu'est-ce que tu en penses ?

Le vieux pêcheur hausse les épaules sans répondre. Papa est un taciturne. Il ne s'exprime que quand il ne peut pas faire autrement ; et jamais en mangeant. Se nourrir est pour lui une chose sérieuse, les bouchées de nourriture roulent avec lenteur entre ses mâchoires osseuses.

— Matagatos dit qu'il en a assez de ces galopins qui passent leur temps à lui chiper des fruits, tente encore la mère.

Joanno laisse franchement transparaître son agacement.

— Maman, il est plein de sous, crois-moi. Il ne va pas nous faire un plat pour trois grenades.

Le fils aîné a haussé le ton ; Moman, matée, n'insiste pas. Michel coule au jeune homme un regard reconnaissant. Assuré de son soutien, il jurerait ses grands dieux n'être jamais allé de sa vie dans le verger. Joanno, son plus sûr appui dans la famille, l'a une fois de plus sorti d'un mauvais pas.

— Que je ne te reprenne pas à traîner chez ce toqué de Matagatos, gronde Joanno, ébouriffant la tignasse drue du plat de sa main. Ou bien tu auras affaire à moi.

Un sourire complice dément ses mots sévères. Joanno repousse bruyamment sa chaise et tapote la petite épaule de l'enfant.

— Viens, on va replier les filets. Ils doivent être secs. Ça te ferait plaisir de nous accompagner à la pêche cette nuit ?

Le cœur de Michel bondit.

— Oh, oui !

— Parfait. Si Nicolas est d'accord, je t'emmène.

— Tu ne vas pas emmener Michel, s'interpose Moman. Il est trop jeune pour sortir la nuit. Il faut qu'il dorme.

— Laisse-le, Maman, plaide Tessa. Pour une fois, il peut bien aller avec eux. Il n'y a pas école demain.

Joanno se tourne vers Michel.

— Tu as envie de venir ?

— Oh, oui, répète le petit, les yeux brillants.

— Il vient avec nous, tranche Joanno. Donne-moi une veste pour lui, la nuit il fait frais sur le bateau. Arrête un peu de le traiter comme un bébé. Il a huit ans. C'est un garçon : sa place est avec nous, les hommes. Quand il sera fatigué, on le couchera dans un coin.

JOANNO ET MICHEL descendent côte à côte la ruelle inondée de soleil jusqu'au port de Saint-André. Les pêcheurs s'activent. A terre, il y a encore tant à faire : nettoyer les cales et les ponts, faire le plein de carburant, réparer les moteurs, entretenir les lampes, charger les batteries, organiser la prochaine sortie en mer… Soigneusement étalés sur le quai depuis le matin, les filets ont eu le temps de bien sécher. Des hommes raccommodent les mailles perdues. Assis sur un tabouret, Papa tresse un cordage en alfa.

— Viens, dit Joanno. Nous allons préparer des plombs.

Joanno place quelques billes de métal dans un godet posé sur le réchaud à gaz. Une fois le métal fondu, il le verse à petites touches sur une plaque métallique, formant des galets de trois centimètres ; puis il enroule délicatement les disques encore mous sur une corde du filet.

— On pose des anneaux de liège à la corde supérieure, explique Joanno à Michel, fasciné, pour qu'il flotte à la surface. Comme ça, garni de liège en haut et lesté de plomb en bas, le trémail se tient presque verticalement dans l'eau. Les poissons se prennent dans le maillage irrégulier et ne peuvent s'échapper.

Joanno parlemente un instant avec un jeune homme, brun et élancé et revient vers Michel.

— Nico accepte que tu viennes, dit Joanno. Cette nuit, nous aurons une mer calme.

Dès la fin de l'après-midi, le port s'anime : les lamparos se préparent au départ. Papa, Joanno, Nico et les autres chargent les caissons, les filets, les lignes et les lampes sur la *Santacruz II*. Le chargement terminé, l'équipage embarque. Nicolas Sorano, le patron-pêcheur, laisse filer les amarres. Les lamparos se détachent du quai presque en même temps, les coques s'entrechoquent un peu en s'éloignant du quai. Les bateaux glissent à la queue leu leu jusqu'à l'entrée de la passe et prennent leur cap plein ouest. Hors de l'abri de la presqu'île du Santon, la mer se creuse sous la brise. La flottille se dirige vers les îles Habibas, l'une des zones les plus poissonneuses de la garderie de pêche de Kébir, dans le grand courant tiède en provenance de Gibraltar. C'est là que les poissons bleus migrateurs, sardines, anchois, thons, mérous, maquereaux et allaches se retrouvent pour frayer. La *Santacruz II* prend sa vitesse de croisière, rythmée par le ronronnement régulier du moteur et remonte la trace brillante du couchant. Le disque chute dans les flots et la mer s'enflamme. Le lamparo atteint les Habibas à la nuit tombée. C'est le moment de déposer les lampes reliées aux batteries sur le youyou[8], faisceaux braqués vers l'onde.

Tous les lamparos de la flottille ont allumé les lampes les uns après les autres. La nuit noire se pare de petites flammes, comme un collier scintillant sur la ligne d'horizon. Des milliers de flèches bleues luisent dans l'eau phosphorescente : attirés par la source lumineuse, les poissons s'approchent. Les matelots jettent le filet, maintenant le youyou et les lampes au centre du banc de poissons. Ils en soulèvent les extrémités pour faire glisser les sardines,

---

8 Voir la note 6.

sans les effrayer, au centre de la poche. S'arc-boutant tous en même temps, les huit marins hissent le filet à la vitesse de l'éclair[9] pour empêcher la sardine de replonger vers l'abysse. La poche grouillante émerge des flots ; les hommes déversent son contenu dans les caissons.

A bord, les hommes de l'équipage se parlent en napolitain. L'enfant comprend ce qu'ils se disent grâce à Papa qui parle la langue de ses parents à la maison.

Nicolas Sorano, le patron-pêcheur, a vingt-trois ans. Il est plutôt grand, très brun. Sa large bouche et son long nez annoncent un caractère affirmé. Il possède une connaissance instinctive de la mer. Le sens du vent et de la houle, un léger frémissement à la surface, une infime variation de couleur de l'onde sont autant d'indices révélateurs de la présence de quelque banc de maquereaux ou de mérous.

— C'est le meilleur de tous, affirme Papa.

Les pêcheurs encerclent un banc de sardines. Le filet est jeté, une fois, deux fois, trois fois. Bientôt, les caissons débordent.

Entre deux remontées de filets, les hommes dorment à tour de rôle. Joanno, lui, ne dort pas. Il profite de ce temps libre pour pêcher à la palangre[10] pour son propre compte. Demain, il vendra ses prises de la nuit aux guinguettes et aux restaurants de la corniche. La ligne chargée de poissons de roche s'abat sur le pont. Le petit Michel, accroupi, décroche prestement girelles, rascasses, sars et rougets frétillants de leurs hameçons.

---

9 Le filet s'appelle aussi « lamparo » pour cette raison (lamparo signifie éclair en espagnol).

10 Palangre : ligne de fond hérissée d'hameçons.

— Attention à ceux-là, dit soudain Joanno en se penchant vers lui.

Michel a reconnu la vive et casse d'un geste sec l'épine dorsale emplie de venin. Il arrache les dures nageoires des rascasses. Joanno, satisfait, fouille ses larges poches.

— Tiens. Je t'ai acheté des piroulis[11] en passant chez la Djeromina.

— A l'orgeat ?

— Oui. A l'orgeat. Ceux que tu préfères. Je suis content de toi, dit-il en ébouriffant les cheveux de Michel. Tu n'as pas oublié mes conseils. Quand tu seras grand, tu seras un bon pêcheur.

— J'irai en mer avec toi et Papa. On sera toujours tous les trois ! dit Michel, tout rouge de bonheur.

— Ce sera bien, approuve Joanno.

La nuit s'est épaissie et soudain une pluie d'étoiles éclabousse la voûte sombre. L'enfant lutte contre la fatigue. Malgré son désir de rester éveillé, sa tête s'alourdit contre l'épaule du grand frère. Lorsque le sommeil le cueille enfin, Joanno le soulève dans ses bras, le dépose sous l'abri et couvre de sa vareuse le petit corps avant de rejoindre les autres.

La lueur pâle de l'aube tire Michel du sommeil. Le bateau a pris le chemin du retour. Le soleil apparaît au-dessus des murailles du djebel Murdjadjo, lorsque la *Santacruz II* double la digue du Santon.

Depuis peu, le paysage familier se transforme. La Marine française a entrepris la construction d'un grand

11 Piroulis : bonbon en forme de cône, ayant un peu la consistance des caramels mous.

port de guerre à Mers el-Kébir. La baie a été élue pour les qualités exceptionnelles de son mouillage. C'est le meilleur havre naturel du littoral nord-africain, abrité des lames du nord-ouest par la presqu'île du Santon, protégé des vents du désert par les crêtes du Murdjadjo. Son vaste plan d'eau atteint quarante mètres de profondeur par endroits. Le port peut accueillir des navires à fort tirant d'eau et déleste déjà celui d'Oran d'une partie de son trafic : bateaux de commerce, gros bâtiments de la flotte de haute mer française. Des travaux d'envergure sont en cours dans la place fortifiée. Au nord de la baie, une longue jetée prolongera la presqu'île du Santon sur mille cinq cents mètres vers l'est, parallèlement à la côte, fermant ainsi la rade. Les matériaux nécessaires à l'enrochement de la nouvelle jetée sont prélevés directement dans le cirque de montagnes, qui résonne du fracas des excavatrices et du grondement des engins déversant dans la mer les roches arrachées aux falaises.

Une foule colorée se presse sur les quais. Les mareyeurs de la région attendent l'arrivée de la flottille. Les ménagères affluent de tous les coins du village. La place du marché est envahie d'étalages, de tréteaux : la pêche de la nuit y sera vendue à la criée. Une grande partie des chargements des bateaux est réservée aux conserveries Honnorat et Sardine. Ces usines tournent à plein régime et débitent : boîtes de thon à l'huile, thon nature ou en miettes, sardines à l'huile et à la tomate, maquereaux à l'escabèche, anchois en salaisons, pilchards, qui alimentent le marché local et métropolitain.

La Santacruz II manœuvre vers les quais, si lourdement chargée que le haut de la coque émerge à quelques centimètres seulement de la surface. Michel reconnaît Moman de loin à sa robe bariolée. Il distingue même son sourire satisfait. Elle sait déjà que la pêche a été bonne, car le niveau de la ligne de flottaison du lamparo permet d'évaluer avec assez de précision le nombre de quintaux transportés. Une barque à moitié enfoncée dans le flot laisse augurer une belle recette. C'est aujourd'hui samedi : Papa et Joanno vont recevoir une bonne paye que la mère empochera pour s'en aller régler l'épicier et le boulanger.

Nicolas Sorano bondit sur le quai avec souplesse, enroule prestement l'amarre. Il s'approche des deux femmes en se dandinant d'un pied sur l'autre.

— Marthe, Tessa, cela me fait plaisir de vous voir. Il y a bien longtemps.

— Bonjour, dit sobrement la jeune fille.

— Bonjour Nicolas, répond Moman de sa voix forte. Joanno a insisté pour emmener Michel. J'espère que le petit ne vous a pas dérangés dans votre travail.

— Au contraire. Il a bien travaillé, lui aussi.

— Travaillé ?

— Il a tiré la palangre.

— Ah, bien, approuve Moman, satisfaite.

— Il apprend les rudiments du métier.

— Bon.

— Il a l'air d'aimer ça !

Tessa entoure de son bras les épaules de Michel. Le regard du jeune pêcheur s'attarde sur elle avec un plaisir évident. Elle est jolie, avec son profil pointu, ses sourcils ailés, ses grands yeux gris hérités de sa mère. De longues boucles noires en tire-bouchon flottent sur son dos.

— Si le cœur t'en dit, tu pourrais nous accompagner aussi, un de ces soirs, Tessa, propose-t-il.

Joanno, chargé du panier empli de sa pêche de la nuit, s'est approché de sa sœur, tout près, presque à la toucher.

— Tessa n'aime pas la pêche et n'apprécie pas les balades en mer. Hein ? Tessa ?

— Elle a le mal de mer, précise Moman sans laisser à la jeune fille le loisir de répondre. Elle serait capable d'être malade ; vous seriez bien embêtés.

— Elle n'est pas à sa place sur un bateau, renchérit Joanno. Tiens, Tessa, prends mon panier. Ramène-le à la maison.

— C'est ça. Viens ma fille. On va commencer à préparer le déjeuner, conclut la mère.

Sans un mot, Tessa loge le panier au creux de son bras et tourne les talons. Nicolas regarde s'éloigner les deux femmes, l'air pensif.

— Quel âge a Tessa maintenant ? demande-t-il.

— Quinze ans, répond le frère.

— La voilà devenue une femme.

— Presque, admet Joanno, comme à contrecœur.

— Elle est jolie fille.

— Qu'est-ce que tu as à tant t'occuper de ma fille ? bougonne Papa.

— Mais... Je la regarde. C'est tout.

— Elle va encore aux Enfants de Marie. Fais-moi le plaisir de regarder ailleurs.

— On va finir de vider le bateau, dit Joanno. Et on reparlera de ma sœur dans quelques années.

Le père et le fils affichent le même air renfrogné.

— Ne vous fâchez pas, dit Nicolas en riant. Je ne la regarderai plus.

CETTE FOIS, ça y est, la guerre a éclaté. La patrie a besoin de tous ses hommes pour la défendre. En septembre 1939, les bataillons de l'armée d'Afrique bouclent leurs paquetages pour rejoindre la France. Les gars du village en âge de se battre sont appelés au front. Joanno d'Ambrosio, Nicolas Sorano et beaucoup d'autres s'apprêtent à embarquer pour Marseille. Depuis que l'ordre de mobilisation a été placardé dans le village, Moman ne cesse de pleurer.

— Tu vas partir si loin, mon fils ! Tu vas risquer ta vie, gémit-elle à longueur de journée.

— Mais non. Je ne risque rien. On va vite la gagner, cette guerre, la rassure Joanno. Et puis la France, ce n'est pas si loin.

— Qu'est-ce que tu en sais, tu n'y es jamais allé !

— Maman, ça sert à quoi, ce que tu dis là ? Je dois partir, je n'ai pas le choix. C'est notre devoir de nous battre. La France a besoin de nous.

— La France a besoin de toi ! Tu m'en diras tant. Qu'est-ce que ça peut nous faire ? Et nous, alors, on n'a pas besoin de toi ?

— Ma femme, tais-toi, gronde Papa. Tu dis n'importe quoi.

Michel, sidéré, n'en croit pas ses oreilles. Joanno va partir de l'autre côté de la mer ? Que sera sa vie sans lui ? L'enfant considère son frère avec étonnement : aussi incroyable que cela puisse paraître, l'affreuse nouvelle a presque l'air de lui faire plaisir.

Moman, effondrée, obtient de la voisine un prêt exceptionnel de la « Visiteuse ». Carmelette Viguier, qui n'a pas de fils appelé à la guerre, s'est montrée compréhensive. Au pied de la Madone, la flamme de la veilleuse ondule dans sa coupelle d'huile.

La pauvre mère se tord les mains.

— Sainte Mère, j'ai déjà perdu mon papa que j'aimais, tombé pour la patrie, là-bas, dans le froid, la boue, en Lorraine ! Aujourd'hui, c'est mon fils que la France me prend ! Sainte Vierge, vous avez perdu votre enfant, vous me comprenez. Faites que l'on ne me prenne pas mon fils... je n'ai que lui !

L'enfant considère les joues rouges et ruisselantes de Moman. Il ouvre la bouche pour lui faire observer que Tessa et lui sont bien là et resteront près d'elle. Il se ravise. Egarée par la douleur, la mère ne sait plus ce qu'elle dit.

Le jour du départ, les d'Ambrosio s'entassent au grand complet dans le tramway de la corniche pour accompagner au port d'Oran leur Joanno qui s'en va défendre la patrie. Papa plaque deux baisers sonores sur les joues de son fils, puis se tient en retrait, mains croisées dans le dos. Il n'a pas l'habitude des grandes effusions. Tessa se pend au cou de son frère.

— Fais attention à toi, hein ! Mets-toi à l'abri quand ça tire, et reviens-nous vite, dit-elle en l'étreignant farouchement.

— Promis, répond-il, la gorge nouée. Ce ne sera pas long. Nous allons nous dépêcher de gagner. Je serai de retour à Noël.

Les mains de Moman serrent convulsivement les bras et les épaules de Joanno, comme si elle ne pouvait se rassasier de son contact. La dernière accolade est pour Michel. Frappé de stupeur par l'imminence du drame, il se laisse embrasser sans réagir.

Joanno, debout sur l'embarcadère, paquetage au pied, adresse à sa famille un sourire incertain. Le corps de troupe se met en branle. Le moment est venu d'embarquer. Joanno s'en va.

Le paquebot se détache du quai, pivote, longe la jetée du port. Il bifurque plein nord, en direction de la France. Le militaire n'est plus visible sur le pont des passagers... Bientôt, le bateau n'est plus qu'une ombre tremblotante sur la ligne d'horizon.

Papa, Moman, Tessa et Michel prennent le chemin du retour. L'enfant traîne un peu les pieds. Joanno est loin maintenant. Dans le tramway, il réalise soudain qu'il a oublié de se serrer contre son frère pour lui dire au revoir. Il éclate en sanglots et s'accroche frénétiquement à Moman. Sombre, silencieuse, la mère ne le repousse pas.

Les premiers temps, Michel guette tous les jours le retour de Joanno. Son frère n'a-t-il pas affirmé en partant que la France gagnerait la guerre en un clin d'œil et, qu'une fois les ennemis écrasés jusqu'au dernier, il reviendrait bien vite ? Les semaines, les mois défilent ; l'ennemi ne semble guère disposé à se laisser écraser et les garçons de Kébir sont toujours au front.

Les temps sont durs et l'absence du fils aîné met la famille dans une situation financière délicate. Le père sort tous les jours sur la *Santacruz II*, mais sa paye ne suffit pas à l'entretien de la maisonnée. Moman travaille de temps en temps à la conserverie Sardine, qui embauche les dames du village les jours d'arrivage massif de poissons. Elle rapporte de l'usine des paniers de sardines calibrées qu'elle met à sécher au soleil pour remplir des bocaux. Quand elle n'a pas d'ouvrage, elle monte au Santon ramasser des fruits et des légumes sauvages : des petites asperges qu'elle prépare en vinaigrette, des dattes, des figues de Barbarie. Les jours de pluie, la famille au complet, munie de paniers grillagés, s'en va ramasser les escargots dans les collines. La mère connaît les herbes aromatiques qui donnent du goût à tout, c'est une excellente cuisinière. Les temps sont durs, mais à la maison, il y a toujours quelque chose de bon à manger.

Malgré les prouesses quotidiennes de la mère, le manque d'argent se fait sentir. Il y a tant de choses à acheter. Les articles d'épicerie, la farine, les haricots. Le pain, le lait. Les vêtements. Les parents de Michel se disputent de plus en plus souvent et toujours plus fort. Parfois si fort, qu'attirés par le bruit, des curieux viennent s'asseoir sur les marches d'escalier, sous les fenêtres, pour écouter.

— Quelle idée d'avoir vendu ton bateau, Pepico, déplore la mère. On avait plus d'argent quand tu travaillais à ton compte. Tu étais plus libre.

— Libre ? Quelle liberté, ma femme ? Tu crois qu'un homme est libre, quand sa survie dépend du temps, de la houle, des courants, du bon vouloir des bancs de poisson, des mareyeurs, des quotas des usines… ? Tu crois que je faisais ce que je voulais ?

— Tu étais maître à bord.

— Maître à bord, t'en as de bonnes. C'est la mer qui commande.

— Ce que tu gagnais, c'était pour nous.

— Ce que je gagnais… des clous, oui. J'étais en danger sur ce vieux rafiot, proteste Papa. Tu voulais que je finisse au fond de la mer comme le vieux Martinez, c'est ça ? Il aurait fallu faire de grosses réparations... ou acheter un autre bateau. Il fallait du matériel neuf, changer les filets, tu sais aussi bien que moi que je n'avais pas l'argent. Sur la *Santacruz* je n'ai plus ces soucis. Nicolas prend les risques. Il est jeune. Je n'ai plus la force de me battre tout seul contre le vent, moi, ma femme. Je n'ai plus vingt ans.

— Sans la paye de Joanno, je n'arrive pas à joindre les deux bouts, s'obstine la mère, butée. Je te rappelle que nous avons encore deux enfants à nourrir.

— Je sais. Nous avons du poisson. Du bon poisson frais. Ils aiment ça tous les deux.

— Cela ne suffit pas, Pepico. Tessa et Michel ont besoin de légumes, de fruits, d'un peu de viande. Ce n'est pas avec ce que je gagne chez Sardine…

— Nous avons eu cette conversation au moins cent fois, s'exclame Papa. Pourquoi reviens-tu sans arrêt là-dessus ? On s'en est toujours sortis, non ? La pêche est bonne en ce moment. On n'est plus très nombreux sur la *Santacruz*, avec tous nos gars au front. Les parts sont plus grosses quand on se partage le bénéfice.

— Tssss, siffle Moman agacée. C'est quoi ton bénéfice, les jours où les filets remontent vides ?

Excédé, son mari lui tourne le dos et se dirige vers la porte.

— On verra bien comment on passe l'hiver, conclut Moman sombrement. Ce qu'il faudrait, c'est que Joanno revienne vite. Maudite guerre !

COMME DE NOMBREUX PÊCHEURS de Mers el-Kébir, Joseph d'Ambrosio, dit Pepico, est d'origine napolitaine. Ses parents sont arrivés à la fin de l'autre siècle de la petite île de Procida, dans la baie de Naples. Les marins de la péninsule italienne ont fréquenté des siècles durant la route maritime de l'Afrique du Nord, se lançant dans de longues et périlleuses traversées à bord de leurs balancelles, à l'aviron ou à la voile. Ils venaient collecter le corail rouge, très abondant dans les mers chaudes et peu profondes de la côte ouest africaine. Armés de balais métalliques, ils draguaient à la traîne les fonds de la mer et remontaient le corail à la force de leurs bras et le vendaient à des marchands d'Oran. La rade de Mers el-Kébir a ainsi accueilli de nombreux pêcheurs de Procida mais aussi d'Ischia, de Capri et de la petite ville de Torre del Greco. Au fil du temps, la pêche au corail avait disparu et les pêcheurs napolitains étaient devenus pêcheurs de poisson.

Pepico a épousé Marthe Gallardo peu après son retour de la Grande Guerre. Il avait fait les Dardanelles et il était rentré triste et abattu. Il avait cédé aux instances de sa mère qui craignait que son fils ne finisse sa vie seul. Inquiète, elle lui avait démontré qu'un homme devait fonder une famille, engendrer une descendance, des filles et des garçons, mais surtout des garçons, car la fille, devenue femme, quittait sa famille et apportait sa force au foyer de son époux.

— Qui prendra soin de toi quand tu seras vieux ? Qui subviendra à tes besoins quand tes bras n'auront plus la force de relever les filets ? lui disait-elle. Je ne serai plus de ce monde depuis longtemps, tu finiras tes jours tout seul.

Tu as plus de trente ans et pas d'enfant ! Dépêche-toi de te prendre une femme, sinon plus une seule ne voudra d'un vieux bonhomme !

Ce dernier argument était venu à bout de ses réticences. Son regard venait de se poser sur une jeune Espagnole, Marthe Gallardo, qui, à vingt-deux ans, faisait déjà partie des « vieilles filles » du village. Marthe avait accepté de se marier avec lui. Elle le trouvait gentil, et estimait qu'il avait de l'allure. Teresa d'Ambrosio avait accordé sa bénédiction du bout des lèvres. La perspective du mariage de son fils avec une Espagnole ne lui faisait guère plaisir. A cette époque, les mariages entre Kébiriens napolitains et espagnols étaient encore rares. Elle s'était finalement inclinée devant le choix de son fils. De son vivant, Teresa d'Ambrosio avait aimé et soutenu sa belle-fille dont elle louait la grande énergie et le sens pratique.

Joseph et Marthe avaient donné naissance à Joanno, puis à leur fille, qui avait reçu le prénom de sa grand-mère et que l'on surnommait Tessa, et quelques années plus tard, Michel était arrivé.

Ce soir-là, après avoir, comme tous les soirs, nettoyé la vaisselle, rangé la cuisine et balayé la maison, Moman pousse son petit banc sur le perron pour profiter de la douceur d'un des derniers jours d'octobre. Elle est bientôt rejointe par sa voisine et amie de toujours, Carmelette Viguier, mère de Norbert. Tandis que les deux mamans bavardent avec animation, leurs doigts manipulent avec dextérité des aiguilles à tricoter.

Michel, accroupi sous la table, joue avec ses pignols[12] tout en écoutant d'une oreille distraite.

— Tu as déjà sorti tes tapis ? demande Marthe en tirant l'aiguille.

— Non. Il fait encore trop chaud, répond Carmelette.

— C'est vrai, dire qu'on est fin octobre.

— Je me souviens, dans le temps, la chaleur commençait à baisser juste après la Saint Michel.

— Eh oui. Mais juste avant de partir au travail, je rince encore le carrelage à l'eau froide. Après, je tiens la maison bien fermée toute la journée, sinon le soir on étouffe.

— Moi, pareil. J'ouvre les fenêtres au petit matin pour faire rentrer l'air frais de la nuit…

— Les saisons ne sont plus comme avant.

— Le monde devient fou, déplore Carmelette.

— Je sortirai mes tapis la semaine prochaine, conclut Moman.

Michel hausse les épaules. Les sujets de conversation des mamans ne sont vraiment pas passionnants. Des histoires de courants d'air et de tapis ! Les deux femmes baissent la voix et soudain, on ne les entend plus. L'enfant dresse l'oreille. Lorsque Moman et Carmelette discutent normalement, leurs piaillements résonnent jusqu'en bas de la rue. Cela leur est bien égal que la Terre entière les entende. Quand elles baissent la voix, c'est tout différent. Les chuchotements, c'est pour les secrets. Le petit garçon rampe silencieusement vers l'ombre de la porte entrebâillée.

12 Pignols : noyaux d'abricot.

— A la naissance de Tessa, j'ai été tellement malade, chuchote Marthe, que madame Cousin m'a fait transporter d'urgence à Oran. La petite est née à l'hôpital. Sinon je serais morte.

Michel n'a jamais entendu parler d'une chose pareille. Le bébé de Moman né à l'hôpital ? Quelle histoire ! D'habitude, les enfants de Mers el-Kébir naissent dans les maisons, juste après le passage de Madame Cousin, la faiseuse de bébés.

— Qu'est-ce que qui t'est arrivé au juste ?

— On n'a pas su. J'avais perdu tellement de sang. Et le bébé, qui était tout jaune.

La belle Tessa, un bébé jaune !

— Les docteurs ont dit que je n'aurais plus jamais d'enfant, poursuit Moman. Dire qu'on n'en avait que deux dont une fille ! Moi, j'en voulais quatre, ou cinq. D'autres garçons surtout pour aider Pepico. A l'époque, on avait encore le bateau. Je n'ai pas voulu y croire. On a essayé pendant des années… mais rien.

Une grimace déforme la bouche de Michel. Les imprécations de la mère agenouillée devant la « Visiteuse » le jour du départ de Joanno, lui reviennent en mémoire : « Sainte Vierge, protégez mon fils, je n'ai que lui. » Moman a eu Joanno ; elle a eu Tessa à l'hôpital. Ne l'a-t-elle pas eu, lui aussi ? L'enfant, mal à l'aise, recule jusqu'à la chambre plongée dans la pénombre. Têtes penchées l'une vers l'autre, Carmelette et Moman n'ont rien remarqué.

AU MILIEU DE NOVEMBRE, un gros orage éclate à la maison.

— Tu te rends compte, se plaint Moman en agitant les mains. Je ne peux pas payer l'épicier cette semaine. Heureusement qu'il nous connaît et qu'il veut bien me faire crédit quelques jours. Je n'ai même pas de quoi lui acheter un pantalon, à lui, pour l'hiver !

Elle désigne d'un mouvement de tête le petit Michel plongé dans ses devoirs d'école.

— Remets-lui celui de l'an dernier, propose Papa, conciliant. Il tiendra encore un peu.

Incrédule, la mère secoue la tête.

— Tu ne comprends vraiment pas ou tu le fais exprès ? C'est déjà celui d'il y a deux ans ! Il est complètement usé. Tu as vu comme il a grandi, le petit ? Le pantalon lui arrive aux genoux !

Michel abaisse les yeux vers ses jambes maigres et exhale un léger soupir. Moman va entonner une de ces litanies concernant sa tenue vestimentaire. Quant à lui, le petit garçon estime qu'il n'y a pas lieu de faire tant d'histoires. La belle affaire s'il ne met pas de pantalon ! D'abord, le temps est rarement si froid que l'on ne puisse sortir les jambes nues. Ensuite, quand on porte un pantalon, on a toujours peur d'y faire un accroc en crapahutant dans les collines ou en jouant au ballon, car on est assuré de se faire tirer les oreilles.

— Tessa ne pourrait pas lui en faire un ? On peut quand même acheter du tissu, tente encore Papa.

— Michel, file dans ta chambre, ordonne la mère. Je dois parler à ton père.

Michel obéit à contrecœur. Il pousse le battant de la porte et colle l'œil au trou de la serrure. Il ne va pas manquer la suite d'une conversation qui le concerne à coup sûr.

— Tessa ! s'écrie la mère, furieuse. Tu me parles de Tessa ! Celle-là, elle n'a que des oiseaux dans la tête, elle ne pense qu'à ses cheveux, à ses jupes et à se pavaner dans les rues.

— C'est de son âge, tempère Papa. Si on le lui demande, elle le fera. Surtout si c'est pour Michel, elle adore son petit frère et ne lui refuse rien.

— J'ai une autre idée.

— Laquelle ?

— Eh bien… la prévenir.

— Tessa ? On lui parlera ce soir.

— Je ne parle pas de Tessa.

— Qui… ?

Un silence plane entre l'homme et la femme.

— Tu plaisantes ? s'étonne Papa.

— Non.

— Mais elle n'est pas là.

— Si. Je l'ai vue hier en ville.

— Qu'est-ce qu'elle fait par ici ?

— Elle s'installe à Oran.

— La voilà qui revient nous faire des histoires.

— Peut-être pas.

— Marthe, laisse-la en dehors de tout ça, gronde Papa.

— Elle peut nous aider, répète Marthe, butée.

Les poings du père se serrent dans les larges poches de son pantalon ; ses yeux lancent des éclairs. Pourquoi cette colère ? De qui parle Moman ? Qui faut-il informer que Michel a besoin de vêtements ?

— Eh bien, moi, je ne suis pas d'accord, ma femme. Et j'aimerais bien qu'une fois de temps en temps, on tienne compte de mon avis dans cette maison. On n'a besoin de personne. Je vais parler à Nicolas. Je travaillerai davantage. On se débrouillera comme on s'est toujours débrouillés : seuls.

Michel tourne doucement le bouton de la porte de sa chambre et traverse la cuisine devant ses parents qui se font face, immobiles, murés dans un silence hostile.

Il se faufile hors de la maison et franchit en deux bonds la courette séparant sa maison de celle de Samir. Il se laisse tomber avec un profond soupir sous la fenêtre de son copain. Son corps se détend sous la caresse tiède du vent du sud. Badra, la mère de Samir, apparaît dans l'encadrement de la fenêtre. Ses chairs abondantes roulent comme des vagues sous le tissu ample. Ses yeux cerclés de khôl sont aussi verts et lumineux que ceux de son fils. Levant vers Michel sa paume rougie, elle lui fait signe d'attendre. Norbert apparaît au coin de la rue, le rejoint et s'accroupit près de lui.

— Il est là, Samir ?

— Oui.

— Tu lui as demandé de sortir ?

— Sa mère dit qu'il arrive.

Norbert fixe de ses yeux songeurs la porte close des Tadouri.

— On ne peut jamais entrer chez Samir.

— Non.

— Pas comme chez ma mère. C'est un vrai moulin, il y a un de ces va-et-vient dans la cuisine, des fois j'en ai marre, pas moyen d'être tranquille cinq minutes.

— Tes parents aiment bien avoir des gens chez eux.

— Tu penses ! Ce n'est même pas fermé, juste un rideau en corde à l'entrée. Chez nous, c'est la maison du Bon Dieu.

— Et ta mère est tellement bavarde.

— Oui. Dis donc Michel, quand ma mère bavarde, la tienne n'est pas loin.

— C'est vrai, reconnaît l'enfant. Chez moi il n'y a pas de rideau, mais la porte est tout le temps entrebâillée.

La porte des Tadouri s'ouvre enfin, révélant le visage rond et doux de Samir.

— Samir, on se demandait, avec Michel, pourquoi on peut jamais jouer chez toi, lance Norbert.

Le petit garçon écarte les bras en signe d'ignorance.

— Je ne sais pas. C'est parce qu'il y a mes grandes sœurs.

— Tes sœurs ? Et alors ? Qu'est-ce que ça peut nous faire qu'il y ait tes sœurs ? rétorque Norbert en haussant les épaules. C'est toi qu'on vient voir. Les sœurs, pffff, ça ne nous intéresse pas. Ni les tiennes, ni la mienne, ni celle de Michel. Hein, Michel ?

— C'est comme ça chez moi, dit Samir. Je ne peux pas l'expliquer.

— Moi, j'aime bien ma sœur Tessa, remarque Michel avec honnêteté. Elle est gentille. Dimanche, elle m'a donné des bouts de tissu de toutes les couleurs pour fabriquer la queue de ma *bilotcha*[13].

— Ton cerf-volant est vraiment beau, admet Samir.

Michel lui sourit, reconnaissant.

— Tu n'as qu'à demander à Tessa de t'en donner aussi.

— Il en reste pour moi ?

— Sûr.

— Je lui demanderai.

— Avant, on jouait des fois ensemble, poursuit Michel. Depuis qu'elle a fêté ses seize ans, elle n'est plus la même. Quand elle n'est pas à l'école, elle passe son temps à bouquiner et écrire je ne sais pas trop quoi dans des carnets. Moman lui crie dessus tout le temps, il paraît qu'elle ferait mieux d'arrêter un peu de rêvasser, de redescendre de la lune et de s'occuper utilement.

— Et elle répond quoi ?

— Elle n'ose pas contredire Moman pour ne pas se faire punir. Alors elle boude. Elle boude beaucoup. Et ce n'est pas toujours la faute de Moman, parce qu'il lui arrive de bouder même lorsque personne ne lui dit rien. Je ne comprends pas pourquoi.

— Les filles, si tu cherches à les comprendre, tu es foutu, affirme Norbert avec beaucoup de conviction.

— Tu as raison, approuve Samir. Mes sœurs, ça leur arrive aussi d'être bizarres.

— Ma sœur Marinette, qu'est-ce qu'elle peut m'embêter, toujours à me suivre, à m'espionner, à me dénoncer pour un oui ou un non ! Maman lui donne à

13 Bilotcha : cerf-volant fabriqué avec des roseaux fendus en deux dans le sens de la longueur pour faire une armature légère, du papier transparent très fin de différent couleurs et de la farine mouillée en guise de colle, de la ficelle pour le faire voler très haut et des bandes de chiffons mises bout à bout pour faire « la queue ».

chaque fois raison, parce que c'est la fille. Hier, j'ai filé après ma toilette sans me brosser les ongles. Elle m'a vu et m'a menacé de tout répéter à Maman. Ce n'est qu'une sale rapporteuse. Je lui ai tiré les cheveux, juste un peu. Elle s'est mise à crier, pire que si j'essayais de l'égorger et je me suis pris un calbote[14], ajoute Norbert avec indignation.

— Je ne sais pas à quoi elle rêve pendant des heures et pourquoi sa tête est ailleurs, murmure Michel. Joanno ne lisait pas et n'écrivait pas dans des carnets. Il s'en fichait de tout ça. Il avait carrément la tête sur la Terre, lui. Il m'apprenait à nager, à pêcher. On faisait tout ensemble… Mais voilà, il est à la guerre.

La gorge de l'enfant se noue brutalement.

— Personne ne sait quand il va revenir. On ne sait même pas s'il va revenir. Alors…

14 Calbote : claque.

EN OUVRANT LA PORTE de la maison, Michel pousse un cri de joie. Dehors, il fait frais, mais il a plu cette nuit, quelle chance! Les bonnes pluies sont rares. Une eau transparente et fraîche dégringole du toit et danse dans les bidons alignés sous la gouttière. Dans la rue, les rayons du levant caressent les pavés fumants. Un ruisseau tout vif dévale la rigole le long de la rue des Andalouses. Samir, tout excité, accourt à sa rencontre.

— On fait la course? J'ai fabriqué les bateaux.

Bientôt, deux frêles embarcations, faites de brindilles entrelacées, bondissent joyeusement dans le creux du trottoir.

— Le premier qui arrive au coin de la rue a gagné, suggère Michel.

La course bat son plein depuis quelques minutes, lorsque Samir lève la tête et dit:

— Michel. Y'a ta mère qui arrive.

Moman s'approche en effet des enfants de son pas décidé.

— Rentre avec moi à la maison, ordonne-t-elle.

— Pourquoi?

— Viens, je te dis.

Intrigué, Michel lui emboîte le pas.

— Tu vas t'habiller un peu, dit la mère en pénétrant dans la maison. On a de la visite.

— Je suis déjà habillé, dit Michel.

Moman tire sur la veste et la chemisette à carreaux de Michel et lui tend celle qui a des manches longues et qu'il met pour la messe. Elle s'avance vers lui un linge humide à la main. L'enfant essaie de l'éviter en pivotant le buste, mais la mère, plus rapide, promène la serviette sur sa frimousse poussiéreuse.

— Allons, cesse un peu de gigoter.

Michel se débat de plus belle. Elle l'immobilise d'une main et de l'autre passe un peigne dans ses cheveux drus.

On frappe à la porte. Moman va ouvrir, un sourire étrange, un peu crispé, collé aux lèvres. Cette mimique inhabituelle accroît l'inquiétude de Michel. Une dame entre. Elle n'est pas du village. Il n'a jamais vu de dame aussi élégante et bien coiffée.

— Madame, entrez, je vous en prie…

La visiteuse remercie et s'assied, bien droite, sur la chaise que lui présente Moman. Un tailleur gris souligne sa taille légère. Ses cheveux blonds sont tordus en chignon. Le garçon abaisse son regard vers ses chaussures, des escarpins de cuir cambrés avec lesquels il n'a pas dû être facile de monter la ruelle. Souriante, elle retire ses gants, doigt après doigt. L'enfant sent peser sur lui son regard clair, mais très intimidé, il n'ose lever les yeux vers elle.

— Dis bonjour, dit Marthe.

— Bonjour, répète Michel.

Penchée vers lui, l'inconnue lui parle d'une voix basse, un peu grave. Elle prend de ses nouvelles. Il comprend à peine ses mots, tant ses oreilles bourdonnent de confusion. Moman, agacée, soulève son menton pour l'obliger à lever le regard. Que lui veut-on ?

Une conversation animée s'engage entre les deux dames. Il y est question du prix du litre de lait et de la livre de farine. En quoi cela regarde-t-il Michel ? Comment va-t-il pouvoir décamper ? C'est alors que le salut lui parvient du dehors : quelqu'un siffle sous la fenêtre. C'est Samir. Les gamins signalent ainsi leur présence dans la rue pour faire sortir un copain sans déranger sa maman. Mû par un ressort, il bondit de sa chaise ; sans laisser à Moman le temps de réagir, il se rue sur la porte, l'ouvre à la volée et détale à toutes jambes.

Samir le considère d'un air ébahi.

— Pourquoi t'as disparu ? Je t'attendais au ruisseau, tu ne revenais pas… Qu'est-ce que t'as, t'es tout blanc. T'as vu un fantôme ?

— Moman a fait venir une dame de la ville, je ne sais pas qui c'est et ce qu'elles me veulent toutes les deux. Elle m'a lavé la figure et obligé à mettre ma chemise de messe.

Indigné, Michel désigne sa chemise à manches longues.

— Ce n'est même pas le jour de la messe !

— Bah ne t'en fais pas, dit Samir. Ma mère a fait le pain. Tiens.

Il ouvre sa musette et coupe en deux sa galette de pain. C'est si bon, ce pain cuit sur la plaque brûlante. Michel règle son pas sur celui, lent et tranquille, de Samir, tandis qu'ils se dirigent vers le port de pêche. Michel refoule des larmes amères. Si Joanno était là, de telles choses ne se produiraient pas. Il ne laisserait pas Moman l'embêter comme ça. Il l'emmènerait chasser. Ils iraient ramasser des moules au cap Gros, caler les filets dans la passe, pêcher le gabot sur la jetée. Le soir, ils relèveraient les nasses grouillantes de langoustes à l'entrée du port. Ils nageraient, ils se rouleraient dans les vagues sur la plage de la Sardine. La vie serait belle, ensoleillée, passionnante, comme avant.

Assis sous les gros blocs d'enrochement de la jetée, Samir et Michel contemplent pensivement les bateaux de la flottille de pêche qui se balancent dans le roulis des vaguelettes et le cliquetis des cordages. L'après-midi touche à sa fin.

— Bon, viens, on rentre, propose-t-il à Michel.

— Rentre si tu veux. Moi, je n'ai pas envie. Moman va me tuer.

— Mais il va bien falloir que tu rentres.

Samir jette des galets dans le clapotis des vagues.

— Regarde ce chalutier, Samir. Je ne l'ai jamais vu ici.

— Il vient de Marseille. Il est arrivé hier. Avec mon frère Lounes, on a écouté parler les marins ; leur accent est vraiment marrant.

Marseille ! Une idée débouche dans le crâne de Michel: une idée de génie.

— Samir ! Ecoute ! Le chalutier vient de Marseille, il va donc y retourner.

— Ben, oui. Et alors ?

Michel saute sur ses pieds, tout excité. La Providence lui fait un appel du pied : il doit aller à Marseille. En France ! Là, il retrouvera Joanno. Il bondit souplement sur le pont de l'embarcation et soulève la trappe d'accès à la cabine. Le battant n'est pas cadenassé.

— Il n'y a personne ! s'écrie-t-il. Je vais me glisser là-dedans et me cacher.

— Te cacher ? Mais pourquoi ?

— Je pars. A Marseille!

Samir saute à son tour sur le pont.

— Tu ne peux pas partir comme ça, proteste-t-il, inquiet.

— Pourquoi? Je vais me gêner. J'en ai marre. Ils se disputent tout le temps. Je vais retrouver Joanno. Samir, viens avec moi!

— A Marseille?

— Oui.

— Qu'est-ce qu'elle va dire, ma mère?

— Elle ne dira rien du tout. On lui enverra une carte en arrivant. Tu disais tout le temps que t'avais tellement envie d'aller en France.

— Oui j'ai envie d'aller en France. Je sais que j'irai un jour, que je ne resterai pas toute ma vie à Kébir... Lounes aussi, il dit que quand il sera docteur, il ira travailler en France.

— Tu vois bien.

Samir hésite. Aller en France, c'est leur rêve à tous deux. Un si beau pays! La forme de ses frontières tient parfaitement dans un hexagone; ses lignes doucement arrondies, comme celles d'une femme, les émerveillent. Entre les deux fenêtres de la classe, le maître a punaisé des photos de châteaux de la Loire. Les regards errent sur les lignes délicates d'Azay-le-Rideau. Ici, personne n'a jamais vu de château. Les châteaux n'existent que dans les contes de fées, les histoires de princes et de princesses.

Sur le pont du bateau, Samir contemple le village étalé au pied du Santon, les rayons du couchant caressant les crêtes fauves du Murdjadjo. Il se retourne d'un bloc et adresse à son ami un sourire complice. Les deux enfants se faufilent dans la minuscule cabine. Michel expose son plan de campagne.

— Voilà. Quand on aura débarqué à Marseille, on ira à la gare à pied, ça ne doit pas être très loin. On grimpera dans le premier train pour Paris. Là, on demandera la direction de la guerre et on retrouvera Joanno.

— Tu crois que ça va marcher ?

— Bien sûr. On va se cacher sous ces bâches. Quand ils nous découvriront, on sera en haute mer. Ils seront bien obligés de nous garder avec eux.

Michel se demande si à l'heure qu'il est, la famille s'est aperçue de son absence. Ils ne s'intéressent pas à lui. Il hausse les épaules. Allongés à même le plancher, les enfants tentent de trouver une position confortable. Sous les bâches, ça sent fort le poisson. Les barres transversales du fond de la coque blessent leurs omoplates. Leurs estomacs crient famine. Et puis il ne fait pas très chaud. Aucun des deux n'ose se plaindre : des aventuriers de leur trempe ne se laissent pas distraire par une nécessité aussi triviale. Ils tiendront jusqu'à Marseille.

La lune est déjà haute dans le ciel lorsque le pas lourd des marins résonne sur le pont du chalutier. Les deux enfants s'aplatissent sur le plancher. Pourtant, les matelots ne tardent pas à remarquer deux petites formes recroquevillées sous les bâches. Ils poussent des exclamations d'étonnement en découvrant Michel et Samir qui se relèvent.

— Qu'est-ce que vous fabriquez là-dessous ? demande un des marins, avec son drôle d'accent.

— On veut partir en France, explique Michel.

— Partir en France ! Pourquoi faire ? C'est pas bien ici ?

— Je veux retrouver mon frère. On peut rester avec vous ?

— Il est où, ton frère ?

— A la guerre.

— Vous entendez les autres, s'esclaffe le gars, hilare. Ces mioches-là, hauts comme trois pommes, s'en vont à la guerre. Dis-moi bonhomme, elle est au courant, ta mère, de votre petite excursion ?

Michel baisse la tête. Le départ pour la France n'aura pas lieu.

Sur le seuil de la maison, Moman frotte ses mains rougies par les lessives dans les replis de son tablier. Elle remercie chaleureusement les matelots du chalutier. Michel fait grise mine. Les sourires et les mots aimables sont pour les marins. Pour lui, ce sera une autre chanson. La porte refermée, la mère reste immobile. Elle enveloppe Michel d'un regard étrange. Elle n'a pas l'air en colère. Elle semble triste, fatiguée.

— Va vite te coucher Michel, dit-elle, assez doucement. Nous reparlerons de ça une autre fois. Il est tard.

Etonné de n'être pas grondé, soulagé de s'en tirer à bon compte, le garçon regagne sa chambre. Tessa est assise en tailleur sur le lit, en chemise, un livre ouvert devant elle.

— Tu es là, toi ? Où étais-tu passé ? On t'a cherché partout. Maman s'est fait un sang d'encre.

— Un sang d'encre ? Pour moi ?

Tessa le considère avec étonnement.

— Bien sûr. Pour qui veux-tu ? Et Papa aussi. Qu'est-ce que tu crois ? Tu étais où ?

— Dans un bateau.

— Un bateau ? Quel bateau ? Avec qui ?

— Samir.

— Pour quoi faire ?

— On voulait aller à Marseille.

— Pourquoi ?

— Pour rejoindre Joanno.

— Rejoindre Joanno ! répète Tessa, abasourdie. Mais Joanno n'est pas à Marseille, Michel.

Le flot de chagrin que Michel tente de contenir depuis le matin le submerge tout à coup. Les larmes débordent de ses yeux clairs et roulent jusqu'à ses lèvres, creusant un sillon sur ses joues poussiéreuses. Tessa ouvre les bras. Michel replie bras et jambes et se love contre la poitrine de sa sœur.

— Joanno n'est pas à Marseille, répète-t-elle, consolante. Son régiment se bat dans le nord de la France, très très loin de Marseille. Allons, ne pleure plus.

Tessa est douce, chaude. Elle sent le citron, comme chaque fois qu'elle se lave les cheveux. A Mers el-Kébir, l'eau du robinet est un peu salée. La jeune fille ajoute le jus d'un citron à l'eau de rinçage pour les rendre brillants, au grand dam de Moman qui n'admet pas que l'on gaspille de la nourriture pour des causes aussi futiles.

— Il te manque beaucoup, n'est-ce pas ?

— Oui.

— A moi aussi, il me manque, tu sais. Terriblement. Quelle idée de vous embarquer, Michel ! Où pensiez-vous aller comme ça, deux petits gosses, seuls au monde ? Tu ne serais jamais arrivé à le retrouver. Allons, il faut que tu dormes.

Le petit glisse sa main sous son oreiller et saisit le pyjama bien plié par sa mère.

— La France va bientôt gagner. Joanno et les autres vont revenir.

Elle souffle la bougie et s'étend à son tour, mains croisées sur sa poitrine.

— Je comprends qu'on puisse avoir envie de partir, murmure-t-elle. On vit dans un port. On voit la mer de nos fenêtres ; les bateaux vont et viennent, on croise des marins de tous les coins du monde. Cela me fait venir des rêves et comme des envies d'embarquer. Comme toi. Je lis les noms des bateaux sur les coques et je me dis : tiens, celui-là va en France, en Italie, en Grèce… Ou plus loin encore. Il va traverser l'Atlantique ! Découvrir l'Amérique !

Tessa se retourne brusquement et enfouit son visage dans son oreiller. Bientôt, un souffle paisible monte de sa poitrine. Elle dort.

Michel cherche en vain le sommeil, gêné par des élancements dans le ventre. Il se souvient tout à coup qu'il n'a rien mangé depuis le morceau de pain donné par Samir. Les douleurs, ce sont des crampes d'estomac. La porte d'entrée claque. Michel reconnaît le pas lent, un peu traînant, de Papa. Le vieux pêcheur revient d'un des bars du port où il joue à la brisca[15] en compagnie de ses amis. Dans la cuisine, les parents se disputent. L'enfant colle son oreille à la porte. Il s'agit de lui. Papa gronde, accuse. Sa voix monte à mesure qu'enfle sa colère.

— Je n'étais pas d'accord pour que tu l'appelles… Non seulement tu ne m'as pas écouté, mais en plus, tu l'as fait venir à la maison. Je t'avais dit : pas ici ! Tu te rends compte, si le bateau était parti avec les gosses dedans ?

Moman, la voix curieusement plaintive, semble se défendre.

Le père pénètre dans la chambre.

— Tu dors, petit ?

— Non.

— Tu as eu ton compte d'émotions aujourd'hui.

Michel grimpe dans son lit.

— Tu n'as pas faim ?

— Si.

— Tiens. Prends ça.

Le père extirpe de ses vastes poches de pantalon un cornet de papier vaguement graisseux. Ce sont des pois chiches torréfiés, grillés et salés. Assis sur le lit, Michel avale ses pois chiches sous le regard songeur de Papa.

— Ne pense plus à tout ça, mon fils, dit-il de sa voix redevenue tranquille, posant sa main sur les cheveux drus. Cela n'arrivera plus : c'est moi qui te le dis.

Avant de s'endormir, la dernière pensée de Michel va à Joanno, à son rendez-vous manqué avec son grand frère.

---

15 Brisca : jeu de cartes espagnol.

A L'APPROCHE DES FÊTES de Noël, Moman a décidé d'emmener Michel dans les magasins. Prestement déshabillé, le garçon se retrouve en culotte dans une cabine des Galeries de France. Stupéfait d'être l'objet de toutes les attentions, il se laisse faire et enfile avec docilité les différentes pièces de vêtements, pantalons, chemises que lui présente la vendeuse. Assise sur une chaise, son cabas de tapisserie serré contre son ample poitrine, Moman dirige l'essayage. Elle exprime ses préférences avec des moues compétentes. Modèles, couleurs ; elle sait ce qu'il lui faut. Elle fixe son choix : deux pantalons, une ceinture, des chemises, une vareuse, un pyjama, des chaussettes et des souliers. La vendeuse réalise avec les lacets le prodige d'une boucle compliquée. Invité à faire quelques pas, Michel admire dans les miroirs du magasin son pied élégamment chaussé. Le cuir neuf, un peu raide, le blesse aux chevilles. Il jette un œil désemparé à la mère.

— Elles ne me vont pas, se plaint-il. J'ai mal aux pieds là-dedans.La vendeuse écarte les bras.

— Je vous assure, Madame, c'est ce qu'il lui faut. Je vous ai donné une taille confortable pour qu'il puisse les mettre plus longtemps. Avec une pointure de plus, il risque de les perdre en marchant…

Moman se lève, sort son porte-monnaie de son cabas.

— On les prend, décide-t-elle. Michel, tu commences tout de suite à les porter pour que ton pied s'habitue.

Michel, accompagné de sa mère, se rend aux vêpres dans toute la splendeur de ses habits neufs. Il se faufile à l'avant de la nef et prend sa place auprès de Norbert sur le banc des enfants, devant l'autel.

— Wouaou, ce que t'es beau aujourd'hui ! commente son copain après un bref coup d'œil. T'as cassé ta tirelire ou quoi ?

D'un regard sévère, Carmelette intime à son fils l'ordre de se taire. Le chœur des enfants entame le « Je vous salue Marie », les yeux levés vers l'éblouissante fresque du chœur de l'église représentant Jésus distribuant la « pêche miraculeuse ». Norbert se penche vers Michel et chuchote :

— Dis donc, pourquoi est-ce que dans les prières on dit toujours : « Priez pour nous, pauvres pécheurs... ? » Tu trouves que c'est juste, ça ? Les pêcheurs, les pêcheurs... Il n'y a quand même pas que des pêcheurs à Kébir ! Mon père à moi, il est garagiste ! On devrait aussi un peu prier pour lui.

Dans les rues, sur les placettes, on ne parle que de la guerre. Rares sont les familles du village n'ayant pas un fils, un parent ou un ami engagé dans l'armée d'Afrique sur le théâtre des opérations. Chaque jour amène son lot de mauvaises nouvelles dans les foyers. Les d'Ambrosio guettent le passage de Monsieur Zakaria, le facteur. Il dépose de temps à autre une carte de la main de Joanno, porteuse de nouvelles laconiques, mentionnant des mouvements de troupes qu'ils conçoivent mal, dans des villages au nom imprononçable à consonance germanique. A Mers el-Kébir, tout le monde est certain que la France va gagner. Epaulée par son puissant empire colonial, qui constitue une réserve inépuisable d'hommes prêts à donner leur vie, comment pourrait-elle perdre ? Sur les murs du village, des affiches collées aux murs représentant la France et l'immensité de ses possessions africaines, affirment : « Nous vaincrons parce que nous sommes les plus forts. » Puisque la France est la plus forte, pourquoi n'a-t-elle pas déjà gagné ? Non seulement Joanno n'a pas pu tenir la promesse faite le jour de son départ, mais rien ne laisse présager son retour prochain. La famille d'Ambrosio se prépare tristement à fêter Noël sans lui.

Papa et Michel se rendent dans les collines pour choisir un sapin. Bien sûr, ce n'est pas un sapin comme ceux que l'on voit dans les livres d'images de France. A Mers el-Kébir, ce sont des pins que les papas s'en vont couper dans le Santon. Papa fixe son choix sur un arbuste bien touffu d'à peu près la hauteur de l'enfant.

L'arbre de Noël prend place dans un coin de la cuisine. Moman saupoudre ses branches maigres d'une ou deux poignées de farine et de quelques boulettes de coton hydrophile pour imiter la neige. La mère et la fille disposent quelques boules et deux guirlandes scintillantes sous les yeux émerveillés de Michel. La crèche sera installée en l'absence des enfants, sous un guéridon recouvert pour la circonstance d'un napperon tombant jusqu'à terre. La famille la découvrira le soir de Noël, lorsque le voile se lèvera sur la cabane de bois façonnée par Papa pendant l'enfance de Joanno et Tessa.

C'est si beau ! La crèche repose sur des rochers de papier ciment. Marie et Joseph sont assis sous le toit en alfa de part et d'autre de la nacelle encore vide. Une rivière de papier d'aluminium coule en contrebas de la cabane. En attendant la naissance de l'Enfant-Roi, l'âne et le bœuf s'abreuvent à une mare constituée d'un bout de miroir brisé.

Pour la veillée, la mère a préparé le traditionnel schaleed de morue, car on ne mange pas de viande ce soir-là. Le bon pot-au-feu aux pignons qui mitonne depuis le matin dans la cocotte, c'est pour demain. La famille se rend à la messe de minuit. La foule des Kébiriens se presse sur le parvis de l'église. A droite de l'entrée, la crèche est brillamment illuminée. Michel dépose son obole dans le tronc des pauvres. Adossé au mur, l'enfant de chœur en plâtre dodeline doucement de la tête, comme pour remercier à chaque piécette tintant au fond de la tirelire qu'il tient entre ses mains.

Au retour de la messe de minuit, le petit garçon est autorisé à tremper un biscuit sec dans la liqueur de banane du père. Ses souliers neufs bien cirés ont pris place au pied du sapin.

Moman réprime un bâillement et se redresse tout à coup.

— Va te coucher maintenant, ordonne-t-elle. Il est très tard.

— Bah ! Michel peut bien rester encore un peu avec nous, plaide Papa en hissant l'enfant sur ses genoux. C'est Noël !

Moman toise son mari, sourcil froncé et bras croisés.

— Pepico, ne me contredis pas devant le petit. Tu sais que le père Noël n'aime pas du tout trouver les enfants debout. S'il voit que Michel n'est pas couché, il risque de s'en aller.

Terrifié à l'idée que Papa Noël, fâché, pourrait ne pas entrer chez lui, Michel se tortille pour échapper à l'étreinte du père et se précipite vers son lit.

Les premières lueurs de l'aube tirent l'enfant du sommeil bien avant le reste de la maisonnée. Il bondit hors du lit et s'avance devant le sapin. Le corps rose et potelé du Divin Bébé repose sur sa couche de paille. Le père Noël a déposé quelque chose pour lui : il y a un paquet entre ses deux souliers. Le cœur battant, les mains tremblantes d'excitation, Michel défait le papier brun et découvre une boîte en fer-blanc, très longue et plate. Le mot « Genève » est écrit sur le couvercle, juste en dessous du dessin représentant une très haute montagne, en forme de croc couverte de neige. Retenant son souffle, Michel ouvre la boîte et écarquille les yeux. Il n'a jamais rien vu d'aussi beau. Des crayons de couleur neufs, à pointe effilée, fleurant le bois coupé, serrés les uns contre les autres, réalisent un savant dégradé de nuances. Les crayons roulent sous les doigts de l'enfant. Il n'a jamais vu autant de couleurs de sa vie. Dans la boîte, il y en a bien plus que n'en contient l'arc-en-ciel. Pas une couleur semblable à une autre. Ressemblantes parfois, mais… différentes. Le cœur de Michel se dilate dans sa poitrine, à la faire éclater. Des larmes piquent ses yeux, menacent de déborder, mais il ne va pas pleurer. Papa, Moman et Tessa, qui assistent à la scène depuis la porte de la chambre en souriant, ne comprendraient pas.

Ils s'imagineraient que son cadeau ne lui plaît pas. Qui sait, peut-être pourrait-on le lui reprendre ? Il referme sa boîte, la serre contre lui. Un monde inconnu vient de s'ouvrir à l'enfant. Jamais il n'avait soupçonné l'existence de telles merveilles dans l'univers.

— **ILS SONT LÀ,** je les vois! crie Norbert en pointant le doigt vers le large, vers le nord.

— Qui? demande Michel.

— Les bateaux, les bateaux!

Norbert pointe son doigt en direction de la mer en trépignant de joie. Un imperceptible panache de fumée tremblote sur la ligne d'horizon.

— Tu vois les bateaux?

— Oui, on voit un mât.

Norbert a raison. Juste au-dessous du nuage de fumée se dessine la flèche d'une mâture: les bateaux de guerre français arrivent à Mers el-Kébir. Fous de joie, les enfants courent à toutes jambes vers l'extrémité de la grande jetée pour profiter du spectacle de l'arrivée de la flotte. Les bâtiments se présentent à l'entrée de la passe dans un alignement si parfait que, jusqu'au dernier moment, on ne distingue que les superstructures du navire de tête. Aux abords du port, l'impeccable formation se rompt pour les manœuvres d'accostage. Les navires franchissent majestueusement la passe, l'un après l'autre. Ils décrivent de larges courbes pour s'arrimer cul à la jetée, prêts au départ.

La rade change de physionomie. Les travaux du port de Mers el-Kébir sont ralentis par la guerre, le manque d'hommes et de matériel mais cependant poursuivis. En ce printemps 1940, la jetée nord, à moitié terminée, atteint déjà huit cents mètres. Son plan d'eau de deux cents hectares accueille au mouillage des escadres entières. Le village s'anime chaque mois davantage à mesure que le modeste port de pêche se transforme en l'une des plus importantes bases navales de l'empire colonial. Dans la baie, les coques frêles de la flottille de pêche côtoient les silhouettes imposantes des bateaux de guerre de la Marine. Les hommes d'équipage adressent aux pêcheurs des signes de la main depuis la hune et le pont supérieur. Les navires ont si fière allure, ils semblent si menaçants et invincibles.

A Mers el-Kébir, l'arrivée des escadres est un spectacle familier. Des vedettes, faisant la navette entre les bateaux et le port, débarquent des centaines de marins qui envahissent les quais, les rues, les places, les bureaux de poste et les commerces. Le soir, ils se joignent aux villageois pour « faire le boulevard »[16], à l'heure où tout le monde, les hommes, les femmes, les enfants se promènent avant le dîner. L'on monte la route nationale en petits groupes avant de faire demi-tour pour redescendre en sens inverse en bavardant avec animation. Les demoiselles apportent un soin particulier à leur toilette, amidonnant leurs jupes et entortillant des rubans dans leurs cheveux. Elles affectent d'ignorer l'attention dont elles sont l'objet et dissimulent derrière leurs mains des sourires ravis.

Comme dans toutes les villes portuaires, les marins ne sont pas en odeur de sainteté. On les aime bien, les « cols bleus », mais mieux vaut se méfier. Après des semaines et des mois passés en mer dans les batteries confinées et surpeuplées des navires, ils se livrent volontiers à des excès. Certains chahutent, s'enivrent le soir dans les bars de la

16 Faire le boulevard : se promener avant le dîner, coutume héritée du « paseo » espagnol, fréquente dans les pays méditerranéens.

région. D'autres tiennent compagnie à des dames aux rires aigus. La nuit est fort avancée lorsque les vedettes les ramènent à bord des navires. Mères et douairières sermonnent les filles en âge de se marier. Moman, bien sûr, n'est pas en reste de conseils.

— Attention aux marins, recommande-t-elle doctement à Tessa. Ils sont en escale ici. En balade! Tant qu'ils sont là, ils n'ont qu'une idée en tête: le jaleo[17]. Il ne faut pas leur parler, ni les écouter. Tu peux me croire, ils ont tous une femme ou une fiancée qui attend en Bretagne, en Normandie ou ailleurs. Boire, s'amuser, trouver des filles qui se laissent faire, c'est tout ce qui les intéresse. Tu entends?

— Oui, Maman, je sais, dit Tessa.

— Bon. Tu me feras le plaisir de garder tes distances. Compris?

— Oui, Maman, répète Tessa, la bouche maussade.

A seize ans, la jeune fille n'est guère plus grande que Michel, mais joliment tournée, la taille fine et les épaules rondes. Elle partage la vie et les tâches de sa mère depuis sa sortie du collège, deux ans plus tôt. Cette année-là, elle a obtenu son brevet. Tessa travaillait bien à l'école et rêvait d'aller au lycée. La directrice du collège était intervenue personnellement auprès de Papa et Moman pour que Tessa y soit inscrite.

— Maman, s'il te plaît, dis oui, a supplié Tessa, les mains jointes. J'aimerais continuer mes études. Je suis douée pour ça. J'aime lire et apprendre des tas de choses.

17 Jaleo: la fête, la java.

C'est moi qui ai les meilleures notes de la classe en composition française. Je suis sûre que je peux avoir le bac.

— Le bac! a sursauté Moman. Et puis quoi encore? Tu as ton brevet en poche, c'est déjà très bien. Tu as plus d'instruction que la plupart des filles d'ici. Tu es bien assez savante comme ça.

— Tessa pourrait devenir maîtresse d'école, comme madame Gillot… ou bien infirmière, a plaidé Papa, tout fier de l'intelligence de sa fille.

— Le destin de la femme est de se marier et d'avoir des enfants. Il est temps que Tessa s'intéresse à des choses qui lui seront vraiment utiles.

Moman, insensible aux larmes de sa fille et aux protestations de son mari, est restée intraitable et Papa, comme toujours, a baissé pavillon. Tessa, vaincue, a boudé pendant de longues semaines. Elle suit maintenant les cours des religieuses de Sainte-Marie-Auxiliatrice où elle apprend toutes ces choses indispensables à une jeune fille bien élevée: faire la cuisine et bien tenir une maison. Tessa montre un vrai talent pour la couture. Elle aime confectionner ses vêtements, jupes et chemisiers. Ses doigts fins et bruns coupent, assemblent, plissent et cousent comme ceux d'une magicienne.

A la nuit tombée, une fois le dîner avalé et ses tâches terminées, lorsqu'elle dispose enfin d'un peu de temps pour elle, elle noircit des pages et des pages de ses carnets. Personne ne sait exactement ce qu'elle y écrit, car elle prend toujours soin de les dissimuler dans une cachette secrète. Avant de dormir, elle se glisse entre les draps, un livre ouvert sur ses genoux. C'est au milieu d'une belle histoire que le sommeil vient finalement la cueillir.

COMME ILS SEMBLENT LOIN, les sombres mois du premier hiver de la guerre. Avec le retour des beaux jours, la corniche s'est animée, pittoresque et jolie, avec ses criques de sable blanc, bordées de villas, de guinguettes, de cabanons d'estivants, ses cafés joyeux et ses restaurants sur pilotis. Le bord de mer attire beaucoup de monde. Tessa et son amie Etiennette profitent d'un beau dimanche pour s'étendre sur le sable chaud, à l'abri du soleil sous une tente à rayures installée par Papa.

Quelques pas plus loin, Norbert, Samir et Michel, assis sur les rochers, pêchent le gabot. Depuis le matin, ils jettent les lignes de leurs cannes à pêche façonnées avec des branches de roseau, du fil et un de ces petits hameçons à un sou de chez monsieur Covès, l'épicier du village. Des vers d'appât grouillent au fond d'un bidon de confiture vide donné par Moman. Aucun gabot ne semble d'humeur à se laisser surprendre, au grand dépit des trois pêcheurs.

Un attroupement autour de la tente des filles attire leur attention.

— T'as vu, remarque Samir. Tessa et Etiennette sont bien entourées, dis donc.

— C'est qui ceux-là ? demande Norbert. Je ne les ai jamais vus par ici.

— Moi non plus, renchérit Michel.

— Sûrement les marins des bateaux qui sont arrivés hier.

— Qu'est-ce qu'ils font ?

Norbert émet un bref ricanement.

— Ils font les malins devant les filles, voilà ce qu'ils font.

— Bon, moi, je retourne vers elles, dit Michel.

— Je viens avec toi, approuve Samir.

L'air dégoûté, Norbert tient entre son pouce et son index une bouteille de vin vide.

— De toute manière, ça ne mord pas. Voilà toute notre pêche d'aujourd'hui : trois bouteilles.

Les enfants remballent leur matériel et reviennent vers la plage, chargés de leur canne et de leur pot à confiture. Autour de la tente rayée, la conversation va bon train. Une dizaine de jeunes hommes, le torse bombé, l'épaule avantageuse, rivalisent d'amabilité auprès de Tessa et d'Etiennette.

— D'où venez-vous ? demande Tessa à l'un des matelots, assis un peu plus près d'elle que les autres.

— Je suis né à Ouessant, répond le gars.

— Ouessant ! Et vous êtes à bord du…

— … *Bretagne.*

— Du *Bretagne !* C'est drôle, s'écrie Tessa.

Elle pouffe de rire. Plutôt sottement de l'avis de Michel, qui, le sourcil froncé, ne voit pas très bien ce que la remarque du gars a de drôle.

— De *la Bretagne*, mademoiselle, rectifie galamment le matelot. Pour les bateaux, comme pour les dames, on dit « la » si le nom est féminin. Je m'appelle Hubert, timonier à bord.

L'attitude de Tessa est étonnante : elle n'a pas l'air de les trouver importuns du tout. Elle rit, plaisante, étend l'une après l'autre ses jambes fines, balance la masse de ses cheveux bouclés d'un côté, puis de l'autre, avec des gestes gracieux qu'on ne lui connaît pas. Michel, contrarié, pense tout de suite à Joanno. S'il voyait ça, son frère ne serait pas content. Il disperserait comme une volée d'étourneaux la troupe de militaires agglutinés autour de sa sœur. Au village, les filles ne plaisantent pas avec les garçons. Cela ne se fait pas du tout, c'est très mal vu. Des marins ! Si Moman la voyait !

Devant la maison des d'Ambrosio, deux marches d'escalier plus larges que les autres servent de terrasse. Après le dîner, lorsque la chaleur desserre son étau sur le village, Marthe d'Ambrosio y retrouve ses voisines. Ces dames apportent leur petit banc, leur ouvrage et s'assoient en cercle. La rue s'emplit du brouhaha de leurs conversations. C'est là, à cet endroit précis du village, que s'échange l'information, que naît la rumeur, que germe le racontar. Là, se font et se défont les réputations. Ces dames savent tout, sur tout le monde. Rien ni personne n'échappe à leur insatiable curiosité.

Tout près de leurs mamans, les fillettes s'amusent à leurs petits jeux de filles, avec des poupées de chiffons, des osselets ; elles dessinent des marelles, sautent à la corde. Comme tous les soirs, Samir, Norbert et Michel ne résistent pas au plaisir de donner un coup de pied dans le galet de marelle et de dérober leur corde à sauter. Leur victime préférée, c'est Marinette, la sœur cadette de Norbert, une brunette à couettes. La petite se met tout de suite à pleurnicher, provoquant l'ire de Carmelette qui chasse les garçons à grands moulinets de bras, comme un essaim de mouches.

Ce soir-là, Carmelette informe Moman, l'air de rien, qu'elle a aperçu Tessa et la petite Agullo sur la plage en grande conversation avec des marins. La mère, très pâle, accuse le coup. Elle ronge son frein jusqu'au départ des voisines, mais sitôt la porte close sur l'intimité de la famille, l'orage se déchaîne sur la tête de la jeune fille.

— Tout l'après-midi sur la plage avec les marins, gronde Moman. Ma fille, qu'est-ce que tu as dans la tête ?

— Je n'ai rien fait de mal, Maman, proteste Tessa. J'étais avec Etiennette d'abord ! Ils sont très gentils et ne pensent pas à mal. Nous avons discuté un petit moment, voilà tout.

— Discuté avec les marins !

Moman tourne son regard scandalisé vers la « Visiteuse ».

— Sainte Mère, cette enfant n'a pas deux sous de jugeote. Je t'ai expliqué pourquoi il faut les éviter.

Elle brandit l'index.

— Qu'on ne revienne pas me dire qu'on t'a vue parler avec les marins, sans quoi tu auras affaire à moi. Je t'interdirai d'aller à la plage et où que ce soit, d'ailleurs, sans Papa ou moi. Nous n'avons pas assez d'ennuis, il nous manquait encore celui-là. Notre fille avec des marins !

Les lèvres pulpeuses de la jeune fille s'incurvent sur cette moue boudeuse qui lui est familière. Elle fléchit son cou gracile et se tient coite. Comme tout le monde à la maison, elle sait que Moman fait ce qu'elle dit et tient ses promesses.

— Que de soucis, que de soucis, gémit la mère. Une famille à nourrir avec une paye de matelot… autant dire rien. Un fils au combat, mort peut-être…

Sa voix déraille mais elle se ressaisit.

— Et une fille à marier. Si encore on arrive à la marier ! Les gens vont bavarder dans notre dos. Etiennette est fiancée, qu'elle se débrouille avec le fils Scotto. Si ça ne le dérange pas que sa future femme flirte avec les marins. Mais toi ? Si le bruit allait courir que tu n'es pas sérieuse ? Tu y as pensé ? Jamais tu ne trouveras de mari.

Et puis, l'affreuse nouvelle s'est abattue sur le village. La France a abandonné le combat. Son nouveau chef négocie les conditions de la paix avec le vainqueur. La patrie sera désormais coupée en deux par une ligne de démarcation. Les départements africains, dont l'Oranie, se retrouvent, comme les autres départements du sud du pays, en zone libre.

Papa éteint la radio. Il baisse la tête, masse à pleines mains sa chevelure grisonnante. Moman se dresse sur ses jambes. Une joie un peu folle détend ses traits sévères.

— La guerre est finie ! Bonté divine. En voilà une bonne nouvelle !

Pepico dévisage sa femme d'un air choqué.

— Tu trouves que c'est une bonne nouvelle, que la France soit battue ?

— Tant pis pour elle si elle ne s'est pas débrouillée de gagner, rétorque Moman avec fraîcheur. Nous avons fait ce que nous pouvions pour l'aider. Nous lui avons envoyé nos jeunes hommes qui nous manquent cruellement ici. Nous lui avons donné tout ce que nous possédions. Sainte Vierge, merci, cette folie va s'arrêter et je vais retrouver mon fils.

POURTANT, la guerre n'est pas finie et les ennuis ne font que commencer. A la suite de l'armistice, une grande partie de la flotte de haute mer française a quitté les ports métropolitains pour jeter l'ancre dans les bases coloniales. A Mers el-Kébir, sont stationnés les deux fleurons de la flotte, les croiseurs de bataille de vingt-six mille tonnes *Strasbourg* et *Dunkerque*, récemment sortis des chantiers navals de Brest, l'orgueil de la Royale. Il y a aussi les deux cuirassés récemment modernisés *Bretagne* et *Provence* et le transport d'hydravions *Commandant Teste*. Six contre-torpilleurs *Tigre, Lynx, Mogador, Kersaint, Terrible, Volta* et le patrouilleur *Terre-Neuve* mouillent à la jetée de Saint-André.

On sait que les bateaux sont en grand danger d'être bombardés. Deux ou trois fois déjà, le village a été mis en alerte, et la population est priée de se tenir sur ses gardes.

— Vous me ferez le plaisir de ne pas vous approcher de la mer en ce moment, recommande Moman. On ne sait jamais.

Michel, Samir et Norbert passent leur temps sur le youyou de Papa, emprunté sans autorisation. Les trois bouteilles pêchées la semaine précédente sur la plage ont finalement été une très bonne prise. L'épicière du port les a reprises en consigne, un franc l'unité. Depuis, les trois enfants ne pensent plus qu'à récolter les bouteilles de vin vides jetées par-dessus bord par les marins. Ils sillonnent les eaux paisibles du port, s'approchant des navires. Parfois, l'on distingue sur le flot le reflet scintillant d'une bouteille. Ils rament de toutes leurs forces pour s'en saisir vite avant qu'elle ne se remplisse d'eau et ne coule. Michel, tout fier, a donné deux francs à sa mère.

— D'où ça vient, cet argent ? a demandé Moman.
— C'est les consignes des bouteilles.
— Où tu as trouvé des bouteilles ?
— Sur la plage.

Nicolas Sorano, le patron de Papa, vient de rentrer de France. Après la capitulation, la plupart des garçons de Kébir sont de retour... mais Joanno pas encore. Moman, plus sombre, plus nerveuse que jamais, guette les passages du facteur.

Ce matin-là, Nicolas et Papa sont arrivés à la maison bien avant le lever du soleil. Ils ont réveillé la famille. Nicolas triture sa casquette de pêcheur entre ses doigts maigres. Moman sert le café, distribue des tranches du pain grillé à la flamme du kanoun.

— Toute une armada de bateaux est stationnée derrière le Cap Falcon, dit le jeune homme. Nous les avons vus en revenant de la pêche.

Michel trempe ses lèvres dans le café et grimace. Le sucre est devenu denrée rare et depuis le début de la guerre on n'en trouve plus au village. Le goût amer ne semble pas déranger Nicolas outre mesure : il contemple Tessa qui, penchée sur son bol, écarte de son visage ses longues boucles emmêlées.

— Encore une alerte ? demande Moman. En l'espace de dix jours, ils nous ont envoyés trois fois nous cacher.

— Le maire va faire placarder des affiches. Cette fois, ça a l'air plus sérieux. Il faut évacuer.

La mère lève les yeux au ciel.

— Vous devriez monter à l'ancienne poudrière avec Tessa et le petit. Je vous y rejoindrai.

— Vous avez entendu, vous deux, préparez-vous et vite, intime Moman d'un ton sec. Je prépare de quoi manger.

Michel enfile prestement sa chemisette à carreaux et son pantalon court. Avant de sortir, il jette un regard à sa boîte de couleurs. Un instant tenté de l'emporter, il renonce à son idée. Relevant le bord de son matelas, il la glisse dessous.

Le mot d'ordre a vite circulé dans le village. Hommes, femmes et enfants s'engagent sur la route du cimetière. Moman souffle et peine dans la montée. L'enfant avance dans le pas de Tessa. Papa ferme la marche. Le petit groupe débouche dans une carrière à ciel ouvert, découvrant largement le panorama de la baie.

— Restons ici, propose Papa. On peut s'abriter sous les pins. Il va faire très chaud.

Les premiers rayons du soleil apparaissent au-dessus des crêtes du Murdjadjo. La brume matinale voile encore la rade, mais Papa a raison : la journée s'annonce torride.

Dans la baie, tout semble normal. Cinq gros bâtiments ont accosté à la grande jetée ; quelques autres, plus petits, sont amarrés au port de Saint-André, cheminées éteintes. Des coups de sifflet résonnent sur les ponts des bateaux : c'est l'heure de l'exercice matinal. Comme tous les matins, les marins descendent des bâtiments en tenue de sport et trottinent au pas de gymnastique sur le chemin côtier d'Aïn el-Turck.

Des dizaines d'autres Kébiriens sont arrivés dans la poudrière, si nombreux que l'on peut tout juste s'asseoir sur le sol. Toute soufflante et soupirante, Félicie Sorano a pris place auprès de Moman et Tessa. Avec sa robe noire, son nez recourbé et ses petits yeux couleur charbon, la mère de Nicolas ressemble à l'une de ces sorcières que l'on voit dans les livres d'images. La vieille dame tient Tessa sous le feu de son regard sombre. Rien n'échappe à sa vigilance, ni les longues boucles noires, ni les belles épaules, ni les lèvres boudeuses. Ni les regards lourds de son fils. Les religieuses du couvent sont là elles aussi. La sœur Josépha, pâle et les yeux fermés, déroule des chapelets entre ses doigts.

— Ils reviennent, s'écrie Nicolas.

La troupe de marins revient vers le port de Kébir. C'est au pas de course qu'elle repasse sous leurs yeux et s'engouffre à bord des cuirassés. Bientôt, les chaudières des navires émettent de la fumée : ils ont allumé leurs feux. Le manège d'une vedette à moteur attire l'attention ; partant du navire-amiral *Dunkerque*, elle aborde un croiseur anglais mouillé en travers de la passe. Puis elle revient vers le *Dunkerque*.

La chaleur est accablante. Vers midi, Moman ouvre son cabasset[18] et distribue à chacun sa part de nourriture. Soudain, des avions débouchent derrière la barrière rocheuse du djebel Murdjadjo et foncent bruyamment vers l'entrée du port. De gros objets tombent dans l'eau, soulevant de hautes vagues.

— Des mines, constate Papa.

Les cuirassés amarrés à la jetée et les torpilleurs mouillés devant Saint-André poussent leurs feux. Les fumées épaississent la brume de mer.

18 Cabasset : panier en alfa tressé.

L'après-midi s'écoule lentement sous le soleil de feu, écrasant le village, effaçant jusqu'au relief des collines.

— Qu'est-ce qu'on fait ? Si on retournait pêcher quelques bouteilles ? chuchote Norbert. Les marins sont tous à leur bord, je suis sûr qu'ils doivent en jeter plein dans la mer.

— Bonne idée, répond Michel.

Il se tourne vers sa mère.

— Moman, on peut partir, nous ?

— Non, répond Moman. C'est dangereux.

— Mais, il ne se passe rien.

— Je crois qu'on peut les laisser, Marthe, intervient Papa. Ça fait des heures que les gosses sont bloqués ici, sans bouger. Ce doit encore être une fausse alerte.

— Bon, mais attention, vous deux, ne vous approchez surtout pas de la mer, recommande Carmelette.

Norbert et Michel s'élancent à toutes jambes vers le port de pêche. Le youyou de Papa est à sa place devant le cabanon. Ils le poussent à la mer, sautent dedans et saisissent une rame chacun. La frêle embarcation, lestée des deux enfants, glisse lentement vers les navires français.

— Ecoute, on ne devrait pas s'approcher trop près, dit Michel. Les cheminées des bateaux fument et c'est bizarre, on n'entend aucun bruit à bord.

— Oui. C'est pas comme d'habitude.

Les deux enfants cessent de ramer. La petite barque se balance sur les eaux paisibles de la baie.

— Regarde par ici, ça brille.

— T'as raison, y en a une. On va la chercher et on rentre.

En quelques coups de rame, ils atteignent la bouteille et la repêchent prestement. Ensuite, ils font demi-tour vers le port. Ils ne sont qu'à quelques mètres du quai d'accostage des pêcheurs lorsqu'un grondement sourd se fait entendre, venant de l'ouest. Une première salve d'obus tirée par-dessus la presqu'île du Santon vient de tomber au milieu des bateaux sans les toucher. Michel et Norbert échangent un regard terrorisé. Une deuxième bordée s'écrase sur la digue, défonce la jetée et décapite le phare, soulevant des montagnes de cailloux et de gravats. De grosses vagues malmènent le youyou. Les klaxons des navires hurlent.

— Rame ! crie Norbert. Plus fort !

Les cuirassés laissent filer leurs chaînes d'amarrage et s'éloignent des quais. Ils sont pris sous un déluge d'obus. Les bateaux sont en mauvaise position de tir. L'agresseur, à l'abri derrière la presqu'île, les aligne de l'arrière. Les tourelles des bateaux français tentent de riposter, mais le relief les empêche de viser avec précision. La forte houle empêche les enfants d'accoster.

— Les vagues vont nous fracasser sur le quai, s'écrie Michel.

— On se jette à l'eau, répond Norbert.

— Quoi ?

— Pas le choix.

De hautes gerbes d'eau s'élèvent en colonnes étroites et retombent gracieusement en milliers de gouttelettes sur la mer d'huile. Les deux enfants se jettent dans la houle et nagent à grandes brasses vers le bord.

— Et la barque ? fait Michel, haletant. Je ne peux pas perdre la barque de Papa.

— Tiens la corde, ne la lâche pas, Michel !

Le navire *Strasbourg* fonce vers l'entrée de la passe, escorté par les torpilleurs. L'incendie qui vient d'éclater sur la *Bretagne*, dégage d'épaisses fumées noires. Mortellement touché, le navire s'incline et commence à s'enfoncer. La cheminée du cuirassé penche vers l'avant et s'abat comme un arbre coupé. Une puissante odeur de fumée monte vers les collines. Le cirque de montagnes résonne du fracas assourdissant des explosions et des chocs dans les superstructures des bateaux. On entend les cris des marins qui sautent à la mer. La *Bretagne* coule à pic dans un bouillonnement d'eau de mer. Des obus jaillissent des gueules des canons, au milieu des fumées noires et épaisses. Le *Dunkerque* et la *Provence*, gravement touchés, s'échouent devant Saint-André. Le torpilleur *Mogador*, parti en tête, heurte une mine magnétique à l'entrée de la passe et explose.

Les enfants, essoufflés, ont regagné la terre ferme et halé le youyou sur la berge. Michel bondit à l'intérieur et s'empare de la bouteille.

Les obus tombent en pluie ; des gerbes d'eau s'élèvent, plus hautes que les mâts des bateaux, et retombent en laissant des traces circulaires à la surface. Les deux enfants suivent des yeux la course folle du *Strasbourg* qui réussit sa sortie, en évitant les mines, sous les acclamations des gens assistant à la scène depuis les corniches. Le grand croiseur sort de la passe. Au moment où son agresseur devient visible à l'ouest, il fait feu de toutes ses pièces, exhalant des langues de feu, plus longues que les tubes de ses canons. Michel plaque ses mains sur ses oreilles… rien. Il écarte les mains de sa tête. La déflagration lui perce les tympans. Norbert et Michel s'aplatissent sur le sol en criant.

Le silence est tombé sur la baie. Quelques façades du vieux bourg sont détruites. Leurs propriétaires désemparés découvrent les dégâts. Michel et Norbert avancent au milieu des gravats. La mer, luisante et noire, est recouverte de mazout. Plus de la moitié des bateaux a disparu. Quelques-uns ont pu fuir, l'un a coulé à pic, et les deux cuirassés encore visibles dans la rade ne sont que des amas de tôle fumante échoués dans le paysage. Seul, le porte-avions *Commandant Teste* a échappé au désastre.

Le sauvetage s'organise dans la confusion et le désordre. Chaque minute compte. Pompiers, médecins et infirmières militaires sont accourus d'Oran aux premiers coups de canon. Des marins englués de mazout se débattent dans la mer. Papa, pâle comme la mort, s'approche.

— Ah ! Te voilà, mon garçon ! Qu'est-ce que tu fais là avec ta bouteille ? On se demandait où vous étiez passés tous les deux. Ne restez pas là. Rentrez à la maison. Norbert, ta mère te cherche partout. Michel, tu diras à Maman que je suis sorti avec Scotto. Va. Vite !

Il le propulse en avant d'une tape sur l'épaule et se précipite vers le port. Les enfants n'obéissent pas au père. Partout règnent la panique et la dévastation. Dans la rade, des têtes surnagent, des bras se lèvent. Allongés à même le quai, des hommes du village tendent leurs mains aux naufragés qui tentent de reprendre pied sur la terre ferme. Parmi eux, Michel reconnaît Nicolas. Le mazout qui recouvre les matelots les rend difficiles à saisir, à hisser. Les Kébiriens leur font la courte échelle ou les attrapent par les cheveux. Les femmes nettoient les visages des marins, distribuent un peu d'alcool. Une noria de bateaux va et vient entre les épaves et le rivage ; les pêcheurs se joignent aux sauveteurs. Ils récupèrent les hommes, les déposent sur la grève et repartent aussitôt. Il faut faire vite : les matelots non repêchés avant la nuit sont promis à une mort certaine.

LE SOLEIL COMMENCE À DÉCLINER, à l'ouest, derrière le vieux fort hispano-mauresque dont les puissantes murailles s'étalent sur le promontoire rocheux du djebel Santon. Ses tours carrées se détachent avec netteté sur le ciel rougeoyant. Michel, seul, erre toujours sans but dans la fourmilière des sauveteurs, lorsqu'une main ferme le saisit par le bras.

— Michel ! Cela fait des heures que je te cherche ! se plaint Moman, les joues luisantes de larmes.

Elle serre l'enfant dans ses bras, à l'étouffer.

— Sainte Vierge, merci, il est vivant ! Que fais-tu là, tout seul, avec ta bouteille ? Où est ton père ?

— Parti en bateau.

— Pour quoi faire ?

L'enfant tend le doigt vers la mer.

— Ils sont là.

Le dîner est encore plus silencieux que d'habitude. Moman sert un reste de patepadane[19]. Michel, affamé, dévore le contenu de son assiette jusqu'à la dernière miette. Il s'étonne d'avoir si faim alors que tant de gens sont morts. La mère l'expédie au lit.

Papa tarde à rentrer. Michel se tourne et se retourne entre ses draps. Tessa ne dort pas non plus. La nuit est très avancée lorsqu'enfin, grincent les gonds de la porte d'entrée : c'est Papa. Tessa et Michel bondissent. La vue du père leur arrache une exclamation de surprise. Maculé de mazout, hagard, le vieux pêcheur est méconnaissable. Il

19 Patepadane : ragoût composé de pâtes, pommes de terre, tomates et de viande.

arrache son tricot de marin, ouvre grand le robinet. Il frotte sa tête et ses épaules au savon de Marseille, sous le jet glacé. Une grimace déforme ses traits habituellement placides.

— Qu'est-ce qui se passe là-bas ? demande Moman.

— Nous avons fait des dizaines d'allers et retours jusqu'au bateau-hôpital déposer les gars, répond Papa.

— Les blessés ?

— Les morts aussi. Ou plutôt, ce qu'il en reste.

— Tu devrais manger quelque chose, propose sa femme, en désignant la marmite.

Le vieux pêcheur s'écroule sur sa chaise. Ses mains pendent entre ses genoux écartés, comme deux objets cassés.

— Vous êtes encore là, vous deux ? Je croyais vous avoir envoyés vous coucher, lance-t-elle à Tessa et Michel pétrifiés.

Le frère et la sœur reculent à contrecœur. Papa parle d'un ton haché, angoissé.

— Des bras, des jambes ! Si tu avais vu ça, Marthe. Des corps sans tête. Des gars ébouillantés, sans visage. Si tu savais ce que j'ai vu.

La voix de leur mère leur parvient par la porte entrebâillée ; une voix inhabituelle, assez douce et posée.

— … morts empoisonnés, ma femme ! Empoisonnés, avant même qu'on ait pu les ramener à quai. Ils ont avalé du mazout et cette mousse carbonique que les pompiers ont jetée sur la mer pour éviter l'incendie. Les marins de la *Bretagne*, bloqués à bord, n'ont pas eu le temps de sauter. Il y a des survivants à l'intérieur, tu te rends compte ! Dans le bateau, tout au fond de l'eau. Vivants dans des poches d'air, on les entend taper contre les parois, ils appellent à l'aide. On ne peut rien faire pour eux.

Marthe s'approche de son mari. Papa referme ses bras sur elle, enfouit son visage dans son sein ample.

— Viens te coucher, ordonne Tessa.

Elle attire Michel en arrière, mais le petit se dérobe, fasciné par le spectacle si rare de son père et sa mère enlacés. Soudain, un bruit étrange se fait entendre. Des sanglots secs montent de la poitrine de Papa. L'enfant, bouleversé, voit pleurer son père pour la première fois.

Le soleil, entrant à flots par la fenêtre, arrache Michel au sommeil. Des bruits de pas, des voix. Il y a du monde dans la cuisine ; quelques voisins dont les Viguier. Sale, hirsute, Nicolas vient d'apparaître au milieu des dames. Carmelette, pour une fois frappée de mutisme, serre sa petite Marinette dans ses bras. Tessa présente une chaise au jeune homme, qui la refuse.

— Enveloppés dans la toile à hamac, explique le jeune homme d'un ton las. Des morts à perte de vue, partout, sur les plages, les quais… On ne peut pas les laisser là longtemps, à cause de la chaleur. Il faut les enterrer au plus vite. Tous les menuisiers sont réquisitionnés pour fabriquer des cercueils.

Moman se tord les mains.

— Ils vont les enterrer ici, à Kébir ?

— Oui.

— Mais ce sont tous des petits Bretons, proteste Moman. Comment vont faire leurs mères pour venir prier sur leurs tombes ? Imagine que Joanno soit tué et enterré là-bas au loin ? On ferait comment, nous ?

La mère se signe rapidement.

— Quel malheur, quel malheur, se lamente-t-elle. Il y a des blessés ?

— Des centaines.

— Sainte Vierge, ayez pitié de nous. Où les a-t-on mis ?

— A l'hôpital d'Oran… ou sur le bateau-hôpital dans la baie. Il y a une infirmerie de campagne à l'école des filles. Ils ont fait une chapelle ardente dans le cinéma.

— Où est Papa ? demande soudain Tessa.

— Il est sur le port, répond Nicolas. Avec les sauveteurs. Viens, Tessa, on va le rejoindre.

Des marins des bateaux rescapés du désastre errent dans les rues ; d'autres, hébétés, emplissent les terrasses des bars restés ouverts toute la nuit sur ordre spécial du maire ; un défilé d'ambulances ininterrompu traverse le village.

Papa passe son bras sous celui de Tessa. Tout en lui parlant à voix basse, il l'entraîne vers le bord de mer. Des dizaines de corps sont étendus côte à côte sur la grève, vaguement enveloppés dans des bâches. Papa s'immobilise devant l'un d'eux. La jeune fille tombe à genoux devant le corps sans vie.

— C'est Hubert, dit Tessa en reniflant. Timonier sur la *Bretagne*. Nous avions fait connaissance sur la plage.

Papa soupire.

— Ce garçon a eu le temps de dire deux choses avant de mourir : qu'il connaissait Tessa d'Ambrosio et qu'il fallait prévenir sa mère. Je lui ai promis. Tu feras ça pour lui, ma fille.

— Que s'est-il passé, papa ? Vous l'avez pourtant repêché vivant ? demande Tessa la voix étranglée.

— Vivant, si on peut dire. Pauvre petit gars… Il a réussi à sauter du bateau juste avant l'explosion. Il a passé la nuit accroché à une planche. On l'a trouvé au petit matin, à bout de forces. On aurait peut-être pu le sauver, s'il n'avait pas ingurgité autant de cette mousse que les pompiers ont répandue sur la mer. Il est mort sous nos yeux. On n'a rien pu faire.

Les yeux noyés de Papa contemplent l'étrave du cuirassé *Bretagne* qui émerge tout juste des flots sombres de la rade.

— Voilà ce qui reste de nos fiers bateaux. Cette fois, la France a vraiment perdu.

Mais trois jours plus tard, à l'aube, le bruit du canon arrache de nouveau les gens au sommeil. Les yeux de Michel croisent le regard terrifié de Tessa. La batterie du fort du Santon s'est mise à tirer. Trois avions mitrailleurs apparus au-dessus du promontoire foncent vers la jetée de Saint-André dans un bruit de tempête. Les avions lâchent une bordée de missiles sur le croiseur. Les projectiles manquent leur cible et fracassent la jetée.

— Ils visent le *Dunkerque !* s'écrie Papa. Ils vont refaire un passage. Ne restons pas là. Vite. Aux abris !

Les gens fuient sans se retourner, terrorisés par les avions torpilleurs passant si près de leurs têtes que l'on peut apercevoir les casques des pilotes. Papa tient la main de l'enfant fortement serrée, tandis qu'ils courent vers les collines. Ils atteignent la carrière quand une deuxième vague d'avions surgit de l'est, dissimulée par les rayons du levant. Les DCA du Santon et de la *Provence* font feu. Gênés par ces tirs, les avions ne réussissent pas à aligner leurs cibles et font demi-tour. Une troisième formation enjambe les crêtes du Murdjadjo et tombe en piqué sur le port. Une forte explosion retentit. De la fumée, noire et épaisse, monte du *Dunkerque* en flammes. Le patrouilleur *Terre-Neuve*, empli de grenades sous-marines, a explosé sur le flanc du croiseur ouvrant une large brèche dans sa coque. Du *Terre-Neuve*, échoué au fond de l'eau, n'émerge plus que le mât, dressé contre le flanc du *Dunkerque* qui gîte dangereusement.

Les marins rescapés nagent autour de l'épave. Les sauveteurs repêchent morts et blessés, aidés par les pêcheurs et les ouvriers du chantier naval. Les cercueils du premier bombardement, alignés sur le rivage encore en attente d'être inhumés, gisent éventrés, leur macabre contenu répandu partout.

UNE MOUCHE VOLE lourdement, traçant de larges cercles au-dessus des têtes, émettant un bourdonnement puissant. Tous les élèves rient sous cape. Comme ivre, l'insecte se dirige en vibrionnant vers la fenêtre. Les rires cessent tout à coup, chacun plonge le nez dans son cahier. La mouche a changé de trajectoire : elle s'approche en bourdonnant de Monsieur Gillot, tourne un instant autour de lui et s'abat, raide morte, sur le livre de géographie. Le maître tarde à relever la tête, fasciné par la mouche morte : elle a une épine de pin plantée dans l'arrière-train.

Par-dessus ses lunettes rondes, le regard inquisiteur du maître survole les nuques studieusement courbées. Michel observe ses copains. Il n'a pas vu d'où est partie la mouche. Samir Tadouri, paniqué, secoue la tête en signe de dénégation. Ce n'est pas lui ! Il est dans ses petits souliers, car la semaine dernière, les mouches enfermées dans l'encrier, c'était lui. Il y avait tellement de mouches dans l'encrier que le maître n'a pas cherché longtemps d'où venait l'odeur nauséabonde. Samir a dû copier « je n'enferme pas de mouches dans un encrier » à toutes les formes et à tous les temps de l'indicatif et du subjonctif. Pas de chance que la mouche se soit écrasée au plus mauvais endroit : sur le bureau du maître. Norbert dissimule son visage au creux de son bras replié.

— Norbert, redresse-toi, ordonne le maître. Voyons un peu si tu as appris ta leçon de géographie. Rappelle-nous quels sont les cinq fleuves de France.

Norbert Viguier se redresse et récite :

— Le Rhône, la Seine, la Loire, le Rhin, la Garonne…

Michel respire : au moins, son copain sait sa leçon.

— Mhoui, concède Monsieur Gillot. Et les grands massifs montagneux ?

— Heu ! dit Norbert. Les Alpes, le Jura…

— Et puis ?

— Les Vosges, et…

L'enfant se gratte le crâne, indécis.

— La mouche, c'est une idée de toi ?

Norbert s'empourpre violemment.

— Moi, j'ai rien fait, Monsieur.

— Non ? Qui, alors ?

— Je ne sais pas, Monsieur.

— Tu n'as rien vu ?

— Non.

Le maître exhale un soupir d'exaspération. Dans la classe, rien ne bouge : on pourrait entendre voler les quelques diptères que les enfants n'ont pas encore attrapés.

— A qui devons-nous cette bonne plaisanterie ? Que le coupable se dénonce à l'instant et nous pourrons en rire ensemble, énonce le maître. Sinon, je punis toute la classe.

Michel se sent très contrarié à l'idée de ramener une punition à la maison. Moman ignore le principe de la punition collective. Elle estime que le maître a fort à faire pour maintenir l'ordre dans cette classe de chenapans. Elle le soutient avec zèle et ne cherche pas midi à quatorze heures. Si Michel est puni, c'est qu'il a fait une bêtise ; elle ajoutera une corvée pour faire bonne mesure.

Personne ne dénoncera Norbert : les garçons de la bande se mettent facilement d'accord pour faire des sottises, mais les traîtres ne sont pas tolérés et on n'aime pas les rapporteurs. Celui qui s'aviserait de balancer un copain serait rossé à la récréation. Monsieur Gillot connaît son monde. Le petit air coupable de Norbert ne le trompe pas. Il contourne le bureau. Mains nouées dans le dos, le maître arpente à pas lents les allées de la classe, vérifiant au-dessus des épaules la tenue des cahiers.

Le maître s'immobilise devant le bureau de Norbert et enfonce ses poings dans les poches de son tablier. On entend un bruit de clés. Le maître a enfoncé l'index dans l'anneau de son trousseau et l'appuie fortement sur la tête du délinquant. Les autres frémissent. Ça fait diablement mal. Michel a eu droit à l'anneau de clé dans le crâne, un jour où il ne savait pas bien sa récitation. Le plus dur, c'est de garder l'air bravache pour ne pas « perdre la figure » devant les copains.

— La prochaine fois, Norbert, je préviendrai ton père.

Norbert fait piteuse mine. Si son père est convoqué, il viendra, car ses parents ne plaisantent pas avec l'école. Mais il sacrifiera une heure de travail au garage pour cela. Son fils risque de ne pas être à la fête.

Dans le village, on respecte le maître et on se découvre devant lui. Monsieur Gillot vient de France. C'est un homme bedonnant, pointilleux, méticuleux. Il est toujours vêtu d'un tablier anthracite si bien repassé que Michel jurerait qu'il le change tous les jours. L'homme est sévère et la discipline, stricte. Les punitions tombent plus dru que les pluies d'automne.

— Bon ! dit Monsieur Gillot en tapotant la pile de cahiers posée sur son bureau. Après cette petite récréation que vous devez au génie de votre camarade Norbert, nous reprenons. Je vous rends aujourd'hui vos compositions d'histoire.

Michel réprime un tressaillement de joie. Il attend une bonne note à cette composition, car il aime beaucoup l'histoire. Il est bon élève. Mais la matière où il se distingue particulièrement de ses camarades, c'est le dessin. Il dessine tout le temps, ce qu'il voit : les bateaux de guerre stationnés dans le port et ce dont il se souvient, les hautes gerbes d'eau des obus frappant les flots. La boîte de crayons de couleurs reçue à Noël a allumé une flamme en lui. Monsieur Gillot salue son talent et, à la grande fierté du petit garçon, ses œuvres ornent régulièrement les murs de la classe.

Samir obtient de bons résultats à l'école au prix d'efforts assez louables. Son frère aîné, Lounes, vient d'être admis au lycée, après des années d'une scolarité sans nuage. Le père Tadouri, simple ouvrier à la briqueterie Sabo, fonde sur Lounes les plus grands espoirs : il sera médecin. Samir est invité à suivre la trace de son brillant grand frère, mais ce n'est pas facile. Le pauvret progresse laborieusement sur la piste rocailleuse de l'érudition. Monsieur Gillot concède toutefois à Samir énormément de bonne volonté.

Norbert, lui, est l'objet des critiques les plus sévères. A la suite de la dernière visite de Carmelette au maître, le garçon a été dûment puni.

— Norbert a beaucoup de dons, a estimé Monsieur Gillot, hochant la tête comme à regret. C'est un enfant vif, curieux, intelligent et débrouillard. Oui, oui! Tout cela, et bien d'autres choses encore, chère Madame. Il apprend avec facilité. Avec les capacités qu'il a, il pourrait très bien faire. Mais... hélas! Il ne le fait pas. En revanche, j'ai le regret de vous dire qu'il se tient toujours en tête quand il s'agit de faire des sottises.

Le maître réajuste ses lunettes sur son nez.

— La meilleure note en composition d'histoire est attribuée à Michel d'Ambrosio, avec un dix sur dix, prononce Monsieur Gillot avec solennité. C'est bien, Michel. En ce moment, je suis content de toi.

Le cœur de Michel bat à coups précipités. Ses parents seront contents. En général, Moman ne fait pas de compliment. Elle trouve normal que Michel se donne du mal et travaille bien, et ne voit là aucune raison de se répandre en félicitations. Mais elle est fière de lui. Lorsque les notes sont bonnes, un large sourire détend les joues rêches de Papa. Il évoque d'un ton rêveur sa propre jeunesse.

— N'oublie pas la chance que tu as d'aller à l'école, dit-il. Moi, je n'ai pas eu cette chance. A Procida, nous étions si pauvres que j'ai dû travailler très jeune pour aider la famille. Continue comme ça; tu auras un beau métier quand tu seras grand.

— Moi, j'aimerais être pêcheur, avec toi, répond invariablement l'enfant, en se hissant sur les genoux de son père.

— Non, mon fils. Ce n'est pas une bonne idée, soupire Papa. On ne gagne pas notre vie sur les bateaux. Seuls les propriétaires comme Nicolas ou d'autres Napolitains gagnent de l'argent, car le système de répartition des bénéfices les avantage. Leurs familles vivent à l'aise. Ce n'est pas le cas de nous autres, simples matelots. Ce métier est dangereux et ingrat. D'ailleurs, même les patrons pêcheurs n'encouragent pas leurs fils à prendre la relève. Ils les poussent aux études. Le vieux Porfirio m'a dit hier qu'il envoyait son fils dans une école de comptabilité à Toulon…

La main de Michel repose sur l'avant-bras nu de son père, à l'endroit où une sirène maladroitement tatouée tente de maquiller sa blessure reçue à la bataille des Dardanelles. Pepico d'Ambrosio est un vétéran de la Grande Guerre, un « poilu d'Orient »[20] !

— J'ai regretté que Joanno arrête l'école après son certificat d'études. J'aurais aimé qu'il aille au collège, il n'a pas voulu. Tessa aimait l'école, elle. C'est ta mère qui s'y est opposée. Je n'étais pas d'accord, mais… Elle a décidé. Joanno disait qu'il s'ennuyait trop à l'école et qu'il n'aimait pas rester enfermé. J'espère que pour toi ce sera différent.

Michel se retient d'avouer que, tout comme Joanno quelques années auparavant, lui aussi rêve de partager le quotidien de Papa. Il n'imagine pas d'autre destin que celui de pêcheur. Pourtant, comment le décevoir ? L'enfant, attristé, nourrit l'espoir que le retour de Joanno changera tout. Ils reprendront la mer, tous les trois. Leur vie retrouvera son cours paisible, un temps interrompu par la sale guerre. Hélas, ce retour paraît encore improbable. L'aîné des d'Ambrosio n'a pas écrit depuis si longtemps qu'à la maison, l'angoisse est à son comble.

---

20 Les « Poilus d'Orient » sont les soldats ayant combattu sous le drapeau français lors de la Première Guerre mondiale sur le front d'Orient (bataille des Dardanelles).

— Le maître est content de moi, dit l'enfant. Il dit que j'ai un sacré coup de crayon.

Une moue légère tord la bouche du vieil homme.

— Cela me fait plaisir que le maître soit content de toi. Mais ce qui compte avant tout, c'est le calcul, la dictée, l'histoire, la géographie. Un bon coup de crayon, c'est bien, mais je ne vois pas à quoi ça te servira dans la vie, mon garçon.

PRÈS DE MILLE TROIS CENTS MARINS sont morts à Mers el-Kébir, pour la plupart marins de la *Bretagne*, restés prisonniers du cuirassé naufragé. Les cérémonies officielles ont succédé aux célébrations, les discours grandiloquents aux sonneries aux morts… Les curieux, les chroniqueurs et les photographes désertent peu à peu la rade. Le *Dunkerque* est toujours en cours de renflouage devant le village. Après cet été mouvementé, la vie a repris son cours paisible dans le village de pêcheurs. Lorsqu'ils n'ont pas école, les trois enfants se promènent jusqu'au Cap Falcon par le sentier de la corniche. Ils jouent sur les plages de la baie, mangent des dattes et des figues cueillies sur le chemin et lancent leurs cerfs-volants dans l'azur.

— Vous avez remarqué ? demande Samir. Ce gars est derrière nous depuis qu'on est partis. Il reste à distance, mais on dirait qu'il nous suit.

En effet, un homme de haute taille, en uniforme blanc, se tient en retrait à quelques pas de là.

— Un marin, constate Michel.

Se sentant à son tour observé, l'homme s'approche des trois enfants. Des mèches de cheveux bruns s'échappent d'un large bandage entourant sa tête. Ses yeux bleus brillent intensément, comme s'il souriait, mais il ne sourit pas.

— Cela fait un bon moment que je vous regarde lancer vos cerfs-volants, dit-il. Il y a un bon petit vent aujourd'hui. Comme ils volent haut !

— C'est le mien qui vole le plus haut, déclare Michel.

— C'est vrai, il me semble que celui-ci volait très haut. C'est toi qui l'as fabriqué ?

— Oui.

— Comment as-tu fait ça ?

Michel tend son cerf-volant.

— On prend un papier fin transparent, bien tendu, on le colle entre des bouts de roseaux coupés comme ça, dans le sens de la longueur. Pour la queue, ma sœur me donne ses restes de tissu que j'accroche bout à bout. Plus la queue est longue, plus le cerf-volant reste stable dans le vent. Voilà !

— Tu as mis beaucoup de couleurs.

— C'est plus joli. C'est beau, le jaune, le rouge et ce vert qui flamboie dans le bleu du ciel.

— Un vert qui flamboie ? relève Norbert, ironique.

— Oui.

— Je dirais qu'il ressort sur le bleu du ciel… pas qu'il flamboie. Il n'y a que le jaune qui flamboie, parce que c'est la couleur du feu et des flammes.

— Ben moi, je trouve que ce vert-là flamboie, rétorque Michel en se renfrognant.

Le gars en uniforme semble s'amuser.

— Tu as raison, je trouve aussi que ce vert flamboie, approuve-t-il. Ce doit être parce qu'il y a beaucoup de jaune dedans.

Michel lui coule un regard reconnaissant.

— Du jaune ? fait Norbert, un peu interloqué.

— Pour fabriquer la couleur verte, on mélange du jaune et du bleu.

— Je ne connais que toi pour réfléchir à des trucs pareils, marmonne son copain.

Le marin dévisage l'enfant avec intérêt.

— Comment t'appelles-tu, mon garçon ?

— Michel.

Son regard se fait plus attentif.

— Michel… ?

— Michel d'Ambrosio.

Norbert et Samir déclinent leurs noms à leur tour. Un instant songeur, le gars hoche la tête puis tend sa main.

— Félix.

— C'est grave, monsieur Félix, votre blessure ?

— Non, pas très. Ce coup à la tête, un autre à la jambe. J'ai échappé au pire. J'ai été éjecté à la mer et je me serais noyé si je n'avais pas été si rapidement récupéré par des pêcheurs. Ils m'ont hissé à bord de leur barque et conduit au bateau-hôpital.

— C'était peut-être mon père, s'écrie Michel. Il a passé la nuit à repêcher des marins.

Les yeux de l'homme brillent plus fort.

— Dans ce cas, j'ai une dette de vie envers lui.

Michel se rengorge, tout fier que son papa à lui soit un papa qui sauve des gens.

— J'ai passé un bel été dans votre village. On était bien installés, dans votre petite école.

Ses lèvres fines s'étirent en un sourire malicieux.

— Il fallait bien qu'on vous rende un jour vos salles de classe !

— Ah ! fait Norbert, avec une moue dégoûtée. Cela ne nous aurait pas dérangés que vous les gardiez ! C'est pour ça que vous partez ?

— Non. Le bateau est réparé, les voies d'eau sont colmatées. Nous regagnons Toulon.

Le marin se tourne vers Michel.

— Tu reviens sur cette plage, demain ?

— Demain, c'est lundi, j'ai école, répond l'enfant.

— Alors retrouve-moi ici même, dimanche prochain à la même heure. Je te donnerai quelque chose pour ton père.

Toute la semaine, Michel s'est demandé ce que le gars allait donner à Papa. A l'heure du rendez-vous, il n'a pas reconnu tout de suite l'homme marchant à sa rencontre sur la plage, car il s'est habillé en civil. Le gros bandage a fait place à un simple pansement barrant son front. On distingue mieux le visage du marin, ses sourcils épais, ses yeux clairs, brillants, très enfoncés sous les arcades. Il porte sous le bras un paquet entouré de chiffons. Il tapote amicalement l'épaule de l'enfant.

— Tu es seul aujourd'hui ?

— Les autres n'ont pas voulu venir.

L'homme s'accroupit, dépose le paquet sur le sable et écarte les chiffons. C'est une silhouette humaine, taillée dans un billot de bois. Longue et fine, une main appuyée sur une canne, un panier à l'autre bras, la forme sculptée porte la courte vareuse des marins et un béret.

— On dirait un pêcheur.

— C'est un pêcheur, sourit le gars.

— C'est beau, souffle Michel, extasié.

— Je l'ai taillé au couteau dans une souche d'olivier et poli de mon mieux en le frottant avec du sable. Tu le remettras de ma part à ton père en souvenir de nous tous et de ces terribles moments. J'aurais aimé le faire moi-même, mais je n'ai plus le temps. Nous embarquons demain.

A MERS EL-KÉBIR, la nature dispense généreusement ses bienfaits. Le matin, les pêcheurs déversent sur les quais du port des filets plus ou moins bien garnis de poissons. Les lamparos continuent d'approvisionner en sardines, thons et maquereaux les conserveries du village. Les mamans se promènent au Santon pour y glaner fruits et légumes sauvages. Michel trottine derrière Moman, chargé du panier. Elle avance en marmonnant, plongée dans d'amères réflexions. Seul le craquement des branches sèches sous leurs pas trouble le silence des collines. Mère et fils fouillent les broussailles à la recherche des tiges grêles des asperges sauvages. Ils unissent leurs efforts pour dégager les pieds des palmiers nains et déterrer les margaillons[21]. Michel aime ces moments où il se sent proche de sa mère.

A dix ans, il est maintenant assez grand pour accompagner Papa à la chasse. Le père, l'enfant et le chien des voisins quittent la maison avant le lever du soleil. Excité par les préparatifs du départ, le chien bondit en tous sens, la langue pendante, la queue fouettant le sol. Ils se déplacent en silence dans la campagne pour ne pas effrayer le gibier. Papa se met en embuscade. Il épaule en prenant tout son temps. Il s'agit d'économiser la poudre, car depuis le début de la guerre, il est difficile de s'en procurer ; Papa et les autres chasseurs fabriquent leur poudre eux-mêmes. Les tirs de Papa sont plus bruyants que ceux d'un canon. Mais il fait mouche

21 Margaillon : cœur de palmier nain.

presque à chaque fois. Après le coup de feu, le chien et l'enfant se précipitent dans un bel ensemble. Le chien, plus rapide, rapporte la bête tuée au maître. Michel, lui, fouille les environs pour récupérer la douille ; la pénurie de cartouches aussi se fait sentir. Le chasseur réutilise les douilles vides sept à huit fois pour le perdreau, le lièvre, le lapin. C'est la guerre !

Papa connaît les points d'eau dans les collines. Il ordonne la halte de midi. Du pain, de la viande séchée, des figues de Barbarie cueillies sur le chemin constituent leur repas. Papa tranche les extrémités des figues d'un coup de lame, pour que son fils puisse les saisir sans cribler ses mains d'épines. Il ouvre en deux le fruit, juteux, délicieux et l'offre à Michel. Leur repas avalé, le père et l'enfant reprennent leur course, n'échangeant que peu de mots, ployant le cou sous le soleil de feu.

A leur retour, lorsque la chasse a été bonne, la gibecière pèse lourd sur l'épaule de Michel. Papa vendra les lièvres et les perdreaux aux épiciers ou aux restaurants, mais les volailles seront données à Moman. Elle prépare merveilleusement les cailles rôties avec une excellente sauce, accompagnées de patates douces cuites sous la braise. C'est si bon de manger ! Grâce à l'ingéniosité et au courage de son père et sa mère, on a toujours tout ce qu'il faut. Si son grand frère ne lui manquait pas autant, l'enfant pourrait croire que rien n'a changé.

Et pourtant, tout le monde se plaint de la dureté de la vie.

— On ne trouve plus rien à l'épicerie, se lamente Moman. Il y a quelques mois on avait encore des paquets de sucre, de farine, de café sur les rayonnages… maintenant, plus rien.

Michel songe aux sacs de toile de jute au ventre rebondi, aux bords roulés, remplis ras la gueule de légumes secs, haricots, lentilles, pois cassés, fèves, qui s'alignaient contre le mur de l'épicerie, aujourd'hui disparus. L'énorme barrique de vin est désormais à sec. Autrefois, le marchand remplissait généreusement les bouteilles de ses clients. Les enfants étaient autorisés à tourner eux-mêmes le robinet en bois, à condition de prendre garde à ne pas répandre de vin partout.

— Ces tickets de rationnement ne suffisent pas, soupire Carmelette. Plus de deux ans que ça dure ! Quand tout cela va-t-il s'arrêter ?

— C'est vrai ce que tu dis, approuve Moman. On a à peine le nécessaire. Mais nous ne sommes pas les plus malheureux. Nous avons nos maisons. Quand je pense à cette pauvre madame Martinez qui vient de perdre son fils unique à la guerre. Et son mari, disparu dans une tempête ! On n'a rien retrouvé du bateau, ni de l'équipage. La pauvre femme n'a même plus de toit sur la tête. Si les sœurs du couvent n'étaient pas là pour la soutenir...

La mère soupire.

— Voilà ce qui arrive lorsque l'on n'a qu'un seul fils. Un fils, cela ne suffit pas. C'est pour ça que j'en voulais deux. Au moins, s'il arrive quelque chose à l'un, on ne se retrouve pas sans rien.

Elle observe Michel, penché sur un dessin.

— Heureusement que j'ai encore celui-là, marmonne-t-elle. Qui sait quel malheur pourrait encore nous tomber dessus ? Si Pepico disparaissait, lui aussi, en mer ? Six mois que la guerre est finie et nous sommes toujours sans nouvelles de Joanno ! S'il lui était arrivé quelque chose ?

La mère se signe rapidement.

— Tu seras là pour mes vieux jours.

— Oui, Moman, répond Michel étonné. Si tu veux.

Un jour, à la fin de la classe, Michel franchit en deux bonds les vingt mètres séparant l'école de sa maison. Il fait irruption dans la cuisine, les joues en feu, brandissant son carnet de notes. C'est lui le premier de la classe. Ils sont tous là : Papa, Moman et Tessa… même Nicolas Sorano se tient adossé au mur, bras croisés. Depuis son retour de la guerre, le patron de la *Santacruz II* s'est beaucoup rapproché de la famille. Une enveloppe de papier brun militaire gît déchirée sur la table. Le cœur du garçon bondit. Des nouvelles de Joanno. Son regard passe du visage sombre de Papa à celui, noyé, de Moman. Les nouvelles ne sont pas bonnes. La terreur se peint d'un coup sur le visage du petit garçon.

— Il n'est pas mort, intervient Tessa, étendant le bras vers lui, comme pour le protéger. Sa lettre vient d'un camp de travail en Pologne. Il a été fait prisonnier.

Le carnet de notes dont Michel était si fier pend misérablement à son bras. Joanno prisonnier ! Cela dépasse l'entendement. Prisonnier de qui ? Où l'a-t-on mis ? Lui a-t-on fait du mal ? Comment s'y prend-on pour l'empêcher de rejoindre la famille ?

L'HIVER a rafraîchi le vent et soulevé la mer dans le Grand Port, mais Michel, Samir et Norbert poursuivent leurs promenades dans les collines et sur les sentiers de la côte. Pour faire comme les papas, les garçons chassent. Ils tirent sur tout ce qui bouge avec leurs stacks[22]. A leur vue, les chats faméliques prennent le large en rasant les murs ; les volailles, terrorisées, battent si fort des ailes que Norbert prétend en riant que les poules de Kébir sont d'une espèce particulière qui a réappris à voler ; les carganeras[23], nichées dans les arbres du village, s'envolent à cent mètres.

Michel remarque un jour une femme sur la plage. Assise sur un petit banc face à la mer, elle est enveloppée dans une grosse veste de laine. Des mèches blondes volettent sur ses joues. Un carnet ouvert sur les genoux, elle semble écrire. A quelques pas d'elle, l'enfant remarque que son poignet va, vient, bondit, se déplace à traits vifs sur le papier. Cette femme n'écrit pas. Elle dessine. Très intéressé, il s'approche d'elle. Découvrant sa présence, la dame sourit au garçonnet poussiéreux et à la tignasse ébouriffée qui scrute le carnet d'un air avide.

— Bonjour, dit-elle à l'enfant.

— Bonjour, répond Michel. C'est joli.

— Tu veux voir ? Le ciel, quelques nuages, la mer, les mouettes…

Michel examine la feuille.

— C'est beau comme les vagues tournent sur elles-mêmes, dit-il. On dirait qu'elles dansent sur le papier.

---

22 Stack : petite fronde.
23 Carganera : chardonneret.

Elle sourit.

— C'est ce que je voulais. Que les vagues dansent sur le papier. Je suis contente que ce soit réussi.

— Oui. Très réussi.

Elle se penche sur son carton à dessin.

— Tu aimerais voir d'autres dessins ?

— Oui, madame. Merci beaucoup.

La dame lui tend alors un étrange croquis, très sombre ; des langues de feu se tordent au creux de paysages vallonnés, hérissés de hautes cheminées, aux collines noires.

— Qu'est-ce que c'est ? demande Michel.

— Ce sont des hauts fourneaux. Les aciéries de Lorraine.

— Ces grosses marmites, c'est comme celles du chantier du port. Qu'est-ce qu'il y a dedans ?

— De l'acier en fusion.

— De quoi ?

— Du métal très chaud.

— Et ces collines noires ?

— Des montagnes de charbon. C'est fantastique à voir, surtout le soir.

— Je ne trouve pas ça très joli, remarque Michel avec honnêteté.

L'expression de Michel arrache un sourire à la femme.

— C'est là que je suis née.

— Vous habitez là ?

— Plus maintenant. Notre maison a été détruite au début de la guerre. Rasée jusqu'aux fondations. Heureusement, nous n'étions pas dedans quand l'obus est tombé. Alors, nous sommes partis.

— Vous avez vu la guerre ! s'exclame Michel.

— Oui, j'ai vu la guerre.

La dame contemple la mer.

— J'aime le coucher du soleil, ce moment précis où les derniers rayons du soleil illuminent la forteresse. Les roches deviennent très rouges, comme si elles prenaient feu. Cette beauté est en toi ; elle t'accompagnera lorsqu'un jour tu partiras.

Un léger malaise envahit Michel à l'idée que la vie puisse un jour guider ses pas sous d'autres cieux.

— Je ne partirai pas.

Elle resserre contre sa poitrine les pans de sa veste de laine.

— Il arrive que l'on soit forcé de partir, même si on ne l'a ni prévu ni souhaité. Quand j'étais petite, je rêvais de découvrir la mer. Je suppliais mes parents de m'y emmener, mais la santé fragile de ma mère ne nous permettait pas de longs déplacements. Lorsque j'ai atteint l'âge de prendre seule un bateau, l'envie de voir la mer m'avait quittée. J'ai vu la mer pour la première fois il y a onze ans.

— Moi aussi, j'ai vu la mer pour la première fois il y a onze ans, dit Michel.

— Ah, bon ? s'étonne la dame.

— Oui, sourit Michel. C'est quand je suis né.

Un sifflement retentit dans son dos.

— Tes amis t'appellent, je crois.

— Je dois y aller. Au revoir, madame.

— Au revoir, Michel, s'écrie-t-elle, en agitant les doigts.

Michel rejoint ses deux amis en courant.

— C'est qui, elle ? demande Samir.

— Si tu voyais ce qu'elle dessine, des montagnes de charbon.

— Drôle d'idée. Tu la connais ?

— Jamais vue.

— Ah, bon ? Pourtant, je l'ai entendue te dire « au revoir, Michel ». Tu ne l'as peut-être jamais vue, mais elle, elle te connaît.

— C'est vrai ce que tu dis, murmure Michel, soudain très troublé. Comment me connaît-elle ?

— Il y a toujours plein de mystères avec toi, remarque Norbert.

A LA MAISON, l'ambiance est morose. Les nouvelles de Joanno, prisonnier en Pologne, sont rares, et plongent chaque fois les d'Ambrosio dans la consternation. Dans ces contrées septentrionales, il travaille sur le chantier de construction d'une immense route. Il souffre du froid, il grelotte sous la pluie, il marche dans la neige. Sa dernière lettre informait Moman que ses bottes étaient trouées, qu'il était impossible de les remplacer et que, pour protéger ses pieds des engelures, il les enveloppait dans du papier journal. La mère a versé de chaudes larmes sur cette lettre.

— Comment osent-ils retenir les hommes loin de leurs familles, alors que la guerre est finie ? Sainte Vierge, mon fils, sans chaussures, les pieds nus dans la neige. Ces gens sont des monstres !

Michel tressaille. Des « monstres » ? Comme Joanno doit avoir peur… Anxieux, il se demande à quoi ressemblent ces « monstres ». Avec le temps, son aîné est devenu un héros de légende retenu par des créatures infernales. Trois années ont passé depuis le départ du grand frère. Ses traits se sont estompés dans sa mémoire et se confondent maintenant avec ceux de Papa… Mais son cœur lui est resté fidèle.

A cette époque, Moman met au placard pour toujours ses robes bariolées et s'habille de vêtements noirs. Elle vient de passer un marché avec la « Visiteuse » : si son fils revient vivant, elle effectuera pour elle un pèlerinage à Lourdes en témoignage de sa reconnaissance.

Décembre est là et la famille s'apprête à fêter le troisième Noël depuis le début de la guerre. Moman a préparé une soupe avec quelques roussettes, un grondin et des vives pêchés par Papa. Ce ne sont pas les pêches miraculeuses en ce moment à Kébir. Les parents se disputent presque tous les jours, signe infaillible que l'argent manque cruellement pour payer l'épicier.

Michel est expédié au lit aussitôt après la messe de minuit. Il résiste au sommeil de toute sa volonté. Cette fois, il ne s'endormira pas avant d'avoir vu le père Noël. Tessa dort paisiblement depuis longtemps lorsqu'il entend tourner, doucement, le bouton de la porte d'entrée. Le voilà. Le garçon descend silencieusement de son lit, pousse légèrement le battant. La porte d'entrée s'est ouverte en grand. Ce n'est pas le père Noël. C'est Papa, qui entre à pas de loup. Il porte une bassine qu'il dépose en silence. Intrigué par le manège, Michel regarde le père taper du pied dans la bassine remplie de terre… ou de sable ? Il marche à grands pas de la porte d'entrée au sapin, puis en sens inverse, en tapant les pieds pour laisser de belles traces de ses pas sur le dallage. Puis il s'en va, emportant la bassine.

Le lendemain matin, l'enfant Jésus repose à sa place, dans son petit lit de paille. Entre les deux souliers de Michel, il n'y a… rien du tout. Chose étrange, Papa et Tessa, déjà levés, semblent l'attendre.

— C'est dommage, Michel, tu as vu ? dit Tessa avec tristesse. Papa Noël est bien entré chez nous. Regarde ces traces de pas par terre. Mais il a sûrement été dérangé, car il est parti sans avoir eu le temps de laisser ton cadeau.

DEPUIS SON RETOUR de France, Nicolas Sorano a changé. Le jeune pêcheur aux boucles juvéniles s'est transformé. Joues hâves, barbe rude, muscles secs, il est maintenant un homme fait : un vétéran de l'armée d'Afrique. Nicolas est toujours le patron de Papa et s'occupe un peu des affaires des d'Ambrosio. A la maison, il est bien reçu. Il tire une chaise, s'assoit sans façon, comme chez lui. Papa ouvre la bouteille d'anisette ; Moman remplit de petites assiettes de supions grillés.

Marthe d'Ambrosio ne dissimule pas sa satisfaction.

— C'est pour Tessa qu'il vient, confie-t-elle à son mari.

— Bah, tu crois ?

— Allons. Tu crois que c'est pour tes beaux yeux qu'on le voit tous les jours ici ? Ou pour les miens ?

Papa, assis sur sa chaise de paille, penché en avant et les bras ballants, hoche la tête.

— Si tu es sûre… Je devrais peut-être l'interroger sur ses intentions.

— Non, non ! C'est trop tôt. Attendons encore de voir. Quand j'y pense, ce serait bien qu'elle l'épouse. C'est un beau garçon, travailleur, toujours célibataire à vingt-huit ans !

— Je n'ai rien contre, marmonne Papa sans se compromettre. C'est un bon marin, un bon patron et un bon gars. Mais il faut voir si ça convient à Tessa.

— Si ça convient à Tessa ? s'étonne Moman. Pourquoi cela ne lui conviendrait-il pas ? Elle aura une vie facile. Elle ne sera pas obligée, comme moi, d'aller étêter des sardines à la conserverie pour boucler les fins de mois.

L'imagination de la mère s'emballe.

— Elle aura des robes, des bijoux. Elle occupera ses après-midi en travaux de couture et de broderie. Elle n'usera pas sa santé et n'abîmera pas ses mains. Elle élèvera tranquillement les enfants que Nicolas lui fera, car il est bon pour elle de devenir mère, et sans trop attendre, parce que les enfants naissent d'autant plus robustes que la mère est jeune et forte. Tessa doit penser aux choses sérieuses. Elle aura beau chercher, elle ne trouvera jamais de meilleur mari, conclut-elle.

— Je ne te donne pas tort, ma femme. Mais ces engagements-là ne se prennent pas à la légère.

— Pense aux voisins qui le voient tout le temps ici, poursuit la femme, butée. Chaque fois que je croise Carmelette, elle se met à rire et me dit : « Alors, c'est pour quand le mariage ? » Un jour, elle comprendra ce que c'est que d'avoir une fille à marier. Rira bien qui rira la dernière, le jour où la Marinette aura l'âge de s'acheter son premier rouge à lèvres : c'est un fameux numéro, celle-là.

— Il ne faudrait pas que Nico compromette notre fille, fait Papa, préoccupé. Sa présence ici peut empêcher d'autres jeunes hommes de faire leur cour à Tessa. Après tout, tout Sorano qu'il est, il ne s'est pas déclaré et nous ignorons pour quel motif il vient.

— Vois comme il la couve du regard… C'est la femme de sa vie, il vient pour le bon motif. Il attend son heure.

Michel ne voit pas d'un si bon œil les visites de Nicolas. D'une part, le jeune homme ne se met pas en frais d'amabilité pour lui ; comme les autres gamins du village, il a eu l'occasion d'éprouver la rudesse de ses semelles.

D'autre part, si Tessa l'épouse, elle quittera la maison de son père et s'en ira vivre chez son mari. La guerre lui a déjà enlevé Joanno. Perdre aussi Tessa ! Se retrouver seul à la maison, sans son frère ni sa sœur, entre Papa et Moman qui passent leur temps à se disputer : quelle terrible perspective !

Tessa ne montre pas beaucoup d'enthousiasme.

— Nico est très gentil avec nous, mais à quoi bon parler de mariage ?

— Comment à quoi bon ? dit la mère, d'un ton pincé. Il ferait un excellent mari.

— Maman, il ne m'a rien demandé. Est-ce qu'il a dit à quelqu'un qu'il voulait se marier avec moi ? Non, n'est-ce pas ? Donc, nous discutons pour rien.

— Je suis sûre qu'il te veut. Je sens d'instinct ces choses-là. S'il ne dit rien, c'est probablement de ta faute.

— Comment cela, ma faute ? proteste Tessa.

— Tu ne fais rien pour l'encourager.

— Pourquoi devrais-je l'encourager ? Je n'ai pas envie de me marier avec un pêcheur.

— Ah ? Pourquoi donc ?

— Cela ne me dit rien d'épouser un homme dont la fortune ou la misère, les joies ou les peines dépendent de la mer. Un homme qui passe ses nuits à bord et occupe son temps libre à remailler les filets, à couler les plombs ou marchander le prix de sa pêche ; un homme qui s'énerve et jure quand les prises sont mauvaises plusieurs jours d'affilée, comme cela arrive souvent.

— Sainte Vierge, vous entendez comme elle a dit ça ! fulmine la mère, enserrant sa tête entre ses deux mains.

Elle parle comme un livre, et qui plus est, pour dire des bêtises. Il n'y a rien à redire à ce métier qui est un noble métier. Ici, il n'y a que ça ma belle. Ils sont tous pêcheurs. Nicolas Sorano est pêcheur. Comme son père et son grand-père l'étaient avant lui.

Un profond soupir soulève la poitrine de Tessa.

— Cette vie n'est vraiment pas amusante, Maman.

La mère sursaute.

— Amusante, ironise-t-elle. Tu as de ces mots. Le mariage est une affaire sérieuse. Depuis quand se marie-t-on pour s'amuser ?

— J'ai bien le temps. Je n'ai que dix-huit ans.

— Dix-huit ans ! Ma petite fille, la plupart de tes amies sont déjà fiancées, à dix-huit ans. Regarde ton amie Etiennette Agullo, qui va bientôt se marier. A dix-huit ans, tu as le choix, ils sont tous à tes pieds, tu peux prendre n'importe lequel d'entre eux. Attention ! Le temps passe vite. Si tu ne te décides pas, tu verras, un jour il sera trop tard, prophétise la mère, d'un ton lugubre.

MARTHE D'AMBROSIO se rend souvent au marché d'Oran, où il est toujours possible de se procurer fruits, légumes et autres marchandises qu'on ne trouve plus au village à cause des restrictions. Elle prend le tramway de la corniche, accompagnée de Michel, chargé des paniers. Moman discute âprement le prix de chaque chose avec les marchands. Elle ne s'en laisse pas conter. Elle se fâche, fait mine de s'en aller, revient, mécontente. Les voix enflent. Elle obtient généralement gain de cause, au terme de discussions animées où elle barguigne chaque centime pied à pied. Elle règle et repart, ses achats vaguement emballés dans du papier journal. L'enfant ne peut s'empêcher d'admirer sa mère. Rien ni personne ne peut en imposer à la terrible Marthe.

Ce jour-là, Moman ordonne un détour inhabituel dans un autre quartier de la ville. Après quelques minutes de marche, elle s'immobilise devant une vitrine, garnie de chapeaux gansés, emperlés et enrubannés, de bibis emplumés et empanachés, garnis de tulle et de velours de couleurs vives. Le mot « modiste » s'étale en lettres tarabiscotées sur le fronton de la porte. Moman se dirige vers l'entrée voisine. Un déclic débloque la lourde porte cloutée. Après une volée de marches de marbre, larges et claires, ils se heurtent à la concierge. Moman demande :

— Elle est là ?

La femme opine. Le visage fermé de Moman décourage toute velléité de question. Au quatrième étage, elle cogne énergiquement à une porte garnie d'un heurtoir de fer en tête de lion. La plaque indique : « L. Muller ». Une employée, à la taille épaisse ceinturée d'un tablier blanc, les accueille avec amabilité. Michel n'a jamais vu autant de meubles de sa vie.

— Assieds-toi, dit Moman, désignant les fauteuils capitonnés de l'entrée. Je n'en ai pas pour longtemps.

Michel obéit. Son regard glisse sur les murs, tapissés de tableaux de toutes tailles, si nombreux, si serrés qu'il ne reste pas d'espace vide sur les murs du salon. Ils décrivent des paysages d'ailleurs, des rivières, roulant leurs eaux grisâtres sous de hautes frondaisons.

Sur une table de bois massif, trois têtes de mannequins, aveugles et muettes, émergent d'un fouillis de rubans, de ganses, de plumes, de perles, parmi les coupes de velours et de feutrine multicolores. Un guéridon aux pattes recourbées est couvert de journaux de mode. Le petit garçon n'en a jamais lu. A la maison, il n'y a ni livres, ni revues. Saisissant un numéro du *Petit Echo de la Mode*, il s'enfonce dans le fauteuil moelleux. Chaque page révèle des dessins fascinants : des jeunes femmes, longues et fines, aux sourires lumineux et aux lèvres rouges, heureuses de présenter une nouvelle recette de cuisine ; des messieurs bien habillés, sourires avantageux, épaules larges, installés au volant de belles voitures, des flacons d'alcools aux reflets mordorés, des images de Paris.

La mère ne revient pas. Pourquoi tarde-t-elle autant, et que font-ils ici ? Il entend des voix assourdies. Celle de Moman, forte, assurée, vaguement agressive, répond à une autre, plus basse et grave. Michel éprouve soudain l'impression que cette voix ne lui est pas inconnue. Quelqu'un lui a déjà parlé avec une voix semblable. Deux femmes apparaissent au bout du couloir. Marthe d'Ambrosio, l'air satisfait, serre une enveloppe contre son sein. Michel dévisage la dame avec curiosité. Elle lui sourit. Non, il ne la connaît pas. L'enfant se replonge dans sa lecture, suivant leur conversation d'une oreille distraite. Il est question de lui, de sa réussite au certificat d'études et de son entrée prochaine au collège, qui occasionnera probablement de grandes dépenses.

Moman s'apprête à prendre congé. Michel serre contre sa poitrine la revue qu'il n'a pas eu le temps de terminer. Il y en a tellement d'autres, sur la pile, qu'une de plus ou de moins ne fera aucune différence. Il interroge du regard les trois dames, mais aucune ne bouge. Aucune ne le comprend. Une grande contrariété l'envahit.

— Moman, dit-il, se hâtant dans l'escalier à la suite de sa mère. Quand je serai grand, j'aurai des tas d'argent pour m'acheter plein de livres et tous les journaux que je voudrai.

— Tant mieux pour toi.

— Et aussi des livres reliés, comme ceux que me prête monsieur Gillot. Et des tubes de peinture. Et des pinceaux.

— Mais oui, mais oui, répond Moman, le tirant par la manche. C'est ça. Peut-être bien que tu auras tout cela. En attendant que la fortune te tombe sur la tête, fais-moi quand même le plaisir d'améliorer un peu tes notes en calcul. Ton dernier carnet n'était pas fameux.

— Mais Moman, j'ai eu huit sur dix à ma compo.

— Si tu passais moins de temps à gribouiller et plus de temps dans tes livres d'école, tu aurais peut-être eu dix sur dix.

— C'est moi qui ai eu la meilleure note de la classe.

L'enfant coule à sa mère un regard en coin.

— Je suis peut-être un artiste.

— Un artiste !

— Mes copains disent ça. En classe de dessin, j'ai peint une bonite et un oursin sur une assiette de faïence. C'était si réussi qu'ils ont tous sifflé d'admiration. Le professeur m'a dit : « Ta bonite, on dirait qu'elle vient juste de sortir de l'eau. L'oursin, on dirait qu'il va se mettre à bouger ! »

Les lèvres de Moman se courbent en une moue dubitative.

— Même Tessa dit qu'elle n'a jamais vu personne dessiner aussi bien que moi. Elle dit que je dois m'améliorer et cultiver ce don pour mon avenir.

— Tessa ferait mieux de se préoccuper de son avenir à elle et de me laisser m'occuper de ton éducation, déclare la mère.

Michel sait que personne ne sait s'y prendre comme lui avec un crayon. Les personnages dessinés par Norbert évoquent davantage des araignées que des êtres humains avec leurs pattes grêles et leurs bras en bâtonnets. Pour Michel, c'est facile. Il ignore d'où vient cette connaissance profonde, instinctive. Une grosse vague s'est soulevée en lui, le jour où la boîte de couleurs est entrée dans sa vie. Son dessin, c'est son refuge, le rempart qu'il dresse quotidiennement entre lui et des souffrances qu'il ne comprend pas.

Norbert a reçu pour son anniversaire une petite voiture rouge. Il en est tellement fier qu'il ne s'en sépare plus et l'exhibe sans arrêt. Pour la première fois de l'histoire de son amitié pour Norbert, les mille démons de l'envie ont mordu le cœur de Michel. En fait de petites voitures, il n'a jamais possédé que celles que les enfants du village façonnent avec la terre glaise de la montagne. Ils les moulent à la main, les lissent au petit couteau, fixent les roues avec des brindilles. Les voiturettes sont mises à sécher sur la terrasse, mais, la plupart du temps, elles se fendillent sous le soleil brûlant ou se fracassent au cours du jeu. Lui seul n'a jamais de beau jouet pour s'amuser. Ses parents ne peuvent pas lui en acheter.

Il se console à l'idée que ce qu'il a en lui, aucun copain de sa bande ne le possèdera jamais, car ce n'est pas une chose que l'on peut acheter, même avec des millions : le don de jouer avec les ombres, les volumes, la lumière. Sous sa main habile, précise, des êtres prennent vie ; les pêcheurs se courbent sur la mer ; des poissons bondissent ; des bateaux déchirent la brume. Son dessin suscite l'étonnement et l'envie. Ce don, ce sera sa chance à lui, sa porte ouverte sur un autre monde. Son talent lui permettra d'inverser le cours annoncé de sa vie. Il ne sait pas quand, ni comment, mais cette certitude s'enfonce en lui chaque jour davantage. Peut-être gagnera-t-il de l'argent ? Monsieur Covès a bien voulu exposer dans la vitrine de son magasin trois assiettes décorées par lui. Les assiettes ont trouvé acquéreur pour quelques sous. Michel étouffait de fierté en déposant les piécettes dans la main de sa mère. Non, il ne vivra pas comme Papa et Moman, qui, malgré un labeur incessant, gagnent tout juste de quoi vivre.

Moman revient régulièrement au magasin de chapeaux ; chaque fois, elle repart avec une enveloppe. Elle ne donne aucune indication sur son contenu, mais Michel tient pour certain que l'enveloppe contient de l'argent. En effet, aussitôt rentrée à la maison, la mère s'enferme dans sa chambre avec des airs de conspiratrice. Elle dépose l'enveloppe à l'endroit secret où, vigilante, elle dissimule les économies du ménage : dans sa commode, sous la pile de torchons. Pour quelque raison inconnue, le garçon n'est plus invité à monter à l'étage. Il patiente dans la rue, le nez collé à la vitrine de la modiste. Michel ne pose aucune question. Marthe d'Ambrosio est si étrange, si tendue depuis le début de la guerre. Dans la famille, nul ne se soucie de la mettre en colère.

DANS LA BAIE de Mers el-Kébir, les travaux du port de guerre se poursuivent. Les obus anglais n'ont pas commis de dégâts irrémédiables sur les ouvrages maritimes et la jetée nord est bientôt réparée. Le rythme des travaux est ralenti par la guerre, mais le chantier n'est pas interrompu. La jetée s'allonge inexorablement, mois après mois. Les dynamitages se succèdent. Les rochers, graviers et remblais nécessaires à l'aménagement des quais sont extraits des flancs du Santon, percé de trous et de galeries comme une énorme termitière. Un tunnel est spécialement construit, trouant les entrailles de la montagne de part en part sous le cap Gros, reliant entre elles les immenses carrières. Equipé de rails et de wagonnets, il descend en pente assez douce vers le port pour acheminer rocailles et agrégats jusqu'au chantier.

Un matin de novembre, les d'Ambrosio, attablés devant leur café, sursautent violemment : des coups de canon viennent de se faire entendre.

— Que se passe-t-il encore ? grogne Papa.

Il va à la porte d'entrée, fait deux pas dans la rue.

— Ça vient du fort Santon. Je crois qu'on nous tire dessus.

Moman écarquille les yeux.

— Les Allemands ?

— Je ne sais pas. Peut-être les Anglais. Habillons-nous.

Les Kébiriens, dans la rue, scrutent les hauteurs du cirque de montagnes : les batteries des crêtes tirent en direction de la mer. Des obus de riposte s'écrasent sur les collines.

Moman montre le visage des mauvais jours.

— Et voilà que ça recommence, grommelle-t-elle en plaçant quelques victuailles dans son cabasset.

— Les gens vont tous vers les tunnels. Allons-y aussi, propose Papa.

En effet, effrayés par la canonnade, les gens du village se hâtent vers les entrées des galeries creusées au cœur de la montagne et se dispersent dans les souterrains à la lueur de leurs lampes-torches. Les bruits sourds des obus frappant les collines leur parviennent par les bouches d'aération. Les ondes de choc se répercutent dans les souterrains et font vibrer la montagne. Tout cela n'est guère rassurant et rappelle à tout le monde de sombres souvenirs. Le port est encore attaqué. Combien de temps cela va-t-il durer? Que va-t-il se passer? Il faut s'organiser: les gens disposent leurs campements de fortune. Les parents s'installent à même le sol sur la mince bande de terre séparant les rails des parois de l'étroit boyau. Leurs visages expriment un profond découragement.

— Sainte Vierge, déplore Moman, la tête dans les mains. Sainte Mère de Dieu, qu'est-ce qui se passe? Pourquoi est-ce qu'on nous bombarde encore? Est-ce qu'on va rester longtemps dans ce trou à rats? Pourvu que le village ne souffre pas, pourvu que nous retrouvions la maison, pourvu…

Peu désireux d'endurer les jérémiades de Moman plus longtemps, Michel s'en va en reconnaissance dans les galeries. A sa grande joie, il déniche rapidement ses deux inséparables Norbert et Samir, réfugiés eux aussi avec leurs familles dans les souterrains. Les enfants ont trouvé un jeu passionnant. Ils grimpent dans un des wagonnets équipant le réseau de rails et servant à acheminer les rocailles vers la mer ; ils le poussent en unissant leurs forces jusqu'en haut de la pente, sautent dans les petites bennes et se laissent glisser jusqu'en bas de la galerie en criant de joie. Les adultes sont si préoccupés par le bruit de la canonnade qu'ils ne leur prêtent aucune attention. Un élan un peu plus fort propulse le wagonnet à la sortie du tunnel. Les trois gamins risquent prudemment deux pas à l'extérieur… rien. Soudain, un obus s'écrase non loin d'eux. Le souffle de l'explosion les projette à terre. Ils s'enfuient en criant vers les profondeurs en poussant leur engin.

A la fin de l'après-midi, Nicolas et sa mère retrouvent les d'Ambrosio dans le tunnel. Nicolas saisit la main de Tessa, et Michel ne peut s'empêcher de remarquer qu'il la garde dans la sienne un peu plus longtemps que nécessaire. Sa vieille mère darde autour d'elle ses regards noirs. L'inquiétude tord ses traits aigus. Michel estime qu'elle ressemble plus que jamais à la sorcière des albums illustrés du père Gillot.

— Les Américains ont débarqué sur la plage des Andalouses, annonce le jeune pêcheur. Deux corvettes ont été coulées dans le port d'Oran. Encore des morts des deux côtés. Ça tire comme en enfer.

— Est-ce qu'on peut retourner à la maison ? demande Moman.

— Ce n'est pas prudent. On se bat là-haut, dans les collines. Il vaut mieux attendre que ça se calme.

— Cela ne finira donc jamais, soupire-t-elle.

Le soleil s'est couché et les gueules des canons se taisent pour la trêve de la nuit. Le petit groupe dîne en silence. La mère distribue une tranche de pain et des sardines séchées. Nicolas contemple Tessa, assise à même le sol les jambes relevées sous elle, plongée dans de profondes pensées.

— Nous pourrions sortir sur le port, sans trop nous éloigner de l'entrée du tunnel, propose-t-il. Un peu d'air frais nous fera du bien.

Michel se lève d'un bond.

— Je veux bien. J'en ai assez d'être enfermée là-dedans, dit Tessa. Michel, tu viens ?

La jeune fille considère sa mère avec inquiétude. Adossée au mur du boyau, le teint écarlate, la poitrine oppressée, la femme respire avec difficulté.

— Maman, ça va ?

— Non, dit Moman. Je reste. Mais emmenez Michel.

Sur le port, la mer, légèrement plombée, berce doucement les barques de pêche à leurs quais et pontons. Le trio fait quelques pas en direction de la monumentale jetée. La nuit de novembre est fraîche. Parcourue de frissons, Tessa croise ses bras contre sa poitrine. Nicolas ôte sa vareuse de marin et la dépose sur ses épaules d'un geste doux. Au loin, le village est plongé dans l'obscurité d'une nuit sans lune. Rien ne bouge dans le paysage et ce calme inhabituel a quelque chose d'effrayant. Autour d'eux, un ennemi invisible attend le lever du soleil pour frapper de nouveau.

— J'ai froid ! dit soudain Michel. Je veux retourner là-bas avec Moman.

— Eh bien, retourne, qu'est-ce que tu attends, rétorque Nicolas d'un ton agacé.

L'enfant reste immobile. Nicolas lui donne une petite bourrade.

— File! ordonne-t-il sèchement.

Pelotonnée dans le vêtement de Nicolas, Tessa, préoccupée, considère son petit frère. Plein d'appréhension, Michel s'éloigne en trébuchant sur le chemin du retour. Le silence de mort qui écrase la baie est si oppressant, la nuit si sombre. Sur le chemin, l'histoire du fantôme de Kébir lui vient à l'esprit. Sa mère la lui raconte quelquefois pour l'obliger à rentrer avant la tombée du jour: elle n'aime pas que Michel traîne dehors le soir. Marthe d'Ambrosio, qui ne craint rien ni personne, a peur du noir. Elle prétend que par des nuits sans lune, les promeneurs attardés sur la route de Saint-André au vieux port sont abordés par un homme vêtu d'un long manteau noir, le visage dissimulé dans l'ombre d'un chapeau à larges bords. La créature s'agrippe au dos du promeneur et l'oblige à le porter. Le promeneur ploie sous son poids mais continue d'avancer. Au fil de la marche, le fardeau se fait de plus en plus pesant, son porteur avance péniblement. Il se courbe de plus en plus et finalement, s'écroule. Sa victime à terre, le personnage disparaît en ricanant dans l'obscurité.

Si ce bonhomme existait réellement? Moman le dit, mais elle dit tellement de choses, on ne sait jamais si c'est vrai. Elle est capable de chercher à lui faire peur pour l'obliger à rentrer. Mais… si c'était quand même vrai? Michel frissonne. Ce soir, il ne courra pas le risque de rencontrer l'homme noir. Tant pis pour le froid, mieux vaut rester avec Tessa et Nico. Il rebrousse chemin et revient vers les deux jeunes gens immobilisés au bord de la jetée, face à la mer. Leurs voix chuchotent.

— Je ne comprends pas pourquoi on nous attaque tout le temps, fait Tessa. C'est la deuxième fois en deux ans.

— C'est parce qu'on est avec le Maréchal, explique Nicolas. Je suis sûr qu'ils vont débarquer ici. C'est le nouveau port qui les intéresse.

Tessa reste songeuse.

— Ce port de guerre qu'ils font ici nous cause des tas d'ennuis, dit-elle. Nous devrions rentrer. J'ai peur.

— Il n'y a pas de raison d'avoir peur. A l'abri de la digue, tu ne risques rien et ils ne recommenceront pas avant que le jour soit levé.

Nicolas s'approche de Tessa, pose ses mains sur ses épaules. Son corps bascule vers Tessa, sa tête s'incline. Mais… il va l'embrasser ? Michel se ratatine derrière un gros bloc de béton. Il l'embrasse. Quand les copains vont savoir ça.

Après un long moment, la voix étouffée du jeune homme se fait entendre.

— Tessa, si tu le veux, je te demanderai à ton père.

Tessa soupire.

— Non, ne mêle pas mes parents à tout ça, s'il te plaît.

— Pourquoi ? Tu crois qu'ils ne me voudraient pas comme gendre ?

Tessa émet un bref ricanement.

— Non. On ne peut vraiment pas dire ça.

— Alors, quoi ?

— Je ne veux pas me marier.

— Mais c'est le rêve de toutes les filles de se marier et de faire des enfants. C'est la nature qui veut ça. Avec moi, tu auras tous les enfants que tu voudras.

— Je suis trop jeune.

— Ah ! Ne me dis pas ça à moi, Tessa. J'attends que tu grandisses depuis des années. Je t'avais remarquée déjà avant que je parte en France, tu avais à peine quinze ans. Ton frère ne voulait même pas que je t'adresse la parole.

Nicolas croise les bras.

— Si tu ne veux pas de moi, pourquoi m'as-tu embrassé ?

— Dis, c'est toi qui as commencé.

— Tu m'as embrassé aussi.

— On peut embrasser un garçon sans avoir envie de se marier, figure-toi.

— Tu ne penses pas ce que tu dis, s'écrie Nicolas d'un ton choqué. Heureusement que je te connais, sinon qu'est-ce que je pourrais penser de toi ?

Tessa hausse les épaules.

— Tu crois que tu me connais, fait-elle. Pense ce que tu veux, ça m'est égal.

Nico pousse une exclamation et la reprend dans ses bras. Avec cette fois une intention différente, car Tessa proteste et cherche à se dégager. Inquiet, Michel s'avance vers elle. Dans l'obscurité, son pied heurte une pierre. L'enfant trébuche et tombe.

— Qui va là ? demande le jeune homme.

— C'est moi, fait Michel.

— Michel ! Tu ne devais pas retourner dans le tunnel avec les autres ? gronde Nicolas.

— Nico ne parle pas comme ça au petit, s'interpose Tessa. Tu vois bien qu'il a peur. Tu t'es fait mal ? Montre-moi.

Michel secoue la tête en signe de dénégation et se blottit contre sa sœur, prenant soin d'éviter la trajectoire et les coups d'œil furibonds de Nicolas.

— Il paraît que madame Muller est revenue dans le coin, dit soudain le jeune homme. Ma mère l'a aperçue en ville. Elle tient un magasin de chapeaux.

— Nicolas, s'il te plaît, ce ne sont pas tes affaires.

— Au fait, je n'ai pas bien suivi toute l'histoire, moi. Quelque chose m'échappe. Elle ne devait pas revenir le chercher ?

Tessa entoure de son bras l'épaule de son frère.

— Personne ne doit venir chercher personne, s'exclame-t-elle avec colère. Tais-toi donc.

Une gêne subite envahit l'enfant, comme chaque fois qu'il est l'objet d'une conversation qu'il ne comprend pas. L'expression fermée et hostile de Tessa retient la question qui meurt sur ses lèvres.

Dans le tunnel, Papa et Moman se sont lourdement endormis, étendus à même le sol, enroulés dans leurs couvertures. Les émotions de la journée empêchent Michel de trouver le sommeil. Il se tortille sur le sol caillouteux, trop excité pour dormir. Quelle journée passionnante. Les descentes en wagonnets et personne pour les gronder. Les obus cognant contre les collines. Tessa dans les bras de Nicolas. Michel observe le jeune homme, allongé un peu plus loin sur sa couverture. Lui non plus ne dort pas.

Il contemple Tessa et ses yeux noirs luisent comme des étoiles dans la pénombre.

Aux petites heures du jour, la canonnade reprend de plus belle. Un déluge d'obus s'abat sur les flancs de la montagne. D'inquiétantes nouvelles circulent : l'ennemi marche sur Oran. On se bat dans les collines. Des bateaux se sont sabordés dans le port d'Oran, sur ordre de la capitainerie, pour encombrer son accès et entraver le débarquement allié. L'aéroport militaire de La Senia est en flammes. Les pertes humaines et matérielles s'alourdissent d'heure en heure.

— Nous n'avons plus d'eau ni de provisions, constate Moman à la fin de la journée.

— On a calé des filets à l'entrée de la passe. Il n'y a qu'à aller prendre du poisson dedans, suggère Nico.

A la nuit noire, Papa, Nicolas et Michel se faufilent vers la jetée du port de pêche et grimpent dans une barque. Les rames plongent en cadence dans les eaux phosphorescentes, sans soulever de vague. Les pêcheurs évoluent à la clarté des étoiles dans la rade dont ils connaissent le moindre recoin. Nicolas repère les bouchons de liège des filets flottants. Les poches sont là, emplies de poissons frétillants. Les pêcheurs ne les sortiront pas de l'eau tant que le calme ne sera pas revenu. Les conserveries et le marché ne fonctionnant pas en ces temps de trouble, toute la pêche serait perdue. Le jeune homme plonge une longue épuisette dans le banc de bonites frétillantes. Plongé dans ses pensées, mâchoires crispées, il ramène la barque vers le port. Ses doigts longs et maigres serrent fort les rames. Les petits thons, vifs et vigoureux, bondissent dans le seau posé aux pieds de Michel.

Moman a préparé une braise dans un kanoun de fortune, confectionné avec un bidon percé, coiffé d'une grille métallique. Papa y jette les tranches de bonite, les saupoudre de gros sel et de la pointe de sa badine les fait sauter d'un côté, de l'autre. Sans un mot, il tend sa part à chacun.

Les sirènes du Santon hurlent : c'est la fin de l'alerte. Les gens de Kébir émergent des flancs de la montagne, tout éblouis par l'intensité de la lumière après ces trois jours de réclusion. Leurs regards se portent vers le cirque de montagnes : les pentes des djebels Santon et Murdjadjo sont criblées de cratères d'obus. Les yeux se tournent vers la Méditerranée, indifférente au drame qui vient de se jouer sur ses eaux turquoise ; la Méditerranée, d'où viennent depuis la nuit des temps tous les dangers qu'a connus le Grand Port. Des navires de guerre, alignés sur la ligne d'horizon, convergent vers la baie d'Oran. Des vaisseaux de transport doublent la presqu'île, franchissent la passe d'entrée de la rade de Mers el-Kébir et accostent à la grande jetée.

Les d'Ambrosio rejoignent la procession de villageois regagnant leurs maisons d'un pas hésitant. Les gens avancent avec précaution sur la route toute jonchée des éclats métalliques d'obus. Le vieux bourg, niché dans l'anse du promontoire, a subi des dégâts. Soudain, des vrombissements de moteur les font se retourner. Une longue file de véhicules arrive à leur hauteur. La bannière étoilée flotte, triomphante, sur le camion de tête. Les Américains ! Un peu effrayés, les gens se tassent sur le côté de la route pour céder le passage à un interminable défilé de troupes. Dans les camions, des militaires armés et casqués les considèrent avec sympathie, leur adressent des signes de la main. Surpris par ces gestes amicaux, les villageois les regardent s'éloigner à bonne vitesse. La tête de Mickey, le petit héros de Disney, est dessinée sur le dernier char fermant la colonne… Les ennemis viennent de débarquer.

La famille s'engage prudemment dans la rue menant à la maison.

— Là ! crie Moman.

Elle désigne du doigt les poteaux qui encadrent leur pâté de maisons. Des matelas et des chaises pendent lamentablement sur les fils électriques. Papa porte sa main à sa poitrine. Michel bondit vers sa mère en poussant des cris suraigus :

— Ce n'est pas chez nous ! Pas chez nous !

L'obus est tombé chez les voisins. Il a traversé le toit, dévasté l'intérieur et soufflé le modeste mobilier dans les airs. Papa contemple les dégâts, puis se précipite chez le voisin pour lui apporter son aide.

Dans sa maison, la mère est tombée à genoux. Ses joues ruissellent de larmes. Ses lèvres bredouillent de fervents remerciements à la « Visiteuse » trônant, impassible, sur le buffet. Grâce à elle, la maison n'a rien. Les d'Ambrosio ont toujours un toit sur leurs têtes.

Six gros bâtiments de guerre ont accosté à la grande jetée. En l'espace de quelques heures, des milliers d'hommes ont pris pied dans le village. Un long défilé d'engins, camions, tanks, chars, jeeps, traverse Kébir à vive allure. Des chars amphibies émergent sur les plages de la baie. Les grosses mâtures du port moderne déchargent du matériel lourd : locomotives, avions de combat, tanks, bulldozers… et le matériel nécessaire à l'entretien de tout le corps d'armée.

PENDANT LEURS MOMENTS de liberté, Samir, Norbert et Michel espionnent tous les faits et gestes des Américains. Pas un déplacement, pas une manœuvre n'échappe à leurs regards curieux. Dissimulés dans le paysage, ils ne perdent pas un détail de l'installation des envahisseurs. Décidés à s'installer durablement, les nouveaux arrivants sillonnent la région à la recherche des bons endroits pour leurs quartiers et cantonnements. Des bulldozers circulent en tous sens dans le cirque de montagnes. C'est la première fois que les enfants voient ces énormes engins qui aplanissent des terrains sur de larges surfaces. Des maisons préfabriquées et des tentes immenses poussent comme des champignons un peu partout dans les environs. Au début, le trio n'ose pas trop approcher et se tient en retrait, à l'abri d'un bosquet ou derrière des broussailles, soucieux de ne pas attirer l'attention. S'ils allaient se fâcher ? Il est évident que non seulement la curiosité des enfants ne les dérange pas, mais semble même les amuser. Tout est si nouveau. Leurs uniformes, leur matériel, ces curieux véhicules, appelés jeeps, que l'on voit pour la première fois. C'est si drôle de les regarder sauter dedans et s'en éjecter, d'un bond, sans même se donner la peine d'ouvrir les portières. Et leur langue ! Pour la première fois de son histoire millénaire, le Grand Port résonne des accents chantants, un peu nasillards, de la langue américaine. Les enfants apprennent l'anglais. De nouveaux mots amusants : *fock, bitch*, enrichissent leur vocabulaire.

Après des mois de guerre, de tristesse et de privations, soudain c'est le grand retour de l'abondance. On peut maintenant se procurer du sucre, du café, du chocolat et tant d'autres choses indispensables, dont les gens sont privés depuis longtemps. Les chewing-gums jaillissent généreusement des poches des soldats. Les jeunes gens de Mers el-Kébir, tout fiers, fument des cigarettes blondes américaines, quel luxe ! Des postes de radios et phonographes inondent les bars et les rues de musiques gaies, entraînantes, aux rythmes inconnus. La jeunesse de la région, émerveillée, découvre Glenn Miller, Tommy Dorset, et « La Romance de Paris ».

Les mamans du village se répandent en recommandations.

— Il ne faut accepter ni bonbons ni nourriture de ces gens-là, profère Marthe d'Ambrosio sentencieusement. On ne les connaît pas. S'ils voulaient nous empoisonner ?

— Maman, ils ne vont pas nous empoisonner, proteste Tessa en haussant les épaules. Tu vois le mal partout. Tu as goûté leur chocolat ? Délicieux. Rien à voir avec la chocoline qu'on trouve chez nous.

— Tu as raison, approuve Papa. La chocoline, ça n'a pas plus de goût qu'une bouchée d'argile.

— Hum, hum, fait la mère. Admettons. Par principe, il ne faut pas accepter de cadeaux. Qu'ils n'aillent pas s'imaginer qu'on peut nous acheter avec une tablette de chocolat ou un berlingot de lait condensé.

— Tu as tort de t'inquiéter, ma femme. Ce sont nos amis.

— Nos amis ? Depuis quand sort-on le canon pour accueillir les amis ? s'écrie Moman avec colère.

— Nous nous sommes ralliés à eux.

— Et les bateaux anglais, qu'est-ce qu'ils font ici ? poursuit la mère. Ceux-là même qui nous ont attaqués il y a deux ans, amarrés à la grande jetée comme si de rien n'était. Les marins anglais se pavanent dans les rues… Je n'y comprends rien.

— Ils sont alliés avec les Américains, explique son mari. Nos alliés à nous aussi. Les Allemands ont franchi la ligne de démarcation et le Maréchal est prisonnier. Le gouvernement de la France libre se trouve chez nous à Alger.

Papa s'interrompt brusquement. Moman a couvert son visage de ses deux mains et s'est mise à pleurer. Tessa et Michel échangent des regards consternés.

— A quoi a servi ce massacre, il y a deux ans ? Qui expliquera aux mères de ces pauvres gars que nos amis ont tué leurs fils ? Et nous autres, ici ! Bombardés deux fois depuis le début de la guerre ! Trois jours bloqués dans les tunnels. La maison des Perez, détruite. Leurs matelas, pfft ! Soufflés dans les fils électriques. Nos amis !

— Ne te mets pas dans des états pareils, Maman, console Tessa, désolée. Tu te fais du mal.

— Ils nous ont libérés, tente encore Papa.

— Libérés de quoi ? De qui ? On n'a jamais vu un uniforme ennemi ici.

— On ne peut être sûrs de rien. Les Allemands et les Italiens ont débarqué à Bizerte[24]. La mobilisation générale

24 Le port de Bizerte (Tunisie) est une des principales bases navales françaises, contrôlant le détroit de Sicile (jusqu'en 1961). Les forces de l'Axe y débarquent le 21 novembre 1942.

est déclarée. Les bataillons d'Afrique se joignent aux Alliés en Tunisie. De là, ils s'embarqueront pour l'Europe et libéreront la France, conclut Papa.

La mère essuie son visage d'un brusque revers de manche. Ses yeux flamboient de colère.

— Eh bien, qu'ils aillent libérer la France, il est bien temps. Pendant qu'ils y sont, qu'ils libèrent aussi les prisonniers de guerre. Plus de trois ans que Joanno est parti. Qui sont nos amis, nos ennemis… peu m'importe, à moi. Le monde est devenu fou. La politique, c'est l'affaire des hommes. Nous autres femmes ne voulons que vivre en paix dans nos maisons et élever tranquillement nos enfants. La vie n'est-elle pas assez difficile comme ça ? Je veux juste qu'on me rende mon fils.

Pourtant, la vie est devenue si intéressante, si excitante depuis que les envahisseurs sont là. Mers el-Kébir est en passe de devenir une des plus puissantes bases navales françaises, mais c'est aussi, et surtout, un port de pêche. Dès les premiers temps, l'armée américaine est incommodée par les odeurs fortes, pleines de caractère, d'un grand port de Méditerranée : effluves de mazout, relents de restes de poisson sur les quais du port de pêche, remugles de varech et de sel sur la grève, le tout amplifié et exalté par la chaleur de l'Afrique. Ce cocktail odoriférant attire des myriades de mouches sur la petite cité.

Michel fait irruption à la maison, les joues en feu, armé d'une boîte d'allumettes et d'une tapette tue-mouches. Il tape de tous côtés sur les insectes voletant çà et là dans la pièce. Il les collecte délicatement, du bord de la tapette, et les dépose soigneusement dans une boîte d'allumettes. Levant les yeux de son ouvrage de couture, Tessa observe le manège d'un air mécontent. Ces temps-ci, la jeune fille est plutôt à prendre avec des pincettes.

— Qu'est-ce que tu fais, là ? Une collection de mouches ? demande-t-elle d'un ton hostile.

Michel exhibe fièrement sa tapette tue-mouches grossièrement façonnée d'un morceau de grillage et d'un manche en fil de fer.

— Regarde ! Ils nous ont donné ça.

— « Ils » ? Qui, « ils » ? grogne Tessa, agacée.

— Ben, eux ! Les Américains !

— Les Américains t'ont demandé de tuer des mouches ?

— Pas qu'à moi. A Samir, Norbert, à tous les autres.

Le visage de la jeune fille exprime une totale incompréhension. La voix surexcitée de l'enfant grimpe dans les aigus.

— On remplit les boîtes de mouches mortes et en échange de chaque boîte pleine, ils nous donnent ça !

Le garçon écarte les pans de sa musette, révélant son trésor à Tessa : des berlingots multicolores, qu'il couve d'un regard émerveillé. C'est la première fois depuis des mois, des années, que l'on mange des choses aussi délicieuses à Kébir.

— Tu veux dire qu'ils vous offrent des bonbons en échange de boîtes de mouches ? interroge Tessa, incrédule. Cela ne tient pas debout.

— Mais c'est vrai, je te jure, Tessa ! Si tu me crois pas, t'as qu'à venir avec moi.

— Où ça ?

— Au grand campement. Viens avec moi, puisque tu ne me crois pas.

Tenaillée par la curiosité, Tessa pose son ouvrage et lui emboîte le pas sur la route du cimetière jusqu'au quartier général des Américains. Le soldat de faction les accueille avec un sourire et quelques phrases de bienvenue dont ni l'un ni l'autre ne comprend un traître mot. Tessa murmure quelques remerciements.

Dans la cour, près de l'entrée, un grand feu jette bien haut ses flammes claires. Michel présente au planton, grande ouverte, sa boîte emplie de mouches. Après en avoir contrôlé le contenu, le soldat l'enjoint d'un signe de tête à s'approcher du feu. Les mouches disparaissent en crépitant dans les flammes.

Le soldat déroule alors les bords d'un énorme sac de toile de jute. Il cligne des yeux en direction de Tessa qui rougit jusqu'aux cheveux.

— Tessa, regarde !

Le militaire plonge ses mains dans le sac et soulève une grosse poignée de berlingots. Michel enfourne sa récompense et file à toutes jambes vers le port.

La nouvelle a fusé dans la bande : « une poignée de berlingots pour chaque boîte de mouches mortes. » Fous de joie, les enfants sillonnent les rues du village en tous sens. Dûment armés de tapettes, ils traquent toutes les mouches de la rade. Après quelques jours d'une chasse sans merci, les proies se raréfient. Pour remplir leurs boîtes, les gamins ont recours à des stratagèmes : installer des pièges garnis de papier collant ; laisser pourrir des morceaux de poisson, çà et là, pour attirer les dernières rescapées ; dissimuler des doubles-fonds dans les boîtes d'allumettes… Puis la matière première finit par manquer : il est devenu très difficile de trouver une mouche dans la rade.

Michel s'est constitué tout un trésor de bonbons bariolés. Au début, il se jette dessus avec avidité mais sa réserve diminue rapidement. Plein de remords, il pense à Joanno, détenu en Pologne. Là où il se trouve, le pauvre prisonnier ne mange certainement rien d'aussi délicieux. Michel décide de lui constituer une réserve dans une boîte. Ce sera dur de ne pas y toucher ; mais Joanno sera si content, si reconnaissant qu'on lui offre des berlingots à son retour.

UN JOUR, les trois copains ont la mauvaise surprise de trouver le terrain de football déjà occupé par des soldats américains. Ils jouent à un jeu inconnu. Mains gantées, ils lancent, avec de curieux mouvements des bras et des jambes, une petite balle qu'un adversaire réceptionne à l'aide d'un long gourdin arrondi. Les enfants s'assoient sur le talus en maugréant. Il n'y a plus qu'à attendre qu'ils s'en aillent. Mais la partie en cours capte rapidement leur intérêt. Les militaires frappent la balle blanche, jettent le bâton loin d'eux, puis courent à toutes jambes à l'autre bout du terrain.

— C'est terrible, ce jeu, tu crois qu'on pourrait y jouer, nous aussi ?

— Regarde, comment ils font, ça m'a l'air tout simple, dit Samir.

— Oui, mais il nous faudrait des gants comme ça, et puis ces bâtons.

Le terrain vague se trouve un peu en surplomb d'un ravin ; quand les joueurs perdent une balle, elle roule jusqu'en bas de la pente. Les soldats ne perdent pas une seconde pour aller la chercher ; ils en prennent une autre dans une caisse emplie de matériel au coin du terrain.

— Pour la balle, c'est facile, dit Norbert. On va aller en récupérer une dans les broussailles quand ils seront partis. Ils en ont tellement qu'ils ne vont même pas les ramasser.

Dans un coin du terrain, trois caisses, largement ouvertes, sont posées sur un tas de sciure. L'une contient des canettes de bière. L'autre est pleine de matériel de jeu, balles, gants, battes. La dernière caisse regorge de pommes, superbes, rouges, luisantes. Les yeux des enfants brillent d'envie : à Mers el-Kébir, il n'y a pas de pommiers. Les soldats les enjoignent du geste à se servir : les enfants, ravis, ne se le font pas dire deux fois. Tout en croquant sa pomme, yeux mi-clos de bonheur, Norbert creuse du talon une tranchée dans la sciure. Profitant de l'inattention des joueurs, il saisit deux battes et deux gants dans la caisse, les jette dans sa tranchée qu'il recouvre prestement de sciure : les Américains n'y ont vu que du feu.

A la fin, les Américains s'en vont, emportant leurs caisses de bière. La caisse de pommes rouges est restée sur le tas de sciure : elle est pour eux ! Sitôt seuls, les gamins déterrent le matériel enfoui et détalent vers le village emportant leur butin et les pommes avec des cris de joie.

La journée d'école du lendemain s'étire interminablement. Lorsque la cloche sonne enfin, les trois comparses filent au terrain pour essayer leur nouveau jeu. C'est beaucoup moins facile que ça n'en a l'air de frapper ces balles avec ces bâtons…

Soudain, le cœur de Michel cesse de battre.

— Flûte ! Les revoilà, souffle-t-il. Ils vont piger qu'on leur a piqué tous ces trucs.

— On va encore se faire enguirlander, s'inquiète Norbert.

— Continuons à jouer, faisons comme si de rien n'était, suggère Samir, toujours prudent.

Les Américains, assis sur le talus, déballent canettes de bière et sandwichs. Ils assistent à la partie sans intervenir. Parfois, ils éclatent de rire, se tapent sur les cuisses.

— C'est nous qui les faisons rire, remarque Michel.

Leurs sandwichs avalés, les soldats se lèvent et s'approchent des enfants ; ils leurs prennent les battes des mains, leur montrent le bon geste et leur apprennent à jouer. Les règles du jeu ne sont pas très faciles à comprendre, mais qu'importe, l'essentiel, c'est de faire comme les Américains. Bientôt, tous les gamins de la région possèdent leurs gants, leurs battes et leurs balles. Le base-ball fait fureur dans la région.

Au fil de leurs promenades dans les djebels, Samir, Norbert et Michel font des trouvailles plus passionnantes les unes que les autres : grenades, munitions, douilles de fusil et de revolver, ceintures de mitrailleuses, que les militaires ne ramassent pas aussi scrupuleusement qu'ils le devraient après leurs exercices en rase campagne. Les enfants, ravis, stockent leurs butins dans des casques américains, eux aussi dénichés aux abords de leurs camps.

Ce jour-là, Norbert a proposé d'enterrer le contenu de son casque et d'y mettre le feu. Agenouillé devant un des cratères causés par les obus du récent bombardement, le casque empli de munitions posé près de lui, il gratte la terre avec ardeur.

— On va faire un feu dans ce trou, dit-il. Et jeter tout ça dedans. Tout va péter. On va bien rire.

— Ce n'est pas dangereux, ça ? interroge Samir, soudain inquiet.

— Mais non, puisque ça explosera dans le trou. On ira vite se planquer.

— Et si on se fait attraper ? insiste Samir.

— Par qui ? Il n'y a personne ici.

— Si. J'ai vu monter Tessa et Nico, ils se dirigeaient vers le vieux fort.

Norbert cligne de l'œil vers Michel.

— Ils ne nous embêteront pas, ces deux-là, déclare-t-il d'un ton assuré. Ils ont mieux à faire. Hein, Michel ?

Michel se rembrunit. Depuis la bataille du débarquement et le séjour dans les souterrains du Santon, on ne peut plus faire un pas sans tomber sur le patron pêcheur. Tessa ne quitte plus son air renfrogné, mais Moman exprime sans se gêner sa grande satisfaction.

— Ma mère a remarqué que Sorano est tout le temps à rôder autour de chez toi. Elle l'a dit l'autre jour à mon père. Il va pourtant bien falloir qu'il se décide, celui-là, déclare Norbert d'un air entendu.

Michel se détourne sans faire de commentaire. Pas étonnant que la mère de Norbert ait remarqué le manège de Nico et qu'elle en ait parlé. Michel estime qu'elle est la pire commère du village.

Le silence n'est plus troublé que par le bruit de la pelle raclant le sol caillouteux. Norbert se redresse, rayonnant.

— Tu vas vraiment mettre le feu ? Ça risque de faire un sacré raffût, objecte Michel.

— Bien sûr, que je vais mettre le feu, tiens. On se sauvera. *Fock !* T'as peur ou quoi ?

Le garçon se raidit.

— Je n'ai pas peur !

— Bon ! Alors, allez chercher des brindilles, de la mousse bien sèche.

Un instant plus tard, les enfants déposent la mousse et de petites branches sèches au fond du trou. Norbert extirpe du fouillis de sa poche une de ces boîtes remplies d'allumettes à tête de cire qu'on trouve partout depuis l'arrivée des Américains. Il gratte l'allumette, la jette sur les branchages. Un petit feu lance rapidement des flammes claires.

— *All right*, déclare l'enfant, satisfait. Planquez-vous derrière les arbres. J'arrive.

Michel et Samir ne se font pas prier pour détaler. Le gamin renverse d'un coup le contenu du casque dans les flammes et rejoint ses copains en courant. Des détonations en salves éclatent. Projetées dans toutes les directions, les balles sifflent à leurs oreilles. L'une d'entre elles ricoche sur un rocher et se fiche avec un bruit sec dans l'écorce du chêne-liège qui leur sert de rempart. Effrayé, Michel aplatit chaque centimètre carré de son corps sur le sol. La pétarade, intense, nourrie, semble interminable. A moitié évanouis de peur, les trois enfants n'osent plus bouger. Des cris se font soudain entendre un peu plus haut sur la colline. Nicolas et Tessa arrivent en courant, le jeune homme en tête, talonné par Tessa, rouge et échevelée, ses boucles noires fouettant ses épaules. Elle fond sur Michel, agrippe son bras et le relève brutalement.

— Qu'est-ce que vous avez encore inventé, tous les trois ?

— Ils ont mis le feu à un paquet de munitions, dit Nico. C'est incroyable, quels petits crétins ! Vite, on file, ça peut encore péter.

Tessa et Nico les entraînent quelques dizaines de mètres en contrebas. Le petit groupe s'immobilise en lieu sûr. Tête baissée et bras ballants, Samir, Norbert et Michel attendent l'orage. Mais l'orage ne vient pas. Perdus dans une contemplation réciproque, Tessa et Nico ne leur prêtent pas attention. Nicolas dévore Tessa de son regard chaud. Elle a les joues en feu. Quelques brins de paille parsèment ses cheveux bouclés, un certain désordre règne dans ses vêtements. Norbert lance à Michel un clin d'œil malicieux.

Tessa récupère vite.

— Je vais raconter ça à Maman et à ta mère, Norbert. A la tienne aussi, Samir. J'espère que vous serez punis. Quels idiots ! Mettre le feu à des munitions ! Vous auriez pu être tués. Vous ne savez rien faire d'autre que des bêtises ?

Insensible à leurs supplications, Tessa les ramène au village. L'aventure des enfants provoque un beau tapage dans le quartier. On entend de loin les exclamations de colère de Carmelette Viguier. Badra pousse son fils dans la maison et claque la porte.

A leur arrivée, Moman s'extrait de sa chaise avec difficulté. Ses jambes sont bandées. Elle est montée, comme tous les ans, en pèlerinage à Santa Cruz. Cette année, elle a tenu à parcourir les derniers mètres à genoux, afin que la Sainte Vierge entende son fervent désir de retrouver son fils. Elle écoute le récit de Tessa mais ne crie pas. Elle considère Michel d'un air sidéré.

— Tu ne trouves pas que j'ai mon compte de malheurs en ce moment, avec le souci que je me fais pour Joanno, demande-t-elle. Il ne manquerait plus que tu sois tué, vraiment, ce serait le bouquet. Jeter des ceintures de mitrailleuse dans un feu de bois ! Qui a eu cette idée lumineuse ? Toi ?

Michel, tout penaud, secoue la tête.

— Samir ? Ce n'est pas de lui, des bêtises pareilles. Je vais voir Badra.

— Ce n'est pas Samir.

Moman écarte les bras et soupire.

— Je vois. Ça m'étonnait aussi. Demain, j'aurai une conversation avec Carmelette. Son fils a toujours été turbulent, mais là, il dépasse les bornes. Va dans ta chambre. Ce soir, tu es privé de dîner.

LES ALLIÉS utilisent à fond les facilités logistiques du port de guerre en cours de construction : des centaines de mètres de quais, engins de levage, remorqueurs, chalands, grues flottantes, mâtures gigantesques. De nouveaux aménagements, une jetée, des terre-pleins, des équipements de carrières sont entrepris à l'est de la baie. La base de stationnement est l'objet d'un incessant va-et-vient de navires. De grandes barges de débarquement, les « baignoires », font la navette entre le port et les vaisseaux stationnés au large. Les matelots américains connaissent les enfants du village et les laissent grimper à bord des bateaux où ils passent des heures assis sur les ponts, jambes pendantes dans le vide. Il y a toujours quelque chose à glaner près d'eux : les marins ne manquent jamais de leur remplir les poches de chewing-gums ou de bonbons.

Un vent de liberté s'est levé sur le village de pêcheurs. Les Américains sont si sympathiques, la vie semble si facile auprès d'eux. Les militaires paraissent si jeunes, avec leurs joues rondes de garçons bien nourris, plus gais que les jeunes gens du village qui travaillent déjà depuis la fin de la communale sur les bateaux de pêche ou sur le chantier.

Moman a trouvé à s'employer aux cuisines du grand quartier général américain ; elle est mieux payée qu'à la conserverie et elle se fatigue moins. Elle se montre de meilleure humeur. Tessa aussi s'est transformée. Sa moue boudeuse a fait place à un joyeux sourire. Elle sort ses jolies robes pour faire le boulevard, bras dessus, bras dessous, avec ses amies. Sa mère a tenu à mettre les choses au point. L'interdiction de fréquenter les marins s'applique aussi aux matelots américains, tout aussi chahuteurs que les Français. Comme eux, ils s'enivrent dans les bars du port; les bagarres de rues sont monnaie courante. La police militaire sillonne les rues pour maintenir l'ordre et récupérer les matelots gisant çà et là, si saouls qu'ils n'ont pas réussi à regagner leur bord. Des hommes de la police militaire soulèvent les ivrognes par les aisselles et par les pieds et, leur imprimant un mouvement de balancier, les expédient sans façon dans les camions. A demi-inconscients, ils sont embarqués dans des vedettes faisant la navette avec les bateaux stationnés à la grande jetée et finalement hissés à bord.

Tessa sera bien inspirée d'écouter les conseils de sa mère et de se tenir éloignée de cette soldatesque. Car les *boys* n'ont pas tardé, eux aussi, à la remarquer. Ce n'est pas étonnant: à dix-huit ans, elle est l'une des plus belles du village. Des admirateurs américains flânent autour de la maison, au grand déplaisir de Moman. Tessa savonne fréquemment son opulente chevelure, déversant sur sa tête les bassines et les bidons d'eau que Moman collecte au *canale* les jours de pluie. La mère, qui conserve cette eau douce pour la petite lessive familiale, démontre avec aigreur que l'eau du robinet, bien que saumâtre, ne ternit pas ses cheveux, à elle. Peu convaincue, Tessa lisse ses cheveux pour mater ses boucles en tire-bouchons. Elle a réussi à mettre la main sur un tube de rouge. Elle pose une touche sur ses lèvres pulpeuses et les frotte l'une contre l'autre avec une moue curieuse. Elle étale la couleur du bout des doigts sur ses pommettes mates. Le fard doit rester léger pour économiser le tube et pour ne pas attirer l'attention de sa mère qui ne cache pas son absolue réprobation.

— Tiens, c'est carnaval, aujourd'hui ? C'est la nouvelle mode des enfants de Marie ? Ce n'est pas en te pavanant comme ça dans les rues que tu vas te marier, bougonne la mère.

— Me marier ! proteste Tessa, aussitôt dressée sur ses ergots.

Moman soupire sans répondre. Mère et fille se comprennent à demi-mot.

— Maman, je ne sais pas si j'ai envie de l'épouser, plaide Tessa. Je ne suis pas sûre de l'aimer.

Moman, accablée, prend la « Visiteuse » à témoin de l'inconséquence de sa fille.

— Sainte Vierge, l'aimer ! Qu'est-ce que c'est que cette fantaisie ? Tu vivras dans ta maison et tu auras une table bien garnie tous les jours.

— Les Sorano ont un peu plus d'argent que nous, dit Tessa. Mais ils ne vivent pas autrement que nous.

— Peut-être : mais abondance de biens ne nuit pas.

— Il ne faut pas tout sacrifier aux choses matérielles sur cette terre, argumente Tessa. C'est la sœur Josépha qui nous répète ça tout le temps. Je crois qu'elle a raison.

Moman hoche la tête et pose une main lourde sur l'épaule de sa fille.

— Ecoute ce que je vais te dire et tâche de mettre un peu de plomb dans ta cervelle d'oiseau, dit-elle, d'un ton légèrement radouci. Sinon tu le regretteras. Et c'est long, toute une vie avec des regrets, crois-en mon expérience. L'amour, c'est bien joli, hein, mais l'amour, ça ne se mange pas en salade.

NORBERT, Samir et Michel sont occupés à relever leurs pièges à oiseaux sur les berges de l'oued Sardine, lorsque Michel aperçoit dans les broussailles un objet métallique, long, fin et légèrement incurvé.

— Vous savez ce que c'est, ça ? demande-t-il en élevant l'objet au-dessus de sa tête.

— Non, dit Samir. Jamais vu.

— On dirait un frein de vélo, remarque Norbert.

— Ce n'est pas un frein de vélo.

— C'est peut-être dangereux, dit Norbert, inquiet. Laisse ça ici, va. Je me suis fait drôlement sonner les cloches par ma mère, la dernière fois, quand on a mis le feu aux balles de fusil.

— On le ramène chez moi, propose Michel en fourrant l'objet dans sa poche. Papa est chasseur et connaît les armes. Il va nous dire ce que c'est.

Les trois enfants reprennent le chemin du village. Ils s'assoient à croupetons devant la porte de la maison de Michel, en attendant le retour de Papa. Norbert retourne l'objet entre ses doigts et donne de légers coups contre la dalle pour tester sa résistance. Après quelques coups, l'objet explose à grand bruit. Des morceaux de ferraille partent à l'horizontale dans toutes les directions. Michel est le seul à porter sa chemise entrouverte. Abaissant ses yeux vers son torse nu, il voit son sang avant même de sentir la douleur. Ses cris suraigus projettent immédiatement Tessa et Badra hors des maisons et alertent le quartier. Tessa soulève son menton. Pas de blessure au visage. Sa lourde bassine calée sous le bras, Moman remonte rapidement du lavoir. L'enfant, sanglotant à grands hoquets, est emmené dans la maison. Papa, stupéfait, tient entre ses doigts les restes de l'objet qui vient d'exploser.

— Ils ont fait péter la capsule d'un détonateur de grenade, s'exclame-t-il, incrédule. Ah ! Avant, les gosses couraient après les chats, maintenant, ils s'amusent avec des grenades.

Absorbées par le nettoyage des blessures, Moman et Tessa ne répondent rien.

— Il a de petits morceaux de fer sous la peau, constate Moman sombrement. Je préfère ne pas y toucher. Il faut le montrer au médecin.

— Si on l'emmenait chez les Américains ? suggère Tessa.

— Bonne idée, approuve Moman. Emmène-le, Tessa. Ils ont une grande infirmerie là-haut. Ils le soigneront, et s'ils ne peuvent pas le soigner, au moins ils nous diront quoi faire.

— J'espère bien qu'ils le soigneront, rouspète Papa, maussade. C'est depuis qu'ils sont là que les gosses trouvent des munitions, des détonateurs et toutes ces cochonneries dans les collines.

Tessa saisit Michel par la main. Elle l'entraîne sur la route du cimetière, grimpant dans le Santon jusqu'au grand camp de l'armée des Etats-Unis. Samir et Norbert leur emboîtent le pas. Tessa avance vite, bientôt suivie par d'autres enfants du village, qui, curieux, viennent grossir la petite troupe. Michel redouble de sanglots. Sa sœur marche résolument vers le soldat de faction à l'entrée. Elle désigne la blessure, et fait de son mieux pour expliquer en anglais que le petit a besoin de soins. Le militaire abaisse sur l'enfant un regard compatissant. Après avoir parlementé avec d'autres hommes dans la guérite, il entraîne Tessa à sa suite.

Les soldats interrompent leurs activités pour suivre du regard la jeune fille, droite et très rouge, et son escorte de petits garçons. Des murmures, des sourires saluent leur passage. Le soldat désigne du doigt la tente de l'infirmerie. Tenant toujours Michel par la main, talonnée par la petite bande qui se tient coite, Tessa entre. Un homme de haute taille, vêtu d'une blouse blanche, aux yeux clairs, aux cheveux blonds taillés en brosse, les accueille. Un sourire lumineux creuse de profondes fossettes dans ses joues. Michel n'a jamais vu de dents aussi blanches, de prunelles aussi transparentes.

— Entrez, je vous en prie, dit-il.

D'un coup d'œil, le médecin évalue la situation : une jeune fille brune toute raide, un petit garçon aux joues poussiéreuses, zébrées de sillons creusés par les larmes, le torse en sang, et une troupe de gamins intimidés à l'entrée de la tente.

— Je m'appelle Bob, dit-il, tendant la main à Tessa. Je suis médecin. Bonjour, mademoiselle… ?

— Tessa d'Ambrosio.

Surpris par le son presque inaudible de la voix de sa sœur, Michel lève les yeux vers elle. Elle a pâli. Le sourire de l'homme s'élargit encore.

— Et toi, qui es-tu ? demande-t-il à Michel.

— Michel, fait l'enfant, entre deux hoquets.

— Enlève ta chemise, Michel, et allonge-toi. Je vais regarder ça.

Aidé de Tessa, Michel se déshabille et grimpe sur la table. Son cœur bat à tout rompre, tandis que Bob l'examine dans un silence de plomb. C'est la première fois de sa vie qu'il passe entre les mains d'un docteur. La gravité de la chose a asséché ses larmes. Il ne sent plus la douleur. Le groupe de copains, en formation compacte au fond de la tente, retient son souffle. Tessa ne peut détacher son regard des longues mains étroites que le médecin promène avec douceur et compétence sur le petit corps.

— Comment est-ce arrivé ? demande Bob.

— Les enfants ont trouvé un objet dans les broussailles. Ils ne savaient pas ce que c'était et ils ont joué avec. Ça a explosé.

Le médecin hoche la tête.

— Ce n'est pas grave. Heureusement, il n'a rien à la tête. C'est votre petit frère ?

Les yeux démesurément ouverts de Michel s'accrochent à elle.

— Oui. Mon petit frère.

— Je vais nettoyer ce que je peux ici, mais un morceau de fer est enfoncé assez profondément dans la peau. Nous devons l'emmener à l'hôpital d'Oran.

La suite se déroule comme dans un rêve. Michel ne peut pas croire que ces choses incroyables lui arrivent, à lui. On l'enveloppe dans une couverture. Sous les yeux de ses copains muets et impressionnés, on le transporte avec ménagement jusqu'au parking du quartier général. On l'allonge confortablement à l'arrière d'une jeep. Bob s'installe au volant, Tessa à ses côtés. La petite voiture traverse lentement le village. Les gens se retournent sur leur passage, reconnaissent Michel qui étouffe de fierté. Il est le héros du jour, promené par les Américains. La poitrine douloureuse, la tête vide et le cœur joyeux, l'enfant se laisse conduire à l'hôpital.

Beaucoup plus tard, il repose sur le lit tout tendu de draps immaculés. C'est la première fois qu'il ne dort pas à la maison. Il ne peut fermer l'œil. La journée a été si riche en émotions. Le médecin a extrait le morceau de limaille de fer enfoncé sous la peau. On l'a recousu, bandé. Il a eu mal, mais il est resté courageux devant Tessa et Bob. Quel chic type, ce Bob. Il ne l'a pas quitté un instant. Près de lui, Tessa semblait différente, comme intimidée.

Sens écorchés, narines dilatées, Michel respire des odeurs inconnues, effluves de détergent à l'eucalyptus et de désinfectant. Le contact des draps rêches et amidonnés sur la peau est désagréable. Dans la pénombre du dortoir, une dame geint dans son sommeil. Un monsieur corpulent ronfle bruyamment. Il tourne son regard vers la grande fenêtre. Une lune énorme, luisante, parfaitement ronde, monte dans le ciel d'Oran.

Papa vient le chercher le lendemain. La bande de copains l'attend devant sa maison. Quelle gloire ! Sa traversée du village dans la jeep les a tous impressionnés et a alimenté les conversations. On l'admire, on l'entoure. Michel a une vraie blessure de guerre. Le garçon exhibe les bandages ceinturant son torse maigre. Il se sent plus fier de cette blessure que s'il l'avait reçue en défendant chèrement sa vie sur un champ de bataille.

COMME IL FALLAIT S'Y ATTENDRE, Tessa retrouve Bob par hasard, un soir, à l'heure de la promenade. Il l'aborde avec gentillesse et naturel. Il s'enquiert de la blessure de Michel, demande à le voir. Tessa le précède dans les rues escarpées du village. L'Américain courbe sa haute taille pour passer le pas de la porte, balaie d'un regard étonné le modeste intérieur de la maison de poupée.

Se ressaisissant rapidement, il serre chaleureusement les mains de Moman et de Papa, leur offrant son sourire éclatant et la lumière de ses yeux très bleus. Il ébouriffe la tignasse de Michel d'un geste affectueux. Puis il saisit le garçon aux aisselles, le hisse sur la table et défait le bandage.

— Tout va bien, constate-t-il d'un ton joyeux après un coup d'œil à la cicatrice. Ce sera vite oublié.

— C'est vraiment gentil de votre part de l'avoir soigné et amené à l'hôpital, murmure Moman, intimidée malgré elle par la prestance du jeune Américain. Je ne sais comment vous remercier. Vous me direz combien je vous dois.

— Mais c'est normal, vous ne me devez rien, assure Bob.

Papa, occupé à tresser une corde, garde le silence. Son regard passe de l'Américain, affable, décontracté, à sa fille qui arrondit les épaules sous les yeux clairs. Les d'Ambrosio ont le sens de l'hospitalité : Bob est invité à dîner. On tire les chaises, on s'installe. Tessa, rougissante, joue les hôtesses. Michel se demande ce que va penser l'Américain des verres dépareillés qu'elle distribue. Apparemment, le jeune homme ne pense rien. Il boit et bavarde comme s'il connaissait la famille depuis dix ans.

Il refuse d'un ton poli le plat de supions à l'encre que lui présente Moman. Il vient de Bâton-Rouge, en Louisiane, où il étudie la médecine. Il a appris un peu de français à l'école, mais surtout auprès de sa grand-mère, une Suissesse. Il fait briller les yeux de Tessa en évoquant New York, où il s'est rendu à plusieurs reprises. La voix joyeuse, au fort accent américain, résonne étrangement dans la pièce.

Il questionne Papa sur son métier. Le vieux pêcheur se dégèle un peu pour lui répondre.

— Ce n'est pas un métier facile, explique Papa. On part pour des nuits entières, quelquefois plusieurs jours d'affilée. On mange, on dort dans les bateaux. On ne rentre pas toujours les cales pleines, loin de là. A certaines époques, les lamparos reviennent complètement vides. D'autres fois, les bancs de poissons sont si gros que les filets se remplissent à craquer, on peut tout juste les hisser hors de l'eau. A huit hommes, on y arrive à peine. Ce n'est pas une petite affaire de remonter un filet de bonites. Les bonites, ça a beaucoup de force. Si les filets se déchirent, on perd tout.

L'Américain l'écoute tête penchée. Il hoche la tête à intervalles réguliers tout en savourant la cuisine de Moman.

— Je vois. Mon grand-père était pêcheur de crevettes, en Caroline du Nord. Je me souviens de ce qu'il nous racontait. Sa vie n'était pas facile.

— Quand on revient tous avec les cales pleines à ras bord, c'est un problème aussi, poursuit Papa, dont les mains se sont animées, voletant autour de sa tête, à l'appui de son discours. On ne vendra pas le poisson s'il y en a trop. On retourne en mer rejeter des tonnes de marchandise pour éviter la chute des prix.

— Mais vous touchez un pourcentage sur la pêche ? demande Bob.

— Oui. C'est un peu compliqué à expliquer.

— Dites-moi.

— Eh bien, le samedi, le patron nous réunit dans le magasin. On s'assoit par terre. Le patron pose l'argent sur un casier retourné et on fait le bilan de la semaine : on a pêché tant de quintaux de sardines, tant de quintaux de maquereaux, tant de bonites et tant de poissons de roches au trémail et on fait le total. Puis, on passe aux dépenses : tant pour le carburant, la charge des batteries, l'achat de matériel, la réparation des filets, etc, on enlève tout ça du bénéfice. Ce qui reste est divisé en seize ou dix-sept parts égales. Le patron prend sept parts pour son compte. Trois parts pour le bosco, et pour chacun des matelots une part. Nico est correct, ça, on ne peut rien lui reprocher, il cherche toujours à nous arranger. N'empêche ! Pas de poisson, pas d'argent et rien à se partager.

Michel dévisage Papa bouche bée. C'est la première fois qu'il l'entend donner autant de détails sur son travail.

— Comment s'appelle cette soupe ? demande Bob à la mère en lui tendant son assiette pour la deuxième fois. C'est vraiment excellent.

— C'est un caldero, répond Moman, qui se rengorge et le ressert généreusement. Une soupe de poissons de roches. Je la prépare avec les poissons qu'on a, ça dépend de ce que ramène Pepico, des rascasses, des galinettes, des saint-pierre, des vives…

— Je n'oublierai pas ce délicieux dîner, Marthe. Je n'ai jamais rien mangé de meilleur de toute ma vie, assure-t-il.

A la fin de la soirée, Bob prend congé.

— La prochaine fois, dit-il, je vous apporterai du thé et du sucre.

Son regard clair caresse le joli visage aux joues rouges, les cheveux noirs crêpelés, les bras ronds de Tessa. La porte se referme derrière lui. Un silence mat s'abat sur la maison. La jeune fille se lève pour desservir. Son regard stupéfait croise celui de sa mère : Bob a laissé un billet sous son assiette.

— Qu'est-ce que c'est que ça ? fait Moman en retournant le billet entre ses doigts.

— C'est un dollar.

— Un dollar, pour quoi faire ? C'est mon pourboire ? Qu'est-ce qu'il veut que je fasse avec un dollar, ici ?

— Il a voulu être gentil avec nous, suggère Michel.

— Gentil ! Depuis quand les invités laissent-ils de l'argent sous les assiettes ? Je ne tiens pas une taverne, moi.

— Ce doit être une coutume de son pays, ajoute Tessa. Une manière de se montrer poli.

— C'est un beau garçon, très sympathique, estime Papa.

— Hum, hum, fait Moman, sceptique. Eh bien, moi, je le trouve justement trop beau, et trop sympathique.

Elle toise Tessa.

— Et probablement trop poli pour être honnête.

L'INFORMATION a fait le tour du village. Des prisonniers de guerre ont débarqué à Kébir ! Michel se précipite sur le port. Des prisonniers, de vrais ennemis, en chair et en os. Enfin, on va voir à quoi ressemblent les « monstres » qui retiennent Joanno prisonnier. Sur la jetée de Saint-André, quelques hommes, revêtus de la combinaison marron marquée PG[25], sont occupés à balayer. Ils bavardent à mi-voix, un peu gênés par le défilé des curieux. Michel ne leur trouve pas l'air si extraordinaire. Ce sont vraiment là les « monstres » ? Dressés sur des jambes humaines, les gars parlent en italien aux Kébiriens, descendants de pêcheurs napolitains qui n'ont pas oublié leur langue originelle. L'air soulagé, heureux de vivre, ils jouent de la guitare. Ils regardent et interpellent les jeunes filles. Est-ce que ce sont eux qui retiennent Joanno prisonnier ?

Joanno, bien vivant et en bonne santé, envoie régulièrement à sa famille des nouvelles de Pologne où il casse toujours des cailloux sur les routes. Il évoque souvent Michel dans ses missives. Il espère que le petit grandit bien, qu'il travaille sérieusement au collège. Maintenant qu'il a réussi son certificat d'études, il faut qu'il obtienne son brevet. Joanno sait qu'il a eu tort d'abandonner l'école trop tôt. Michel ne commettra pas cette erreur. Ce qui ne l'empêchera pas, bien sûr, de continuer à aider Papa à relever les nasses, à ranger le cabanon de pêche ou à faire quelques courses et cueillettes pour Moman.

---

25 PG : Prisonniers de guerre.

C'est Tessa qui lui répond, pratiquement toujours la même lettre, les mêmes mots, car on n'est pas sûrs que toutes les lettres lui parviennent. Oui, tout le monde se porte bien. Papa sort toujours sur le lamparo, mais il souffre du dos et ce n'est pas facile. Moman va bien, elle travaille aux cuisines du camp américain. Michel fréquente le collège et s'y montre sérieux et appliqué. Elle raconte que la présence des Américains a transformé le village. Ce n'est pas toujours de tout repos, surtout lors des attaques aériennes ; les militaires ouvrent des bonbonnes de gaz fumigène pour faire écran à la vue de l'ennemi et protéger les navires. Ça enfume tout le village et on est obligés de s'enfermer dans les maisons pour ne pas suffoquer. A part ça, on s'amuse beaucoup plus qu'avant à Kébir.

Tessa ne ferme jamais l'enveloppe sans y avoir glissé un des dessins de Michel. Il lui a déjà envoyé ceux de l'attaque des bateaux. Ces temps-ci, il dessine la flotte américaine stationnée dans la baie et les transformations du port de Mers el-Kébir, de sorte que son frère reste au fait de ce qui se passe ici et ne soit pas trop dépaysé à son retour. Papa et Moman se contentent d'apposer leurs signatures au bas des lettres. La correspondance avec Joanno est confiée à Tessa, car elle écrit bien et elle a de l'inspiration. Maman assure qu'elle n'a pas le temps de s'occuper de ça, avec tout le travail qu'elle a. Papa, lui, n'est jamais allé à l'école. Michel sait que ses parents répugnent à dire qu'ils ne savent pas bien écrire.

Michel accompagne Tessa au bureau de poste.

— Attends-moi ici, lui dit-elle devant la porte de

l'officine. Je vais poster la lettre de Joanno. Je n'en ai que pour une minute.

Elle pénètre seule dans le bureau. Pendant ce temps, le garçon tourne autour d'une jeep stationnée un peu plus loin contre le trottoir. Un coup d'œil à droite, un coup d'œil à gauche : personne. La tentation est trop forte. C'est l'occasion rêvée. Prenant appui d'une main sur la portière, il se propulse à l'intérieur à la manière des Américains, d'un bond, sans ouvrir la portière. Il referme ses mains sur le volant. Il est au volant de la jeep ! Il enfonce résolument le bouton jaune du démarreur, à gauche du volant. La vitesse est engagée et la voiture bondit. Elle avance. Non seulement elle avance, mais elle prend de la vitesse dans la rue en pente. Michel, inquiet, écrase au hasard une des trois pédales. C'est peut-être le frein… La voiture accélère !

— Hep ! Hep ! Stop !

Un homme bondit dans la voiture et prend la place de Michel au volant. Le visage fendu d'un grand rire, Bob se tourne vers lui.

— Michel ! Tu n'as vraiment rien d'autre à faire de tes journées que d'essayer de voler des jeeps ? L'école est fermée, aujourd'hui ?

— C'est jeudi, je n'ai pas école, dit Michel.

Enclenchant la marche arrière, Bob recule rapidement jusqu'au bureau de poste. Debout sur le trottoir, bras croisés, Tessa braque sur Michel des regards furibonds.

— Bonjour, Tessa, dit Bob. Comment allez-vous ? Ne le grondez pas, s'il vous plaît. Ce n'est pas très grave. Heureusement, il n'y a pas de dégâts. Il ne voulait pas vraiment voler la voiture, n'est-ce pas, buddy ? Puisque tu aimes te promener en jeep, viens avec moi. On va faire un tour.

Michel quête du regard l'approbation de Tessa.

— Dites oui, Tessa. Et venez, vous aussi.

— Vas-y, Michel, dit la jeune fille, mais ne rentre pas tard ce soir. Moman voulait que tu ailles chercher de l'eau. Moi, je ne peux pas venir, monsieur. Ma mère m'attend.

Michel sait, et Tessa aussi, que Moman ne l'attend pas. Elle travaille au camp tout l'après-midi. Mais il y a gros à parier qu'elle n'apprécierait pas du tout de savoir sa fille en balade dans les collines avec l'Américain. Bob perçoit son hésitation. Ses prunelles claires brillent de malice.

— Juste une petite promenade. Nous rentrerons quand vous me direz. Okay ?

Tessa hoche la tête et sourit. Elle prend place à l'arrière. Bob s'engage sur la route du cimetière.

— Tu conduis ? propose Bob à Michel.

L'enfant s'installe au volant. Bob lui explique le jeu des pédales. Le moteur cale, une fois, deux fois. L'Américain rit. Après deux ou trois embardées, c'est parti. Son cœur bat à tout rompre. Il conduit la jeep. Quel dommage, il n'y a personne dans les rues. Pas un seul copain pour l'admirer au volant !

Bob propose une halte au pied de la forteresse. Il ouvre une caisse de boîtes de bière de l'arrière du véhicule. Il en propose une à Tessa qui refuse. Sous le siège, un fusil attire l'attention de Michel.

— C'est à toi, le fusil ? demande l'enfant.

— Oui.

— Tu t'en es déjà servi ?

Bob sourit.

— Non, heureusement je n'ai pas eu l'occasion de m'en servir jusqu'ici. J'espère que je n'aurai pas à le faire. Je suis médecin. Mon travail, c'est de soigner.

— Mais tu sais t'en servir ?

— Oui. On a des exercices de tir.

— Moi, j'aimerais bien apprendre à tirer, intervient Tessa.

— Vous voulez essayer ? C'est facile, dit Bob. Je vais vous montrer.

Il dispose en pyramide un tas de canettes vides. Le petit groupe recule de quelques pas.

— Quel âge avez-vous, Tessa ? demande-t-il.

— Vingt ans.

— Vingt ans ! Si jeune, encore. Voyons, il faut dégager vos cheveux de vos épaules.

Il saisit à deux mains la masse de boucles noires et l'enroule délicatement à la base de son cou. Elle appuie la crosse sur l'épaule droite. La tête blonde s'approche de la tête brune. Soudain, Michel n'entend plus ce qu'il dit. Cela prend beaucoup de temps, de lui expliquer le fonctionnement du fusil. Les filles ne comprennent jamais rien à ces choses-là. Soudain le coup de fusil part. Heurtée par le recul de l'arme, Tessa pousse une exclamation de douleur. Le visage de Bob se décompose.

— Vous avez mal, se désole-t-il. *Sorry*... J'ai oublié de vous dire pour le recul de la crosse…

— Je n'ai pas mal, assure Tessa en frottant son épaule.

Bob pose sa main sur le bras de Tessa.

— Laissez-moi jeter un coup d'œil.

La jeune fille recule, très pâle.

— Non, dit-elle. Pas la peine. Ce n'est rien du tout.

— J'aimerais vérifier que vous n'avez rien de cassé.

— Je n'ai rien de cassé. J'aimerais rentrer à la maison, s'il vous plaît.

Sur le chemin du retour, les tentatives de Bob pour alimenter la conversation restent vaines. Souriant, décontracté, le jeune Américain ne semble pas s'en formaliser. La jeep s'arrête au coin de la rue des d'Ambrosio. Papa et Nicolas, adossés au mur de la maison, occupés à remailler un filet, posent sur Bob le même regard peu amène. Tessa descend de voiture tête baissée et se précipite vers la porte sans même prendre congé de Bob.

— Ce jeune homme est son fiancé, n'est-ce pas? demande-t-il à Michel.

— Tessa n'a pas de fiancé.

— Oh. Vraiment.

L'enfant réfléchit. Il n'est pas très sûr, finalement, que Nico ne soit pas le fiancé de Tessa. Il est si souvent à la maison.

— Il voudrait bien se marier avec elle, ajoute Michel avec honnêteté. Mais Tessa, je crois qu'elle ne veut pas.

Les doigts de Bob pianotent sur le volant de la jeep.

— Je comprends, soupire-t-il. Michel, descends. *Go.* Je reviendrai demain, on ira faire un ping-pong tous les deux. Okay?

Il démarre brusquement et la jeep s'évanouit dans un vrombissement.

A la maison, Moman est entrée dans une grande colère.

— Je ne veux plus voir cet Américain ici, fulmine-t-elle. Il peut garder ses paquets de café, de farine et tout ça, celui-là. Il fait le joli cœur avec toi. Ah ! J'avais bien dit qu'il était trop poli pour être honnête. Que vont penser les gens qui t'ont vue ? Ma pauvre petite, si tu continues comme ça, tu ne te marieras jamais, ni avec Nico ni avec personne.

— Maman, nous n'avons rien fait de mal. Demande à Michel : il était avec moi tout le temps.

Michel hoche vigoureusement la tête, se demandant ce que Tessa entend exactement par « faire du mal ».

— C'est vrai, j'étais avec eux, ils n'ont rien fait, affirme l'enfant, volant à la rescousse de sa sœur, bravant la colère de la mère. Bob nous a appris à tirer au fusil, on a bien fait attention où on tirait. Il n'a presque pas parlé à Tessa. Il lui a juste demandé son âge.

— Tais-toi ! Ne m'interromps pas quand je parle, fait la mère d'un ton tranchant. Son âge ! Qu'est-ce que ça peut lui faire à lui, l'âge de Tessa ?

Tessa, très droite et les joues en feu, affronte sa mère.

— J'ai bien le droit de me faire des amis.

— Les militaires américains ne sont pas des amis convenables pour une jeune fille.

— Ce sont des gens comme les autres.

— Les filles doivent faire attention à ne pas provoquer les commérages. Quel scandale, que vont penser les gens ?

— Les voisins n'ont-ils rien d'autre à faire dans leur vie que de surveiller mes allées et venues ? s'indigne la jeune fille.

— Non seulement elle se tient mal, mais en plus, elle est impertinente, s'exclame Moman ulcérée. Crois-moi, tout le monde en parle à l'heure qu'il est. Ma propre fille, en train de se balader en jeep avec un militaire ! Et Nico. Que va penser Nico ? Ah ! Ote-toi de ma vue. Je sens que je vais faire un malheur.

Affalée en travers de son lit, la chevelure éparse, le visage enfoncé dans son oreiller, Tessa sanglote bruyamment.

— Pourquoi ne me laisse-t-elle pas tranquille, hoquette-t-elle. J'ai quand même le droit de parler à qui je veux.

— C'est vrai, approuve Michel. Moman exagère. Et Bob est un bon copain.

— C'est parce qu'ils ont peur que je ne me marie pas et que je reste vieille fille à la maison.

— Tu n'as pas envie de te marier ?

Tessa renifle à grand bruit.

— Pas tellement. Mais les filles sont obligées.

— Tu n'es pas du tout obligée, proteste le garçon. Tu n'as qu'à dire à Nico que tu ne veux pas.

Tessa lui adresse un regard noyé.

— Papa et Moman ne seront pas contents, murmure-t-elle.

— Tu n'as qu'à choisir Bob.

— Bob !

— Je suis sûr qu'il voudra. Dans la voiture, il m'a demandé si Nico était ton fiancé. Je lui ai dit que non.

— Tu lui as dit que non ! De quoi tu te mêles, hein ? proteste Tessa indignée.

Un revers de son avant-bras efface ses larmes.

— A quoi bon parler pour ne rien dire ? Bob m'a tout expliqué, tout à l'heure. Il m'a dit qu'il était désolé de ne pouvoir rester plus longtemps à Kébir. Il m'a dit aussi qu'il était triste de nous quitter, surtout maintenant que nous étions devenus… amis. Mais les préparatifs de départ ont commencé. Les Américains vont partir.

— Tous ?

— Oui. Tous.

— Où ça ?

— En Italie. En France aussi… Je n'ai pas bien compris. Ce qui est sûr, c'est que Bob va partir.

CE SOIR-LÀ, la *Santacruz II* et les autres lamparos sortent du port à la queue leu leu, leurs coques minuscules frôlant les énormes machines de guerre de l'armée des Etats-Unis. Les bannières étoilées, largement déployées, flottent fièrement à la proue des bâtiments. Papa, Nico et les autres, profitent des lunes noires, idéales pour la pêche à la sardine. La première nuit de leur départ, Michel s'éveille en sueur. Un cauchemar. Mal à l'aise, il s'assoit sur le lit. Son cœur cesse de battre. Le lit de Tessa est défait, mais vide. Elle est sortie. Que faire ? Partir à sa recherche ? Où, dans quelle direction ? Réveiller Moman ? La mère aura une attaque. Elle hurlera si fort que cela fera un scandale épouvantable dans tout le quartier. On en parlera pendant des années. Il ne peut pas faire ça à Tessa. Attendre. Que fait-elle dehors par cette nuit noire ? Elle est devenue si bizarre depuis quelques semaines, depuis que Bob est entré dans leur vie. Elle disparaît souvent sans dire où elle va. Les disputes avec Moman sont plus fréquentes et violentes que les rafales du vent d'ouest.

Dévoré d'inquiétude, Michel retient son souffle. Peu avant l'aube, le bouton de la porte tourne doucement. Il pousse un soupir de soulagement. La voilà. Il rabat prestement le drap sur sa tête. Tessa se faufile dans la chambre et se penche vers le lit de son frère. Elle pousse un léger soupir : il dort bien. A travers ses paupières mi-closes, le garçon remarque sa robe bleue qu'elle vient juste de terminer, cette robe dont Carmelette a estimé que la couleur éclairait si merveilleusement ses yeux gris.

Debout devant la fenêtre, la jeune fille scrute la nuit noire. Elle lève la main, agite les doigts. Elle dit au revoir à quelqu'un. Revenant vers son lit, elle déboutonne la robe et s'en débarrasse d'un mouvement d'épaules. Elle croise les mains sur ses seins. Son corps à demi-dénudé se déplace dans l'obscurité, sous le regard sidéré de l'enfant. Elle passe sa chemise, dégage la masse de ses boucles noires et bondit sous son drap.

Le lendemain soir, après le dîner, Tessa s'étend sur le lit tout habillée.

— Tu ne mets pas ta chemise de nuit ? interroge Michel.

— Non.

— Tu ne veux pas dormir ?

— Pas tout de suite.

— Tu n'as pas sommeil ?

— Dis ! C'est fini les questions ? Laisse-moi tranquille, tu veux ! Il n'y a pas école demain ?

— Si.

— Alors, couche-toi et dors.

L'enfant obéit sans plus discuter. C'est clair : elle attend que la mère soit profondément endormie pour sortir. Bientôt, le ronflement de Moman résonne. En ce moment, ses journées sont si harassantes qu'elle sombre dans le sommeil comme une masse. Quand elle dort comme ça, même un obus s'écrasant sur la maison ne la réveillerait pas. Fatigué par sa veille de la nuit précédente, Michel résiste au sommeil de son mieux. Il veut savoir ce que fait Tessa.

Tout semble calme dehors lorsque la jeune fille se faufile hors de la chambre, sandales à la main. Le garçon se lève aussitôt. Pieds nus lui aussi, il lui emboîte le pas. Elle se hâte vers la colline. Au détour du grand virage, un homme de haute taille surgit devant elle. Tessa s'abat contre lui. Il l'enlace, penche sa tête vers elle et entoure ses épaules de son bras. Les deux jeunes gens se dirigent vers les escaliers grimpant au Santon. Michel n'est pas étonné de reconnaître Bob.

L'enfant se déplace silencieusement à leur suite, dans le Santon, sur ces chemins mille fois parcourus dont il connaît chaque rocher, chaque bosquet. La nuit est douce et le ciel d'un noir d'encre. Une intense lumière monte de la rade envahie de bateaux. Deux escadres, une anglaise et une américaine, mouillent à la grande jetée. Deux porte-avions ont accosté la veille. Dans le village, on dit que ce sont les plus gros du monde. Trois grosses montgolfières flottent dans le ciel au-dessus du port. Papa dit que les Alliés les placent là pour gêner le survol de la rade et protéger la flotte des attaques aériennes.

Un instant distrait par le spectacle, le garçon s'aperçoit qu'il s'est laissé distancer par Tessa et Bob. Il les cherche un instant : personne. Il a perdu leur trace. Il bâille. Le sommeil le gagne. Il va rentrer se coucher ; il n'a plus à s'inquiéter, car en compagnie de Bob, Tessa ne court aucun danger. Soudain, il entend des rires, des voix chuchotées. Là-bas, sous le gros pin, deux formes pâles sont étendues côte à côte. Une tête de femme repose sur une poitrine d'homme dénudée. Ce rire chaud et doux, c'est le rire de Tessa.

EN ÉTÉ 1944, Samir, Norbert et Michel ont assisté au démontage des tentes gigantesques et des bâtiments préfabriqués, au remballage de tout le matériel. Pendant des jours, un mouvement inverse de troupes et de véhicules, chars, blindés, camions a convergé vers le port. Les Alliés ont embarqué à Mers el-Kébir et pris le large pour toujours. Un grand débarquement est en marche sur les côtes de Provence. Les rues du village se retrouvent soudain singulièrement vides, un peu tristes. Il n'y a plus de navires à bannière étoilée amarrés à la grande jetée. Dans les bars désertés, la musique s'est tue. Plus de trompettes, plus de phonographes. Plus de baseball, plus de chocolat. Finies les files ininterrompues de soldats au bureau de poste, les voix nasillardes, les jeeps. Les grandes tentes de cantonnement ont disparu. Aujourd'hui ne subsistent que les traces claires des terrasses dallées. Le village a retrouvé sa solitude et les eaux paisibles de sa baie ne sont plus troublées que par la noria des bateaux de pêche et l'activité du chantier de la base navale.

Un jour, Norbert, doigt tendu, désigne une tente kaki à l'abri d'un bosquet de pins.

— Là ! Ils en ont oublié une…

Ils s'élancent en même temps. Michel arrive le premier à la tente oubliée, en soulève la toile et se glisse à l'intérieur. Dedans, il n'y a plus rien, sauf un éclair métallique dans un coin. Un revolver. Le garçon s'empare de l'arme avec ravissement.

— Hé, ce n'est pas que pour toi le revolver, proteste Norbert.

— C'est moi qui l'ai trouvé en premier.

— Tu crois qu'il est chargé ?

— Je ne sais pas. Sûrement. Ecoute, je préfère ne pas essayer de tirer. Si quelqu'un nous entend, ça va encore faire tout un drame.

Norbert considère l'arme les yeux luisants de convoitise.

— Si je te l'échange contre quelque chose, tu me le donnes ?

— Faut voir contre quoi, répond Michel, prudent.

Un sourire malicieux éclaire le visage rond de Norbert.

— Mon père m'a donné des roulements à billes tout neufs.

Le garçon se rembrunit : Norbert le tient. Lors de la dernière course en ventraine, Samir a heurté un gros caillou en sortie de virage. Son engin a percuté celui de Michel, puis celui de Norbert et les trois enfants ont roulé au sol. Résultat, une roulette cassée pour Michel. Toujours le même problème, il est impossible d'en retrouver d'autres. Le garçon réfléchit rapidement. Il y a gros à parier que Moman ne sera pas du tout emballée de le voir rentrer à la maison avec une arme de combat. Elle va jeter de hauts cris et l'obliger à s'en débarrasser. D'autre part, Michel se doute que Carmelette n'appréciera pas non plus le nouveau jouet de son fils et le lui confisquera.

— Tu me les donnes aujourd'hui, les roulements à billes ?

— Ils sont chez moi. On y va.

Les enfants errent comme des âmes en peine dans le paysage déserté. Sur la côte, les portes et les volets des maisons réquisitionnées pour héberger les états-majors de l'armée des Etats-Unis sont restés obstinément clos. Seule une belle villa semble ouverte, portes et fenêtres claquant à tous vents.

— Si on allait voir? propose Samir.

Ils pénètrent dans une pièce sans mobilier, aux murs entièrement peints. Du sol au plafond, un artiste a représenté une bataille aérienne. Sur fond de ciel d'orage, chargé de colère et zébré d'éclairs, des avions de chasse se livrent une bataille sans merci, se pourchassent, s'entrecroisent, échangent des tirs meurtriers. Un avion aux cocardes américaines fonce vers les trois copains, ailes inclinées, ses canons érigés exhalant de longues flammes. La perspective est si saisissante que l'avion semble fondre sur eux. Muet de stupeur et d'admiration, Michel effleure le mur du bout de ses doigts.

— J'aimerais bien savoir faire tout ça, dit-il rêveusement.

Samir passe dans la pièce attenante. Il se met aussitôt à crier :

— Hep ! Les gars ! Venez voir, vite !

La chambre à coucher est vide aussi, ses murs également peints. La source d'inspiration de l'artiste est de nature différente : c'est une femme. Entièrement dénudée, étendue sur un sofa, des mèches de cheveux roux serpentant sur sa poitrine opulente, une créature impudique offre à leurs regards médusés le spectacle de son corps de Junon. Les trois garçons n'ont jamais rien vu de tel. Un sourire aux lèvres pourpres, des seins ronds érigés, des mamelons proéminents, et là, dans l'ombre des jambes entrouvertes, cet endroit auquel on ne peut s'empêcher de penser, mais qu'on ose à peine évoquer avec les copains, même dans les conversations les plus fanfaronnes. Un ricanement meurt dans la gorge de Michel. Le premier, Norbert revient de sa stupéfaction.

— T'as vu celle-là, dis donc ? Tu crois qu'ils avaient un modèle ou ils ont fait ça de tête ?

Michel lui lance un regard interloqué.

— Un modèle ? Quel modèle ?

— Ben, une femme. C'est une femme qui a servi de modèle, t'es bête ! Tu ne sais pas que les peintres paient des bonnes femmes pour se mettre à poil devant eux ?

— Tu devrais savoir ça, toi qui veux être peintre, ajoute Samir d'un ton ironique.

— En tout cas, conclut Norbert, ils n'ont pas dû s'ennuyer…

Samir et Norbert ricanent d'un air entendu. Pris en flagrant délit d'innocence, Michel détourne la tête. A la maison, on ne parle jamais de ce qui se passe entre hommes et femmes. On plaisante avec les copains. Il faut rire, d'autant plus haut et fort que l'on n'a rien compris. A treize ans, il s'agit de ne pas passer pour un naïf. Depuis la nuit où il les a surpris dans la colline, l'image de Tessa et Bob étroitement enlacés et le souvenir de leurs soupirs ne l'ont pas quitté. Après un dernier regard à la femme rousse, les trois amis quittent la villa, emportant dans leurs mémoires l'ultime cadeau des Américains.

La rentrée des classes approche et, ce soir-là, Moman accueille Michel d'un air étrange, le regard un peu trouble. Ses lèvres sont fortement pincées, comme quand quelque chose l'inquiète.

— Michel, dit-elle. Assieds-toi. J'ai quelque chose à te dire. Il y a une lettre pour toi.

La mère lui tend une enveloppe.

— C'est le collège. Pour ton inscription au brevet.

Michel tourne la lettre entre ses doigts et déplie le feuillet.

— Ce n'est pas pour moi. C'est écrit : Michel Muller.

Moman ne répond pas. Michel tente de réprimer l'inquiétude qui monte en lui.

— Ils se sont trompés, insiste le garçon, la bouche sèche.

La mère reste silencieuse. Ils ne se sont pas trompés.

— Michel, dit finalement la mère. Tu as treize ans, il faut que je te le dise ; tu as peut-être déjà compris. Michel Muller, c'est toi. Peut-être que quelqu'un d'ici t'a parlé, parce que tout le monde sait qu'elle t'a confié à nous quand tu es né. Elle disait qu'elle ne pouvait pas s'occuper de toi, car sa famille, là-bas, ne devait rien savoir. Pendant des années, on ne l'a plus revue.

Elle hoche la tête, l'air dubitatif.

— Elle a attendu que tu sois grand et élevé pour revenir tourner autour de toi et là, moi, je n'étais plus d'accord. Après le mal que je m'étais donné ! Tu étais avec nous, tu avais ta vie, ici, ton école et tes amis. C'était trop tard.

Le ton revanchard de la mère étonne Michel. Trop tard pour qui, pour quoi ? Un vide se creuse en lui. Il ne doute pas que ce que vient de lui révéler Moman soit parfaitement exact. Lovée au fond de lui, la vérité attendait son moment pour venir au jour.

— Tu la connais bien ? demande-t-il d'une voix mal assurée.

— Oui. Elle s'appelle Muller. C'est cette Française qui tient ce magasin de chapeaux en ville. Une blonde ébouriffée, maigre comme un clou. Tu m'avais accompagné chez elle, une fois, il y a quelques années. Tu as dû oublier.

Michel ne répond rien. Moman se trompe. Il n'a jamais oublié les guéridons, la pile de revues à l'entrée, les tableaux grisâtres. La femme blonde. Celle qui donne les enveloppes, c'est sa mère. Sa mère qui vit à quelques kilomètres de lui et qu'il ne connaît pas.

MOMAN a dûment informé la maisonnée : aujourd'hui, il faut accorder un soin tout spécial à sa toilette, car ce dernier dimanche de septembre est un jour spécial. C'est le jour de la Saint-Michel, la plus grande fête du village.

— J'étais bien content quand tu es arrivé à la maison, bébé, dans les bras de Maman, dit Papa tendant son cou maigre pour serrer son nœud de cravate. Tu étais mignon avec tes grands yeux clairs. Tu portais le nom de notre saint protecteur, pour moi c'était un signe.

— Un signe de quoi ? demande Michel.

— Un signe que c'était une bonne chose que tu vives ici, avec nous, répond Papa, après un assez long moment de réflexion.

— Ce n'est pas toi et Moman qui avez choisi mon prénom ?

Papa fait face à Michel.

— Elle t'a expliqué ?

— Oui.

— Tu étais déjà baptisé lorsque tu es arrivé. Je crois que son père à elle s'appelle Michel. On ne pouvait rêver plus beau nom que celui de l'Archange, le protecteur de notre village.

— Qui est saint Michel ?

— C'est le saint patron de Procida, notre île d'origine, au large de Naples. Je ne t'ai pas raconté l'histoire ?

— Non.

— Alors, écoute. Je vais te la raconter. Je la tiens de mon père, qui lui-même la tenait de son propre père, donc ce que je vais te dire est véridique. Il y a très longtemps, Procida était la proie des corsaires barbares qui pillaient, brûlaient, saccageaient tout sur leur passage. Un jour, une armada de bateaux pirates a encerclé l'île de Procida. C'était Barberousse, le terrible, le sanguinaire, dont la simple évocation du nom faisait trembler l'île. Les Procidiens étaient de simples paysans. Pauvres, ne possédant pas d'autre arme que leurs pelles et leurs pioches. Ils ne pouvaient pas se défendre. Se sentant perdus, ils sont allés se réfugier dans l'église et se sont agenouillés, car seul un miracle pouvait les sauver. Et le miracle a eu lieu pour eux. Le ciel s'est entrouvert au-dessus du toit de l'église et saint Michel est apparu, flamboyant, épée brandie, à la tête de sa milice céleste. Des détonations ont éclaté sur tout le pourtour de l'île. Les pirates ont cru que les habitants étaient équipés d'une défense puissante et bien organisée. Ils se sont enfuis à toute vitesse. Saint Michel les avait sauvés. Depuis ce temps, les Procidiens lui vouent un culte fidèle et l'honorent. Nous l'avons amené avec nous ici lors de notre Grande Traversée.

Ce jour-là, à la fin de la messe, saint Michel émerge de l'église en pleine lumière porté par les *fratelli*[26] vêtus de longues toges blanches, la cape bleue sur les épaules. En tant que membre de la confrérie de Saint-Michel, Nicolas Sorano fait partie des porteurs. La statue est si lourde que les huit hommes unissant leurs efforts peinent à la soulever. Ils soulèvent le saint en chantant, plusieurs fois de suite, le livrant dans toute sa splendeur à l'admiration de la foule réunie sur le parvis. Ailes déployées, casqué, épée dressée,

26 Fratelli : membres de la confrérie de Saint-Michel.

étincelant de toutes ses dorures sous le soleil de feu, saint Michel a fière allure. Le cortège s'ébranle, le curé de Kébir en tête, suivi des *fratelli* portant le saint. Viennent ensuite les religieuses du couvent et les Enfants de Marie, puis la foule des Kébiriens. Le saint à l'allure martiale progresse rapidement dans les rues escarpées. Mers el-Kébir a revêtu ses beaux atours pour la circonstance. Moman et les autres dames ont décoré les façades des maisons pour honorer le passage de la procession. A différentes étapes, les hommes élèvent et abaissent la statue pour figurer le signe de la croix. La procession débouche enfin sur le port, où le curé bénit à grands balancements de goupillon les barques de la flottille de pêche.

Dans le groupe des Enfants de Marie, Tessa, vêtue d'une robe blanche, ceinturée de bleu ciel, marche les yeux baissés. Depuis le départ des Américains, triste et renfermée, elle ne se montre plus guère dans le village. Elle cache son chagrin de son mieux et tente de se soustraire aux regards inquisiteurs de la famille. Michel sait qu'elle guette tous les matins le passage du facteur. Elle espère une lettre, un signe, qui ne viendra pas. Bob a quitté Mers el-Kébir dans l'un des derniers bateaux. Il doit se trouver maintenant en France, où l'armée alliée marche vers la victoire. Nul ne sait ce qu'il adviendra de lui. S'il en réchappe, il retournera dans son pays lointain et vivra le reste de ses jours en Louisiane. Moman pousse de grands soupirs de contentement et ne dissimule pas son soulagement.

Le visage de Nico semble sculpté dans un bloc de terre glaise. Après l'affaire de la promenade en jeep avec l'Américain, les commérages sont allés bon train. Troublé, Nicolas se tient à distance et se tait. La vieille Félicie Sorano, en revanche, clame haut et fort sa façon de penser. Les bajoues tremblotantes, les anneaux d'oreilles cliquetants, elle affirme avec indignation que non, son fils n'épousera pas une jeune fille pas sérieuse, qui a « fréquenté » les Américains pendant l'Occupation. D'ailleurs, c'est affreux à dire, mais la mère de Nico est en droit de s'interroger, puisque les d'Ambrosio ont le toupet d'avoir des visées sur son fils. La demoiselle est-elle encore digne de son ruban d'Enfant de Marie ?

OCTOBRE VA S'ACHEVER, mais le soleil darde des rayons brûlants, comme s'il ne se résignait pas à calmer ses ardeurs pour faire place à la mauvaise saison. A l'aplomb de midi, la mer flambe, mobile et fraîche. Samir, Norbert et Michel courent depuis le matin sur les plages désertées par les baigneurs. Des galets ricochent sur les vagues. Les *bilotchas* volent haut dans le ciel pur et défient les oiseaux de mer dans la brise d'ouest. A l'ombre d'un bosquet de pins, les enfants ouvrent leurs musettes et mangent leur pain.

— Regardez ! s'écrie soudain Norbert. Vous avez vu ce qu'elle s'est mis sur la tête, la dame ? Jamais vu un truc pareil. C'est un vrai parasol !

Norbert désigne à quelques pas de là un couple étendu sur le rivage. Un homme dans la force de l'âge, au crâne dégarni, s'appuie sur un avant-bras et enlace une femme d'apparence frêle. Une immense capeline de paille couvre ses cheveux clairs. Elle tourne la tête et, main en visière, fixe au loin un point en direction des trois enfants. Une étrange excitation s'empare de Michel. On dirait bien la vendeuse de la boutique. S'il ne se trompe pas, la silhouette sous la capeline et la dame aux enveloppes ne sont peut-être qu'une seule et même personne.

Michel, troublé, observe le couple. L'homme et la femme s'embrassent.

— Je vais rentrer, dit-il au bout d'un moment.

— Qu'est-ce que tu as ? demande Norbert. Tu as l'air bizarre.

— C'est ma tête qui tourne. J'ai pris un coup de chaud, répond Michel.

— Alors, on y va.

Norbert se frappe la tête du plat de la main.

— Ah, mon Dieu ! Je suis mort.

— Quoi, tu es mort ?

— Ma mère m'a fait promettre de revenir à temps pour vêpres. Je suis en retard. Je vais me faire tuer.

— Comment fera-t-elle pour te tuer, puisque tu es déjà mort ? fait finement observer Samir.

— Je ne sais pas, mais j'ai intérêt à me dépêcher. Ma mère est capable de tout.

Norbert et Samir s'élancent sur le sentier côtier, bondissant pieds nus de rocher en rocher. Michel, immobile sous le soleil de feu, ne peut détacher son regard de l'homme et de la femme.

— Michel, grouille ! crie Samir.

Après un dernier regard au couple enlacé, Michel se met à courir vers ses copains.

Au dîner, mal à l'aise, il repousse les plats que lui passe sa mère.

— Je n'en veux pas. Je ne sais pas ce que j'ai. Je n'ai pas du tout faim.

— Comment ça, pas du tout faim ? La salade de poulpe, tu ne vas pas en manger ? Les fèves bouillies au cumin, non plus ? Tes plats préférés, je les ai préparés spécialement pour toi, proteste la mère.

— Je ne me sens pas bien, Moman. J'ai mal à la tête.

Le regard inquiet de la mère scrute les traits défaits de Michel.

— Va t'allonger sur ton lit. C'est vrai, tu m'as l'air tout agité. Je vais te préparer une infusion d'anis étoilé. Cela te calmera. Tu passeras une bonne nuit et demain, on verra.

Obéissant à Moman, le jeune garçon s'étend sur ses draps, le corps en proie à une chaleur intense. Il s'enfonce dans un univers plein d'angoisse, un monde figé, raidi… une bulle froide enfle dans son abdomen sa tête tourne l'obscurité le happe il titube sur la route du port l'homme à la houppelande noire vient à lui le hisse à cheval sur son dos des doigts froids comme la mort serrent son cou des pieds durs blessent ses reins impossible de s'en débarrasser il faut avancer le fardeau s'alourdit le garçon tremble bientôt il ne pourra plus le porter trop dur il va tomber il tombe à terre il se bat contre un ennemi qu'il ne connaît pas c'est le plus dur combat de sa vie il ouvre la bouche pour crier aucun son ne sort de sa gorge l'homme noir le lâche soudain glousse et s'évanouit dans le noir le garçon pleure si seulement quelqu'un pouvait l'aider lui expliquer mais personne ne l'entend.

Des voix lointaines lui parviennent, assourdies, des voix de femmes tout autour de lui.

— Maman, il délire complètement, dit la voix de Tessa. Je ne sais pas ce qu'il raconte, quelqu'un qui est accroché sur son dos et le fait tomber ou je ne sais quoi.

— Cet enfant est trop sensible. Il fait des rêves tout le temps.

— Touche son front, il est bouillant.

— Tu penses, il a pris une bonne insolation. Je suis sûre qu'ils sont restés tous les trois au soleil, en plein midi, par ces chaleurs. C'est quand même malheureux, on a beau leur dire et leur redire de se tenir à l'ombre lorsque le soleil cogne, ils n'en font jamais qu'à leur tête, déplore la mère, le front barré d'un pli soucieux. Tessa, va vite chercher Carmelette. Elle connaît les formules. Elle va lui enlever le soleil.

LE PORT DE MERS EL-KÉBIR tremble sous les éclairs, ploie sous le tonnerre. La mer brasse des eaux noirâtres. Les vagues qui se jettent à l'assaut de la côte sont si hautes et puissantes que l'on ne distingue même plus la grande jetée. Moman a formellement interdit à Michel de s'approcher de la mer. Les pêcheurs bloqués à quai jettent des regards désolés aux éléments déchaînés. On prie saint Michel pour que se calme cette « mar loca », car pour vivre et faire vivre, les bateaux doivent sortir. Quand la fureur de la mer s'apaise enfin, les pêcheurs retournent à bord, mais ils ne sont pas au bout de leurs peines. Pendant des jours et des jours, les lamparos, sardiniers, barques de pêche et autres pointus de Mers el-Kébir vont et viennent sur les eaux redevenues tranquilles du golfe d'Oran. Mais ils ont beau sillonner les côtes, jeter inlassablement les filets, racler le fond de la mer, faire des ronds dans l'eau, ils reviennent les cales vides. Les poissons bleus semblent avoir déserté la région. Lorsque les lamparos rentrent au port, au petit jour, on entend de loin sur la mer les jurons des hommes frustrés. L'approvisionnement des usines de conserverie et de salaisons n'est plus assuré et de nombreuses familles ne joignent plus les deux bouts. Le village, qui est bien en peine, se tourne vers ses protecteurs. Un jour, Moman, outrée, annonce à table que des gens placent leurs « Visiteuses » la tête à l'envers pour l'obliger à écouter leurs prières.

A la maison règne l'ambiance des mauvais jours. Le dernier message de Joanno, à la fin de l'été, annonçait la fin de la guerre et la libération imminente des prisonniers.

Depuis, plus une lettre, plus un mot, rien. Pourvu qu'il ne soit pas arrivé malheur ! On aurait tellement besoin de lui à la maison en ce moment, si seulement il pouvait revenir. Les pêches sont si mauvaises, Papa est si fatigué... Il n'y a plus d'argent. Michel ne pourra pas aller au lycée avec Samir et Norbert. Les temps sont trop durs pour la famille.

— J'aurais aimé que tu continues l'école, dit Papa, mais tu vois mon garçon, je ne suis pas en bonne santé. Je ne pourrai plus continuer très longtemps à sortir en mer. Encore un an, peut-être. Quand tu auras ton brevet, tu apprendras un métier. Qu'est-ce que tu aimerais faire ?

La question prend Michel de court. Dans la famille, on sollicite rarement son avis.

— Ce que j'aimerais faire ?

Papa l'encourage d'un hochement de tête.

— J'aimerais... être pêcheur, comme toi, répond Michel.

Papa sursaute.

— Non, pas pêcheur.

— Pourquoi ? Je t'aiderais.

Moman, occupée à ses préparatifs de dîner, écoute sans intervenir.

— Dans notre tradition, les garçons suivent la route de leurs pères, poursuit Papa. Engagés tout jeunes comme mousses sur les bateaux, ils deviennent ensuite matelots. Plus tard, ils héritent du bateau de leur père. Le jour venu, ils transmettent à leur tour leur savoir-faire à leurs fils. De nos jours, on vit de moins en moins bien de la mer. Les techniques ancestrales se modernisent. Les chalutiers, avec leurs gros filets, raclent le fond de la mer et ramassent tout. Pour survivre, on devrait s'équiper de bateaux modernes, de *ring-nets*, ces filets circulaires que vient d'acheter Nico Sorano pour ses bateaux. Nico, c'est un fameux débrouillard, je ne me fais pas de souci pour lui, il s'en sortira toujours. On touche des aides de l'Etat, mais malgré ça, on est nombreux à renoncer à cette vie dure et dangereuse. Personnellement, j'ai eu de la chance, mais combien ne sont jamais revenus.

— Tu as raison Pepico, approuve Moman. Michel, écoute donc ce que te dit ton père. Pêcheur, ce n'est pas l'idéal.

— Il faut que tu trouves autre chose, conclut Papa. Un métier moins dur, avec une bonne paye qui tombe tous les mois.

Michel hésite. Ce qu'il aimerait faire, il le sait. Il aimerait traverser la vie armé de papiers et de crayons ; s'approprier des paysages, composer des couleurs, pénétrer le fond des choses, sonder le cœur des gens… réinventer le monde.

— Ce qui me plairait, si je pouvais, ce serait apprendre à peindre.

Au moment où ces mots jaillissent de ses lèvres, Michel regrette de les avoir prononcés. Papa se détourne, l'air consterné. Moman hoche si vigoureusement la tête que ses boucles d'oreilles lancent des éclairs. La riposte, prévisible, ne se fait pas attendre.

— La peinture ! Sainte Vierge ! La peinture.

Moman pivote d'un bloc vers son mari.

— Voilà ce qui arrive quand on sollicite l'avis des enfants, Pepico, s'écrie-t-elle courroucée. Michel, on te demande ce que tu aimerais faire comme vrai travail. Tu crois que ça nourrit son homme, la peinture ?

Conscient d'avoir perdu l'occasion de se taire, Michel abaisse son regard vers le sol. Il n'a plus qu'à laisser s'épancher la mauvaise humeur de sa mère.

— Pourquoi n'ai-je pas de chance, moi, avec le mal que je me suis donné toute ma vie ? Un fils à la guerre, ça fait six ans maintenant qu'on ne l'a pas revu. Une fille sans cervelle, plus toute jeune, qui s'est mis en tête de ne pas épouser un pêcheur et va sûrement me rester vieille fille. Maintenant, voilà ce que j'ai sur les bras : un garçon qui s'est mis en tête de dessiner.

Moman écrase des gousses d'ail en cognant vigoureusement son pilon contre le *mortero*[27].

— Je vais te dire ce que tu vas faire. D'abord, tu vas passer ton brevet et tu me feras le plaisir de ne pas échouer. Ensuite, tu apprendras un métier. Dessiner, Sainte Vierge ayez pitié de moi, rien ne m'aura été épargné dans cette vie. Electricien, mécanicien, quelque chose comme ça, hein ? Dessiner, c'est bon pour les gens qui n'ont rien à faire. Pas pour nous. Pas pour toi !

27 Mortero : mortier.

MOMAN s'est levée et préparée de bonne heure ce matin-là.

— Tessa, ma fille, aide-moi à refaire les lits.

— Comment, refaire les lits ? proteste la jeune fille. Maman, j'ai changé tous les draps avant-hier !

— Et on va battre les couvertures, poursuit la mère, ignorant l'objection. On est aujourd'hui le deux novembre : c'est la fête des morts. Il ne faut pas rater la cérémonie.

Tessa lance un regard de travers à sa mère.

— Ne me dis pas qu'on doit laisser les lits propres pour que les morts viennent se reposer dessus ?

Moman ne répond pas. Elle dépose une bougie dans un bol d'huile devant la « Visiteuse ». La veilleuse du souvenir brûlera tout le mois de novembre.

— Tu crois à ces superstitions, maintenant, ironise Tessa, il ne manquait plus que ça. Et tu penses aussi que les pêcheurs qui s'avisent de travailler le jour des morts remontent dans leurs filets des crânes et des ossements ?

— Mon Dieu, comme tu raisonnes tout le temps, c'est insupportable à la fin. Viens plutôt m'aider.

— Ce sont des croyances de l'ancien temps, Maman, insiste Tessa, agacée. Les morts sont morts. Ils ne traînent pas dans les maisons.

— Qu'est-ce que tu en sais ?

Tessa, un peu interdite, regarde sa mère s'activer entre les lits, tirer draps et couvertures.

— La guerre est finie depuis plus d'un an, reprend-elle, la voix enrouée. Tous les gars de chez nous sont revenus, sauf le nôtre. On a de temps en temps quelques nouvelles de Joanno qui s'est arrêté dans une ferme en Alsace pour travailler, car il n'avait pas d'argent pour payer son retour. Cela fait des mois qu'il y est. Il n'a plus écrit depuis des semaines. Je me dis que la Sainte Vierge m'aurait prévenue d'une manière ou d'une autre, que je sentirais dans mon cœur et dans mon corps si la chair de ma chair ne vivait plus. Mais... Je suis si inquiète. En un an, il n'a pas eu assez de temps pour s'acheter un billet de train ? Ce matin, je me suis réveillée avec le sentiment qu'aujourd'hui on allait enfin savoir.

La phrase reste en suspens. La mère se signe rapidement et se racle la gorge.

— Que penserait ton frère s'il revenait chez lui et qu'il ne trouvait pas les lits prêts à l'accueillir ? Aide-moi donc ma fille et cesse un peu de discuter.

La maison nettoyée de frais, les lits bien tirés, la mère passe son monde en revue : elle redresse le col de Papa, lisse du plat de la main les épis sur la tête de Michel. Après un coup d'œil circulaire à la maison, elle pousse un soupir de satisfaction : tout est prêt. Il est temps de se rendre à l'église.

Après l'office, la procession des villageois se rend au cimetière en priant et psalmodiant les chants des Morts. La voix solennelle du prêtre résonne lugubrement dans la forêt de croix. Debout au milieu de l'allée centrale, il énonce les noms de tous les Kébiriens disparus pendant la guerre. Des femmes vêtues de noir courbent la tête, dissimulent dans des mouchoirs leurs visages défaits. Moman s'appuie, chancelante, au bras de sa fille. Le tribut payé par Mers el-Kébir est si lourd. L'attention de Michel est soudain attirée par une silhouette qui vient d'apparaître devant le portail. Un homme encore jeune pénètre dans l'enceinte du cimetière et s'avance vers le groupe. Il a les poings serrés dans les poches, les épaules un peu voûtées. Les joues creuses, la barbe rude, le crâne impitoyablement rasé, cet homme ressemble à Papa, en plus jeune. Michel s'accroche à la manche de sa mère.

— Moman ! Moman, regarde ! fait-il, suffoqué.

— Tiens-toi tranquille, allons, lâche mon bras, ordonne-t-elle sèchement. Tais-toi. Tu vas déranger le prêtre.

— Regarde, là ! On dirait…

Marthe d'Ambrosio rougit violemment et porte la main à son cou. Les yeux embués, elle se détache du groupe et marche à la rencontre de l'inconnu qui, à sa vue, s'est immobilisé.

— C'est comme ça que tu m'accueilles à mon retour ? dit le gars d'un ton amusé. Eh bien ! Moi qui croyais que tu allais te jeter à mon cou !

Sa voix fait vibrer en Michel la corde du souvenir, au moment même où la mère se précipite vers l'homme avec un grand cri. Joanno ! Joanno est de retour !

L'émotion est à son comble. Joseph et Marthe étreignent leur fils, riant et pleurant tout à la fois. Nicolas reçoit dans ses bras Tessa défaillante. Michel, hésitant, observe cet homme de petite taille, maigre, aux traits émaciés. Est-ce bien Joanno ? Le héros de son enfance, si grand et fort, parti six ans plus tôt ? Comme il a dû souffrir ! Bouleversé, le garçon prend soudain conscience des épreuves endurées par Joanno. La guerre. Les camps de détention, les privations. Le froid, dans ces pays du nord. La faim peut-être. Joanno s'est avancé vers lui.

— J'ai laissé un gamin en partant, tu avais quoi, huit ans ? Michel, pendant que j'avais le dos tourné, tu es devenu un homme !

De son poing fermé, il effleure la joue du jeune garçon. Retrouvant ce geste d'autrefois, il ébouriffe ses cheveux du plat de la main. Les deux frères tombent dans les bras l'un de l'autre.

MICHEL, transporté de joie, ne sait ce qui lui fait le plus plaisir : le retour de Joanno ou le bonheur fou de sa mère. Il ne se souvient pas d'avoir jamais vu Moman aussi radieuse. La mère emplit la maison de ses chants, de ses rires. Eperdue de reconnaissance envers la « Visiteuse » qui a exaucé son vœu le plus cher en lui rendant son fils, Marthe d'Ambrosio veut respecter les termes du marché passé avec la Madone. Elle projette de faire une valise et de s'en aller en pèlerinage à Lourdes. Joanno a promis de l'accompagner. Ce sera le premier voyage en France de la pauvre mère.

Peu de temps après, la « Visiteuse », en veine de bonne volonté, exauce son deuxième vœu le plus cher : Nicolas Sorano, le patron pêcheur, sort enfin de sa réserve ; il sollicite et obtient aussitôt la main de Tessa. Après d'âpres négociations avec Félicie, sa mère, le jeune homme s'est montré ferme.

— Je veux me marier, Maman. Avec Tessa.

— Tu as raison de te marier. Un homme ne doit pas rester seul. Mais pourquoi celle-là et pas une autre ? Tu peux choisir la fille que tu veux, ici.

— C'est Tessa que je veux.

— Tu as tort, mon fils. La petite d'Ambrosio n'a pas bonne réputation. Pense à la manière dont elle s'est conduite pendant la guerre, avec les Américains.

— Elle n'a rien fait de mal.

— Que tu crois, que tu crois, a marmonné la vieille dame.

— J'épouse Tessa, a conclu Nicolas péremptoire. Elle me plaît vraiment. Je l'épouse, elle, ou je reste célibataire.

Ce sera tant pis pour toi. Les petits-enfants dont tu rêves ne sauteront jamais sur tes genoux. Il faut que nous allions la demander à son père. Alors, tu m'aides ou non ?

— Tu as hérité de la tête dure de ton père, a soupiré Félicie, et comme lui, tu feras ce que tu as décidé. Mais tu le regretteras. Le jour où les ennuis viendront, tu ne te plaindras pas de ne pas avoir été prévenu.

Quelques jours plus tard, les deux Sorano endimanchés et gantés de blanc prennent le chemin de la maison des d'Ambrosio. Félicie a accroché à ses lèvres un sourire de circonstance. Nicolas va demander la main de Tessa. Des voisins, des amis, à leur suite, forment une petite colonne ; c'est toute une troupe joyeuse qui va s'immobiliser devant la maison de Tessa. Moman, nerveuse, engoncée dans son chemisier neuf, déploie depuis deux jours une activité fébrile. Astiquée du sol au plafond, la maison est luisante de propreté. Un pain de beurre trempe dans de l'eau fraîche ; la mère et la fille, aidées de Carmelette, ont préparé des pâtisseries. Le four à bois fonctionne sans arrêt depuis hier. Dans les carafes, la citronnade est prête. Attiré par l'odeur du sucre et le parfum de la cannelle, fasciné par les plats de mantecaos et d'oreillettes alignés sur la table, Michel erre dans la cuisine, rase les murs en prenant soin de ne pas croiser les trajectoires des dames. Son manège finit pourtant par agacer la mère.

— Cesse de traîner dans nos jambes. Tu n'as rien à faire ici, file dehors. On t'appellera au moment de manger.

Michel, un peu inquiet, obéit à sa mère sans discuter. Il y a une telle nervosité dans l'air.

Les Sorano sont arrivés. Ils ont pénétré dans la maison, la porte a claqué. Dans la rue, les conversations vont bon train. Après quelques minutes, Moman a ouvert la porte. Rayonnante. Derrière elle, sur le perron, Nicolas tient la main de sa fiancée.

Tessa a rendu son ruban d'Enfant de Marie lors de la cérémonie au couvent : demain, elle va se marier. Le soir même, assise sur son lit de jeune fille, elle plie ses vêtements, chemisiers, jupes, cousus de ses mains. Silencieuse, elle pose sur le tas sa brosse à cheveux, ses bijoux et colifichets. Lorsqu'elle éclate en sanglots, son père et sa mère échangent un regard surpris et reculent vers la cuisine.

— Qu'est-ce qu'elle a, s'inquiète Papa.

— C'est l'émotion, explique Moman.

— Tu crois ?

— Elle est heureuse.

— Mais elle pleure.

— Arrête de t'inquiéter pour elle. Ta fille se marie demain et elle va très bien.

— Quand on est heureux, on ne pleure pas, Marthe.

Moman toise son mari.

— Le bonheur aussi fait pleurer, Pepico. Tu n'as pas pleuré comme une Madeleine, toi, le jour du retour de ton fils ? clame-t-elle, triomphante.

Papa, vaincu par la force de l'argument, garde le silence.

— Allons, ce moment d'émotion est compréhensible, dit la mère posant une main apaisante sur l'épaule de son mari. Elle quitte ta maison et s'en va vers une nouvelle vie, chez son mari. Il est normal d'éprouver une sorte d'appréhension. C'est le destin des femmes et elle s'y fera.

Tessa, nimbée de voiles blancs, remonte la nef de l'église Notre-Dame-du-Bon-Secours au bras de Papa. Moman et Joanno suivent le cortège. Suspendue au bras de son fils, Marthe d'Ambrosio dresse fièrement sa tête surmontée d'un chignon noir d'où les mains savantes de la coiffeuse ont laissé échapper quelques grosses boucles. Elle marie sa fille à Nicolas Sorano. C'est une chance pour la famille et une aubaine pour Tessa qui a déjà vingt-deux ans. Oubliées, les sombres années de guerre, effacés, les mauvais souvenirs. La mère vit les plus belles heures de sa vie.

Marthe et Joseph d'Ambrosio ont écorné leurs économies pour offrir une belle noce à leur fille. Les invités sont nombreux. Les longues tables, dressées dans la grande salle du bar Rovinot, sur le port, croulent sous les bonnes choses à manger. Deux musiciens font danser les convives. Au milieu de la soirée, un groupe de marins fait irruption dans le bar. Ce sont des Américains, matelots d'un navire stationné depuis la veille dans la rade. Après quelques verres au comptoir, les matelots se rapprochent de la noce. L'un d'eux, s'enhardissant, sollicite la permission de faire danser la mariée, dont le voile vient de tomber, révélant les longues boucles noires. Le marin est un grand gars, tout blond, aux yeux bleu clair. Nicolas Sorano se renfrogne, mais accède à la demande de la plus mauvaise grâce du monde. L'œil sombre et le sourcil froncé, il regarde sa jeune épouse virevolter dans les bras du marin. Dans un élan trop impétueux, l'Américain, un peu éméché, fait trébucher la mariée qui pousse une exclamation et s'agrippe à son cou pour ne pas chuter. Avant que quiconque ait eu le temps de s'interposer, Nico, rouge de colère, se précipite sur le maladroit, l'empoigne par le col et dans un bruit de tempête, de tables bousculées et de chaises renversées, l'expulse dans la rue.

JOANNO a pris la place de Papa et la famille vit maintenant de son travail. Le jeune homme n'a pas voulu retourner sur les bateaux de pêche. Il s'est fait engager au percement des souterrains, à la Compagnie des Dragages[28] qui construit le port de guerre à brides avalées. En effet, depuis la reprise des travaux de la base navale, les entreprises concessionnaires du chantier de la Marine embauchent de nombreux hommes du village. Michel a été dûment prévenu par sa mère : « Toi aussi, tu travailleras bientôt aux Dragages avec Joanno. »

A la maison, les deux frères ont retrouvé leur complicité d'avant la guerre. Dans la chambre, Joanno occupe le lit laissé vacant par Tessa. Ses années de captivité ont prématurément assombri son visage et blanchi ses cheveux. Silencieux, renfermé, il ressemble de plus en plus à Papa. Lucette, la fille du paysan Matagatos, qu'il voulait épouser avant la guerre, ne l'a pas attendu. Elle s'est mariée avec un cultivateur de l'arrière-pays et a quitté Kébir pour toujours. Joanno ne fait aucun commentaire à ce sujet. Cette page de sa vie est bien tournée.

Dans la famille, on sait peu de choses sur les circonstances de sa détention, car il évite d'en parler. A son retour, il s'est contenté de raconter que le travail était dur, et le climat, froid.

— Lorsque les Américains sont arrivés là-bas, je suis tombé malade.

---

28 CDEM (Compagnie des Dragages et Entreprise Maritime) est l'un des trois consortiums affectés à la construction du port de MEK.

— Miséricorde, s'alarme Moman, qu'est-ce que tu as eu ?

— Je n'ai pas bien su. Une forte fièvre, des maux de ventre. Un médecin américain s'est occupé de moi. Il m'a dit que c'était à cause de la malnutrition. Un gars formidable. Il m'a soigné comme un frère. Sans lui, je serais peut-être mort.

Un silence de plomb a suivi cette déclaration. L'espace a semblé se resserrer autour de la famille réunie. Personne n'a osé tourner les yeux vers Tessa qui a brusquement pâli.

— C'était qui ce médecin ? a finalement demandé Michel, d'une toute petite voix.

— Je ne me rappelle plus, a répondu Joanno. Un nom à consonance espagnole… Il était d'origine mexicaine, ou cubaine, quelque chose comme ça.

La famille a respiré.

C'est Tessa qui, fine mouche, a recueilli les informations vraiment importantes, les secrets chers au cœur de son frère, ce dont il ne parle pas. A la libération, Joanno a trouvé de l'ouvrage dans une ferme, en Alsace, pour gagner l'argent de son retour. De braves gens l'ont hébergé. Il est rapidement devenu leur ami. La jeune fille de la maison serait la cause du retour si tardif de Joanno – et non, ainsi que son frère l'a prétendu en arrivant, la désorganisation des lignes de chemins de fer et des transports à la fin de la guerre. Les deux jeunes gens sont tombés amoureux. Joanno, le cœur déchiré, savait que sa famille l'attendait impatiemment, là-bas, de l'autre côté de la mer, mais il ne se résignait pas à quitter la femme qu'il aimait.

Il n'a finalement pris la décision de rentrer qu'après avoir obtenu d'elle la promesse qu'elle le rejoindrait plus tard à Mers el-Kébir. Effrayée à l'idée de s'en aller si loin de chez elle, la jeune fille avait renoncé. Quelques semaines après le retour de Joanno, le facteur a déposé à la maison une enveloppe brune couverte de timbres. Pendant quelques jours, Joanno s'est emmuré dans le silence, éludant les questions de ses parents inquiets.

Nul ne sait comment Joanno se remet de son chagrin d'amour. Il sort en ville de temps en temps avec des camarades du chantier, mais ne « fréquente » personne. Choyé, entouré par sa mère, il se laisse couler dans le célibat. Moman fait mine de s'en offusquer. Vingt-sept ans ! Le voilà bien parti pour rester vieux garçon. Ses boniments ne trompent personne. Le bonheur d'avoir retrouvé son Joanno éclaire son visage. Le voir s'éloigner, fût-ce au bras d'une demoiselle, ne lui ferait sûrement pas plaisir. La famille s'est agrandie avec Nicolas. Lorsque Moman s'adresse à la « Visiteuse », ses yeux brillent d'une joie farouche et elle prie pour que les siens restent toujours réunis autour d'elle.

Tessa Sorano a coupé ses beaux cheveux noirs pour réaliser une coiffure sophistiquée, à la mode de Paris : deux gros rouleaux encadrent sa tête fine. La jeune femme a maintenant de l'argent. Elle ne se donne plus la peine de coudre des robes et des jupes : elle a les moyens de se les offrir. Elle court les magasins, achète dans des boutiques des vêtements de bonne coupe, chausse ses pieds menus de sandales de cuir. Son caractère n'est plus le même. Jeune fille, elle semblait toujours plongée dans de profondes pensées et ses parents se plaignaient de ne jamais l'entendre. Depuis son mariage, sa voix est devenue aussi pointue que celle des autres dames papotant devant leurs portes à la veillée. Tessa rend souvent visite à ses parents. Et sa mère est toute fière d'annoncer à ses amies qu'elle « monte » voir sa fille dans sa maison.

La jeune femme affiche les signes du parfait bonheur conjugal. Elle a tout pour être heureuse. Pourtant, il se chuchote ici et là que la vie n'est pas si rose chez les Sorano. Dans le village, les personnes âgées vivent avec leurs enfants et la vieille Félicie n'a pas d'autre enfant que Nico ; elle habite donc avec le jeune couple. Les deux femmes ne démontrent l'une pour l'autre qu'une amabilité de façade. La vieille dame renonce difficilement à ses prérogatives de mère. Elle prétend surveiller les comptes et la gestion du jeune ménage, contrôler les allées et venues de sa bru, au grand dam de Tessa qui ne l'entend pas de cette oreille et ne se laisse pas faire. De plus, la mère de Nico n'a jamais oublié la promenade en jeep avec l'Américain.

Michel déplore que Tessa ressemble de plus en plus à Moman. La voilà aussi bavarde et bientôt, elle sera aussi grosse. Elle se tient légèrement cambrée, les mains soutenant ses reins, et dissimule maladroitement sous des robes flottantes un ventre presque plus proéminent que celui de sa mère.

IMMOBILE devant la vitrine de la modiste, Michel admire les chapeaux de paille et de feutrine aux rubans multicolores, aux voilettes de tulle, ornant des têtes de bois noires, luisantes, sans yeux et sans bouches. Depuis peu, un mannequin de couturière a pris place en devanture. Le regard du jeune homme suit la courbe douce du buste, caresse la taille étroite, descend encore et se heurte au vide, à l'endroit où les hanches évasées sont tranchées net. Il vient d'avoir seize ans. Un duvet dru envahit son menton et des rêves imprécis, des pensées obsédantes tourmentent son sommeil. A l'intérieur, des silhouettes féminines s'activent. Louise Muller va, vient, déplace des cartons, déplie délicatement des feuilles de papier de soie et présente différents couvre-chefs à ses clientes. Une dame rousse, installée dans le fauteuil depuis un long moment, tend son cou grassouillet, faisant mille grâces devant le miroir aux pattes torses. Elle est difficile à satisfaire et Louise Muller, qui a posé sur sa tête presque tous les chapeaux du magasin, donne de légers signes d'impatience. Michel tressaille. Elle l'a vu et le dévisage fixement. Un frisson court sur sa peau. L'air se rafraîchit. L'auvent du magasin claque sous une rafale de vent. Des nuages noirs amoncelés assombrissent brusquement la rue. Le ciel bas, menaçant, annonce un de ces orages rapides et terrifiants de début de printemps. Une petite voix suggère à Michel de s'en aller, mais il ne l'écoute pas. Il se réfugie sous une porte cochère.

La porte du magasin s'ouvre, livrant passage à la rousse. Elle a fait son choix : une grande boîte ronde est calée sous son bras. La vendeuse sort à son tour. Cette femme est sa mère. Pourquoi l'est-elle, il l'ignore.

Il aimerait bien connaître le fin mot du mystère. Louise Muller a soutenu longuement son regard. Le moment est peut-être venu pour eux de se parler ?

Louise observe les mouvements de la rue. Elle le cherche, peut-être. Michel s'aplatit contre le mur dans l'ombre du porche. Elle déploie le rideau métallique sur la baie vitrée, s'assure d'un coup d'épaule de la solidité de la fixation et se dirige vers l'immeuble voisin. Michel n'hésite qu'une seconde : il bondit et saisit le battant avant qu'il ne se referme. Les talons hauts de la femme claquent sur le marbre de l'escalier. Le silence s'établit. A son tour, le garçon gravit les marches. Au quatrième étage, il reconnaît le heurtoir en tête de lion. Sur la plaque, une inscription : Monsieur et Madame Baechler-Muller. De longues minutes s'écoulent avant qu'il soulève le heurtoir et le laisse retomber. La panique le saisit. Quelle idée d'être venu ! Il fait volte-face pour s'enfuir. Trop tard. La porte s'ouvre sur un monsieur chauve, au visage rond. Des yeux bruns profondément enfoncés sous les arcades lui sourient.

— Bonjour, dit l'homme avec amabilité.

— Bonjour, bredouille Michel.

— Vous désirez ?

— Pourrais-je voir madame Muller, s'il vous plaît.

— Ma femme vient juste de rentrer de la boutique. Pas en forme du tout, prise par une migraine subite. Elle se repose dans sa chambre. Je vais voir si elle veut… Qui dois-je lui annoncer ?

Michel ne répond pas, la gorge trop nouée pour proférer un son.

L'homme le dévisage avec intérêt.

— C'est amusant, votre visage me rappelle quelqu'un... Est-ce que nous nous connaissons ? Puis-je vous aider ?

Soudain, un immense désir de parler s'empare de Michel ; il aimerait dire à cet homme qui lui sourit avec sympathie que oui, il a besoin d'aide ; que justement, il ne sait pas qui il est. Qu'il ne sait pas d'où il vient et qu'il aimerait le savoir. La femme qui se repose dans sa chambre détient toutes les réponses. S'il est venu frapper à cette porte, c'est poussé par l'espoir qu'elle lui dirait, qu'elle lui expliquerait...

Michel baisse la tête.

— Ce n'est rien d'important, monsieur. Ne la dérangez pas. Je reviendrai.

Dans la rue, l'orage a éclaté. En un clin d'œil, des trombes d'eau trempent Michel jusqu'aux os. Il ne sent pas la pluie couler sur son corps, se mêler à ses larmes. Il parcourt à pied les huit kilomètres le séparant de la maison. La nuit est tombée depuis longtemps quand il pousse enfin la porte. Papa, Moman et Joanno tournent en même temps vers lui leurs visages paisibles. Sur la table, Papa a disposé des petits tas de poudre. Aidé de Joanno, il confectionne les cartouches pour la chasse du lendemain.

— Eh bien, comment se fait-il que tu rentres si tard ? J'avais peur qu'il te soit arrivé quelque chose, avec cet orage. J'allais partir à ta rencontre, dit Joanno. Tu es complètement trempé, tu n'es tout de même pas revenu à pied ?

Moman, penchée au-dessus de l'évier, manie énergiquement son *stropajo*[29]. Elle n'a jamais ôté ses vêtements

29 Stropajo : boule d'alfa écrasé servant d'éponge à récurer.

noirs. Elle dit qu'elle est trop vieille. Son chignon strié de fils blancs tire sa nuque dodue en arrière.

— Il n'y avait plus de bus ce soir ?

Michel hoche la tête. La mère l'observe avec attention.

— Que s'est-il passé ? Tu n'as pas l'air bien.

— Rien.

— Tu as raté un examen, c'est ça ? s'écrie Moman, catastrophée.

— Non, Moman, répond le garçon, étonné par le son rocailleux de sa propre voix. J'ai tout réussi.

Joanno sourit et lève le bras, pouce en l'air.

— C'est bien, Michel, déclare Moman, satisfaite. Bientôt, tu travailleras aux Dragages avec Joanno. Ton salaire ne sera pas de trop. Va vite te changer. Pepico, Joanno, si vous avez terminé, débarrassez-moi tout ça. Je dois mettre les assiettes.

Elle désigne les douilles vides, les tas de poudre et d'amorces encombrant la table. Elle revient à Michel qui n'a pas bougé.

— Tu en fais une de ces têtes, toi, dit-elle, préoccupée. Rentrer à pied sous ce déluge, quelle idée. J'espère que tu n'es pas allé me prendre froid.

Une moue inquiète tord sa bouche. Sa main repose lourdement sur la tête du jeune homme.

— Enlève ces vêtements trempés et donne-les moi, que je les mette à sécher. Tu vas me prendre une cuiller de sirop de boules de cyprès. Quand tu seras couché, je te frotterai la poitrine à l'alcool camphré.

LES CHAUDS RAYONS DE SOLEIL baignant la chambre éveillent Michel et Joanno, tout étonnés d'avoir dormi si tard. Chose étrange, Moman n'est pas venue les réveiller pour la messe. Un silence inhabituel règne dans la maison. Dans la cuisine, point de tintamarre de vaisselle. Point de café frais ni de pain grillé à la flamme. Personne. Les deux garçons sortent de la maison et font deux pas dans la rue. Au bout de la rue, Carmelette Viguier vient à leur rencontre.

— Joanno ! Ta mère m'envoie vous chercher. Ça y est.

— Ah, ça y est ! s'exclame Joanno dont le visage s'est éclairé.

Michel lance à Joanno un regard intrigué : que s'est-il passé ? Son aîné semble informé d'événements qu'il ignore.

— Ça y est, quoi ? demande-t-il.

— Le petit de Tessa est né ! s'écrie Carmelette, toute joyeuse. Un beau petit mâle. Vos parents sont là-bas. Quelle peur ils ont eue. Le petit n'a pas crié tout de suite. Heureusement, madame Cousin lui a donné quelques bonnes tapes sur les fesses, et il fallait l'entendre brailler à ameuter tout le quartier, un vrai petit homme !

Joanno s'élance au pas de course, talonné par Michel, dont le cœur bat à tout rompre. Tessa a fait un bébé et personne ne lui en a rien dit. La nouvelle a vite circulé. Un groupe de voisins et d'amis se trouve déjà rassemblé devant la maison de Tessa. Papa et Félicie remplissent les verres. Les deux garçons débouchent sur la terrasse, essoufflés. Nico, rouge de bonheur, avance vers eux.

— Michel, Joanno, on a un garçon !

Michel et Joanno pénètrent dans la maison silencieuse. Les volets sont clos depuis le point du jour pour préserver la maison de l'intense chaleur de la journée et des mouches. Au premier étage, Moman est en grande conversation avec une dame d'un certain âge, au sein ample, au visage débonnaire : madame Cousin, la faiseuse de bébés de Mers el-Kébir.

— On peut les voir ? demande Joanno.

— Oui, mais attention, vous deux, dit Moman d'un air sévère. Enlevez vos chaussures pour entrer dans la chambre du bébé. Ne faites pas de bruit. Il ne faut pas fatiguer votre sœur.

— Tu n'as pas fini de nous prendre pour des gamins ? proteste Joanno, mécontent. On peut quand même voir le petit, non ?

— Mais oui, s'interpose madame Cousin. Entrez. Je crois qu'elle dort.

Ils pénètrent dans la chambre plongée dans l'obscurité. Tessa est couchée en chien de fusil, son corps frêle à peine visible sous le drap tendu. Elle ne dort pas. Ses yeux démesurément ouverts brillent sur son visage pâle, aux traits tirés. Elle tend le bras vers le panier posé près d'elle. Ses frères se penchent pour contempler la petite créature rouge, au poil brun, aux poings serrés, grimaçant sous le voile de coton. Les yeux de Tessa débordent de tendresse tandis qu'elle remonte le drap sur les jambes minuscules.

— Comment tu l'appelles ? interroge Joanno, très ému.

— Vincent.

— Pourquoi Vincent ?

— C'était le prénom de son grand-père Sorano.

Joanno et Michel émergent de la maison en pleine lumière. Le groupe des invités a reculé au bout du terre-plein, face à la mer, pour observer un grand rassemblement de bateaux au milieu du port, à ce point précis où la proue du cuirassé *Bretagne* affleure encore, bien visible, à quelques mètres de la surface.

— Que se passe-t-il ? demande Joanno,

— On est le trois juillet. C'est la cérémonie de commémoration de la bataille. Le curé fait sa bénédiction sur la mer, le maire et les autres vont jeter une grosse corbeille de fleurs au-dessus de l'épave. Tessa a bien choisi son jour pour faire son bébé.

— En juillet quarante, je venais d'être transféré en Allemagne. Là-bas, quelqu'un m'avait raconté l'attaque des bateaux. Je me sentais si loin de vous. Ça a dû être terrible.

— Je n'oublierai jamais les cris des marins, le bruit des obus qui frappaient les bateaux, les incendies, les gerbes d'eau qui montaient vers le ciel.

— Je me représente la scène comme si je l'avais vue. Grâce à toi, Michel. Tu te souviens ? Ces dessins que tu mettais dans les lettres de Tessa, lorsque j'étais en captivité. J'ai tout compris grâce à eux.

— MONSIEUR D'AMBROSIO ? Vous voulez me suivre ? dit la réceptionniste. Monsieur Morel va vous recevoir.

Michel se dresse de toute sa hauteur devant la femme qui se tient devant lui. Une blonde, au visage agréable, dans la vingtaine. Joanno a obtenu pour son frère un entretien d'embauche avec l'ingénieur du service électrique de la Compagnie des Dragages. Le jeune homme s'est préparé pour cette occasion : son meilleur pantalon, une chemise amidonnée par Moman, sa cravate bleue, au nœud maintenu par un ressort, cadeau de Joanno à son retour de Lourdes. Le sourire avenant de la secrétaire semble de bon augure. Il lui emboîte le pas dans les couloirs, attentif au balancement chaloupé de hanches rondes. Elle pousse la porte d'un bureau.

— Monsieur d'Ambrosio est là.

Elle disparaît, tirant le battant derrière elle.

— Puis-je voir votre diplôme ? demande aussitôt l'ingénieur, un petit homme mince et blond, à fines lunettes.

Il se plonge dans l'étude du document.

— Ceci est votre diplôme ? Il est établi au nom de Michel Muller.

Michel réprime un geste de contrariété. Bien sûr, son frère n'a pas pensé à ce détail en prenant rendez-vous. Pour Joanno, Michel est et restera un d'Ambrosio. Le jeune homme se renfrogne, très contrarié à l'idée de devoir raconter sa vie à cet inconnu.

— C'est bien le mien, répond Michel.

A travers ses lunettes rondes, l'ingénieur observe avec une curiosité empreinte de bienveillance le visage fermé du jeune homme.

— Bon. Quel âge avez-vous ?

— Dix-sept ans.

L'homme lui tend une feuille imprimée et un stylo.

— Pour moi, cela convient tout à fait. Nous avons un besoin urgent d'ouvriers sur le front de taille. Signez là. Vous commencez lundi matin. Le contremaître vous attendra devant les entrées des souterrains du Santon à huit heures.

Michel retourne à grandes enjambées vers la sortie, serrant très fort les feuillets entre ses doigts. Il a un contrat de travail. Appuyée contre le mur de l'immeuble, la jeune femme de la réception aspire de longues bouffées de sa cigarette blonde.

— Tout s'est bien passé ? demande-t-elle.

— Oui.

— Il vous a engagé ?

— Oui.

Elle hoche la tête, amusée.

— Vous habitez Kébir ?

— Oui.

Les lèvres rouge vif de la blonde dessinent une moue ironique.

— Oui, oui, oui.... Ma tante habite au plateau Saint-Michel. Nous nous y rencontrerons peut-être ?

Michel n'ose prononcer un nouveau « oui ».

— Alors, à bientôt, Michel.

Le jeune homme saisit une main étroite, molle et un peu moite. Une vague de chaleur monte en lui. Il a un travail et, peut-être, une amie.

LE LUNDI MATIN, Michel se présente à l'heure dite au rendez-vous de travail, à l'entrée des tunnels du Santon. Une dizaine de gars en combinaison de chantier, casqués, le considèrent d'un air goguenard. Le contremaître le présente à Ali, le chef électricien, qui lui montrera le travail. Sec, fin comme une lame, Ali est âgé d'une quarantaine d'années. Il entraîne le jeune homme dans le baraquement de vestiaires et lui remet une combinaison et un casque de chantier. Au moment où les deux hommes rejoignent le groupe d'ouvriers, la conversation s'interrompt.

— C'est toi, le nouveau ? demande l'un deux sur un ton bourru.

— Oui, répond Michel.

— On embauche des gamins sur le front de taille, maintenant.

— J'ai des qualifications, se défend Michel, un peu blessé. Je connais mon travail.

— Tu vas nous montrer à quoi servent tes papiers, là-dedans.

Michel empoigne la caisse à outils que lui tend Ali. Elle pèse très lourd à son épaule, mais en tant qu'apprenti, c'est à lui de la porter. L'équipe d'ouvriers au complet s'entasse dans une camionnette. Le véhicule démarre, se dirige vers la montagne et pénètre dans le Santon en bringuebalant sur le sol défoncé. Michel maîtrise mal son étonnement. Vu de l'extérieur, on ne peut pas se faire une idée de l'énormité du chantier de la Marine. Un dédale de galeries se croise et s'entrecroise. La camionnette progresse dans des grottes, hautes et larges, de forme ogivale, à l'ambiance un peu irréelle. Les particules de poussière en suspension diffusent une lumière blafarde, fantomatique. Des câbles courent le long des parois. Un gros tuyau parcourt la galerie pour amener l'air frais qui se raréfie au fur et à mesure que l'équipe s'enfonce dans les entrailles du Santon.

La camionnette traverse une grotte, si haute qu'une cathédrale tiendrait facilement dedans, à plus de cent mètres de hauteur : c'est un alvéole[30], une caverne destinée à abriter les installations stratégiques de la Marine. La grotte suivante est étrangement taillée en rond, avec un socle de béton au milieu.

— Ce sont des réservoirs de carburant qu'on construit ici, commente Ali.

Le véhicule s'immobilise enfin : c'est la fin de la piste carrossable. Deux boyaux plus étroits prolongent la galerie. Il faut continuer à pied. Les hommes s'engagent dans celui de droite, plongé dans l'obscurité, à la lumière de leurs lampes frontales. Un mur de pierrailles stoppe leur progression. Des êtres humains se tiennent là. Couverts d'une épaisse couche de poussière, ils évoquent une troupe de spectres grisâtres. On ne distingue que les prunelles noires, le blanc des yeux et des dents sur leurs faces crayeuses. Ali présente à Michel l'équipe qui finit son quart.

Tout à coup, le jeune homme sursaute et porte ses mains à sa tête : une violente explosion vient d'ébranler les flancs de la montagne. La déflagration fait chuter des

30 Les témoins de cette époque disent « un » alvéole, je respecte ici leurs souvenirs.

cailloux et des mottes de terre. Les ouvriers, habitués, n'ont pas bronché.

— Ils vont faire sauter la paroi, dit Ali. Regarde.

Les ouvriers installent un échafaudage contre la muraille. Le corps tendu, les visages masqués, ils percent la paroi à l'aide de longs marteaux-piqueurs à air comprimé. Ils forent des trous de plus d'un mètre de profondeur, sur plusieurs centimètres de largeur. Michel pense étouffer : malgré le tuyau pulsant l'air frais du dehors, l'atmosphère est irrespirable et le vacarme, épouvantable. Le martèlement des défonceuses s'interrompt.

— Les niches sont prêtes, explique Ali. Ils vont placer les charges dedans.

Les ouvriers emplissent les orifices de bâtons de dynamite, déroulant au-dehors les câbles. Des sacs de sable de forme oblongue comblent les espaces vides dans les cavités.

— On ramasse tout, dit le chef de chantier. On recule.

Ali et Michel décrochent le tableau électrique et ramènent les câbles en arrière. Les ouvriers entassent leur matériel dans les wagonnets et s'éloignent du front de taille en déroulant le câble de mise à feu. Quelques hommes, fermant la marche, récupèrent les rails. L'équipe progresse vers l'arrière, jusqu'au moment où le contremaître stoppe la marche. Il déclenche une sirène d'avertissement. Les ouvriers plaquent leurs mains sur leurs oreilles. L'homme actionne la mise à feu. La violence de l'explosion est telle qu'elle projette cailloux et gravats jusqu'à leur retraite, deux cents mètres en arrière.

— Ça va être à nous, dit Ali à Michel. On prend les baladeuses et on ramène l'éclairage en avant pour leur permettre de commencer à déblayer. Après, on va tirer ces câbles sur la zone de travail pour accrocher le tableau de prises. Tiens, prends celui-là. Mais attention ! C'est du 380... les décharges, ça fait mal.

Il dévisage le jeune homme avec sympathie.

— Tu es prêt ?

Michel lui rend un sourire un peu crispé et saisit les baladeuses.

— Oui.

— On y va.

Les ouvriers du front de taille, jambes écartées, bras croisés, les regardent disparaître dans les profondeurs du boyau, vers le chaos.

NORBERT poursuit ses études au lycée, à moins, ainsi que le prétend Carmelette, sur un ton mi-figue mi-raisin, que ce ne soient ses études qui le poursuivent. Peu enthousiaste, le jeune garçon redouble parfois une classe ou une autre. Difficile de savoir où il en est exactement dans son parcours scolaire semé d'embûches : il ne s'étend pas volontiers sur les sujets où il n'apparaît pas à son avantage. Norbert est le seul garçon de sa famille ; il héritera du garage du père Viguier. Dès lors, il ne voit pas pourquoi il devrait trop s'en faire.

Samir, au contraire, passe chaque année dans la classe supérieure. Il veut présenter son baccalauréat. S'il réussit, il suivra la trace de son frère Lounes et fera sa médecine lui aussi.

Seul Michel gagne sa vie. « Gagner sa vie », c'est d'ailleurs beaucoup dire, car on est payé une misère sur le front de taille. De plus, Moman exige qu'il lui remette ses maigres gains, lui laissant juste de quoi payer ses cigarettes, des tickets de bus et un verre au bar. Michel doit encore épargner sur ces petites sommes de quoi s'acheter du papier et des crayons.

L'été est de retour, mais dans la grande baie, les guinguettes, les tentes et les cabanons se raréfient à mesure que s'effacent les plages, ensevelies sous des tonnes de gravats. Lorsqu'il ne travaille pas, Michel aime flâner au bord de la mer, muni de ses crayons et de son bloc, fasciné par les transformations de la baie et l'intense activité du chantier. Le paysage a tellement changé. La base de stationnement de navires de la zone nord-ouest comprend des kilomètres de quais d'amarrage. A l'est de la rade, une nouvelle jetée surgit des flots entre Oran et Mers el-Kébir. La jetée nord et le brise-lames sont en cours de renforcement, pour les rendre résistants au raz-de-marée consécutif à l'explosion atomique. Les deux jetées convergeant l'une vers l'autre ceintureront bientôt l'immense plan d'eau. Le jeune homme dessine à main levée les bateaux, les chalands, les mâtures, les grues flottantes.

Michel ne tarde pas à rencontrer la réceptionniste de la compagnie, un soir, sur le boulevard. Toute heureuse de le revoir, Violette Candela lui propose de l'accompagner au cinéma, le dimanche suivant. On y joue *Le Voleur de Bagdad*. Michel, troublé d'être ainsi invité par une dame, accepte. Toute la semaine, il réalise de drastiques économies sur son argent de poche. Le moment venu, devant la caisse du cinéma, il ouvre son portefeuille pour compter son argent, mais la jeune femme, rapide, pose quelques pièces sur le comptoir.

— Je paye pour moi, dit-elle.

— Mais… J'aimerais vous inviter, proteste Michel, surpris et un peu froissé.

— Michel, je vous en prie. Je gagne ma vie, comme vous. C'est tout à fait naturel que j'achète ma place.

Ils pénètrent dans la grande salle déjà plongée dans une semi-pénombre. Ils prennent place contre le mur du fond. Le cinéma se remplit peu à peu. Michel jette des regards en coin à sa belle voisine, dont les yeux noirs brillent dans l'obscurité. Il la trouve très attirante, avec son corsage décolleté révélant ses belles épaules et son buste rebondi.

Tout à coup, le jeune homme se ratatine sur son fauteuil. Deux corpulentes silhouettes, facilement reconnaissables, se faufilent dans l'allée centrale, passent devant Michel et Violette sans les voir, et s'installent au premier rang, juste devant l'écran. Michel n'est pas étonné de reconnaître Moman et son amie. Elles raffolent du cinéma, surtout des films d'amour. Papa, lui, n'y met jamais les pieds. Le souvenir des corps boursouflés des marins noyés, étendus à même le sol dans la grande salle de cinéma transformée en chapelle ardente n'a pas cessé de le tourmenter. Il prétend que les âmes des malheureux garçons hantent toujours les lieux. Les deux amies, passionnées par l'histoire, ne peuvent s'empêcher de la commenter à voix haute et ne semblent guère s'émouvoir des « chut » mécontents.

Après le film, Michel et Violette regardent la salle se vider de tous les spectateurs avant de se diriger à leur tour vers la porte d'entrée. Le jeune garçon respire. La confrontation a été évitée.

Seuls au monde, ils se promènent sur le port jusqu'à la nuit tombée. Au moment de se quitter, sur le parking des bus retournant vers Oran, leurs mains s'étreignent. Ce soir-là, allongé dans l'obscurité, Michel pense à son amie. Grâce à elle, il sait maintenant que ses yeux clairs luisent d'un reflet intense, comme ceux d'un chat, et que ses mains aux doigts longs et fins, sont très racées.

— Tu viens avec nous au stade, dimanche ? demande Norbert. Il y a La Marsa qui joue.

— Dimanche, non. Je ne suis pas libre.

— Pas libre. Mazette !

Norbert saisit une Bastos et la colle entre ses lèvres minces. Penché en avant, il gratte l'allumette contre sa semelle, de ce geste si chic hérité des Américains. Il allume sa cigarette et renverse la tête en arrière pour exhaler sa fumée.

— Pas libre ! répète-t-il, narquois. On peut savoir pourquoi ?

— C'est à cause de sa bonne amie, le taquine Samir.

— J'ai entendu dire ça. Pourquoi on ne l'a jamais vue ? Tu nous fais des cachotteries ? interroge Norbert, mi-vexé, mi-intrigué.

A son grand agacement, Michel se sent rougir.

— Comment s'appelle-t-elle ?

— Violette.

— Tu nous la présenteras ? dit Samir.

— Si tu veux.

— Elle est comment ? Est-ce qu'elle a…

Les mains de Norbert dessinent en l'air de voluptueuses arabesques.

— Tout, répond Michel.

— Quel âge ?

— Vingt-cinq ans.

Norbert émet un sifflement admiratif.

— Une vraie femme !

Blond comme les blés mûrs, le sourire frappé de fossettes, Norbert obtient un certain succès auprès des demoiselles. D'ordinaire, Samir et Michel le suivent de près, car c'est dans son sillage qu'ils ont les meilleures chances de parler à des jeunes filles. Michel étouffe de fierté sous le regard envieux du beau Norbert. Cette fois, il a plusieurs longueurs d'avance sur ses copains. Michel n'en revient pas. Cette chose merveilleuse lui est donnée à lui. C'est lui qui, le premier des trois, promène une femme, une vraie, à son bras. Sa chance ne finit pas de l'étonner.

— Est-ce qu'elle te laisse… ?

Les mots et l'idée de Norbert restent en suspens.

— Elle a vingt-cinq ans, répond Michel, comme si le simple énoncé de cet âge justifiait le bonheur fou qui l'habite depuis la Saint-Jean.

Cette nuit-là, ils ont flâné entre les brasiers disposés un peu partout sur le plateau Saint-Michel. Ils ont bu du vin, un peu, ils ont ri, beaucoup. Assis devant un tas de vieux meubles en flammes, ils ont bavardé longtemps. Les flammes qui éclairaient la baie ont incendié les yeux de Violette. Lorsqu'elle s'est glissée dans ses bras, le feu de saint Jean a embrasé aussi leurs corps.

— T'as une de ces veines, soupire Norbert. J'en ai ras-le-bol de ces gamines effarouchées qu'on a ici. On peut tout juste s'en approcher. Quand, par hasard, on arrive à leur toucher la main, elles filent se cacher dans les jupes de leurs mères.

— Tu exagères. Il y a des filles bien au village, proteste Samir.

Un silence gêné suit cette déclaration. Les sentiments que Samir et Marinette, sœur de Norbert, éprouvent l'un pour l'autre ne sont un secret pour personne.

— Elle n'a pas une sœur ou une copine, ta Violette ? poursuit Norbert, glissant sur la remarque.

— Qui t'a mis au courant ? demande Michel.

— Ma mère.

— Evidemment. Il faut toujours qu'elle sache tout.

— Mon vieux, ta Violette est le sujet de conversation préféré de toutes les bavardes du village. Il paraît que c'est la nièce de Madame Candela, du plateau Saint-Michel. Je peux même te dire que ta mère n'apprécie pas ton aventure.

En effet, les conversations orageuses ayant pour thème la nouvelle amie de Michel reviennent très souvent.

— Il paraît que tu « fréquentes », bougonne la mère.

Michel se tient coi.

— Cette fille ne doit pas être bien sérieuse pour traîner avec toi.

— Elle ne traîne pas.

— Que fait-elle alors ?

— Nous sommes amis, explique Michel en se raclant la gorge.

— Une femme de plus de vingt ans, amie avec un gamin de dix-huit ans. On ne me la fait pas, à moi. Elle vit où ?

— En ville.

— Avec qui ?

— Je ne sais pas.

— Donc, elle vit seule. Pourquoi n'est-elle pas mariée ?

— Elle a été mariée, répond Michel, avec honnêteté.

Moman porte à sa gorge sa main dodue, comme si l'air lui manquait soudain.

— Quoi ? Ne me dis pas que c'est… qu'elle est… qu'elle a….

— Elle a divorcé, achève le jeune homme.

— Une divorcée ! Tu oses me dire ça en face.

— Ce n'est pas sa faute, c'est son mari qui est parti, plaide Michel.

— Pas sa faute ! C'est à voir. La femme doit tout faire pour garder son mari.

Elle se tourne vers la « Visiteuse ».

— Sainte Mère, Michel fréquente une divorcée !

Estimant que, n'étant plus un enfant, il a bien le droit de fréquenter qui bon lui semble, le jeune homme ouvre la bouche pour protester, mais se ravise. Il domine la mère de deux bonnes têtes, mais elle a gardé la main leste. Joanno, jusqu'ici silencieux, croit bon d'intervenir et vole à sa rescousse.

— Est-ce que tu vas laisser Michel un peu tranquille ? grommelle-t-il. Ma parole, tu es toujours sur son dos ! Il ne va pas se marier avec elle, n'est-ce pas, Michel ?

Michel secoue la tête en signe de dénégation.

— Il doit faire son expérience d'homme, Maman. Il faut bien qu'il se dégourdisse un peu.

— Toi, n'oublie pas à qui tu parles et surveille ton langage, se rebiffe la mère, courroucée.

Indifférente aux remous provoqués par son intérêt pour Michel, Violette vient tous les dimanches. Les jeunes gens se promènent dans les collines, à la recherche de coins secrets où, blottis l'un contre l'autre, ils s'embrassent à perdre haleine. Michel est heureux. Violette met ses sens en émoi et fouille aussi son cœur. Elle s'intéresse à lui. Entre deux étreintes, il lui raconte son travail dans les souterrains, les dynamitages, sa camaraderie avec les ouvriers du front de taille.

— Ma tante Candela dit que Marthe d'Ambrosio n'est pas ta mère. C'est vrai ?

— Oui.

— Qui est ta mère ?

— Une dame qui habite en ville.

— Que fait-elle ?

— Des chapeaux.

Elle rit.

— Sait-elle que tu dessines merveilleusement ?

— Je l'ignore.

Michel se rembrunit soudain.

— Pourquoi fais-tu cette tête ?

— Je ne fais pas de tête.

— Tu n'as pas l'air dans ton assiette.

— Non. C'est que mon histoire est une drôle d'histoire. Je me sens différent.

— Mais tu l'es. Nous sommes tous différents les uns des autres. Chacun son histoire.

— Elle ne fait pas partie de la mienne.

— Comment peux-tu dire ça ? Elle en fait forcément partie puisque grâce à elle, tu vis.

— Elle n'y joue aucun rôle.

— Jusqu'à aujourd'hui, elle ne l'a pas fait.

Violette pose sa tête sur l'épaule de Michel.

— Quelque chose me dit que tu entendras bientôt parler de cette mère-là. Ce sera peut-être ta chance.

MICHEL travaille sur le front de taille depuis plus d'un an. La journée commence par les tirs d'explosifs. Après les déflagrations, un homme masqué avance dans le chaos, armé d'un puissant jet d'eau, qui rabat la poussière au sol. Michel et Ali sont chargés d'amener l'éclairage sur la zone à déblayer pour que le travail des ouvriers puisse commencer. Ils préparent le ciment de fixation des montures métalliques, portant les porcelaines où s'accrochera le tableau électrique. Les surfaces torturées et inégales du boyau ne rendent pas ce travail facile. Ils déroulent un à un les câbles sous tension, avec un luxe de précautions, car les gaines d'isolation s'abîment lors des projections de cailloux ou des manipulations dans les gravats : les décharges de 380 volts font diablement mal. Ils les raccordent au tableau de prises, et les ouvriers branchent aussitôt leurs projecteurs.

Un géologue vient inspecter le plafond pour s'assurer de l'absence de risque d'éboulements. Les ouvriers procèdent à de nouveaux tirs d'explosifs jusqu'à ce qu'il se déclare satisfait. Enfin, il donne son feu vert : le chantier peut démarrer. Les ouvriers apportent engins, rails et wagonnets sur la zone à déblayer. Les bulldozers s'avancent : ce sont de petits engins à air comprimé pilotés par des machinistes. Les godets s'enfoncent dans le tas de gravats issus du tir. Remplis de roches et de cailloux, ils repassent par-dessus les hommes et déversent leur contenu dans les wagonnets aussitôt refoulés vers l'arrière. Michel, fasciné, observe le ballet des bulldozers sur la montagne de caillasses.

Déblayer. Poser d'autres charges, faire sauter les parois. Déblayer… Creuser encore. Les contremaîtres n'ont que ce mot à la bouche : vite, encore plus vite. La consigne vient du plus haut : il faut hâter la construction de la base.

Les ouvriers du front de taille creusent la montagne, toujours plus loin et plus profond. Les entrailles du Santon résonnent des explosions du « Johnny », le canon à ciment. Les hommes travaillent sans repos ni relâche dans la poussière, le bruit, le chaos. Ils déblaient les surfaces à un train d'enfer pour laisser place nette aux ouvriers chargés des coffrages et des finitions. Lorsqu'enfin se présente l'équipe de quart suivante pour prendre le relais, Michel et ses camarades émergent de l'enfer gris de poussière, hébétés et harassés.

Ce jour-là, juste après les tirs d'explosifs. Michel aide Ali à fixer un tableau de prises lorsqu'il tressaille de douleur. Une partie du plafond s'effondre. Michel recule, trop tard : un gros caillou heurte son épaule.

— Tu es blessé. Ça saigne pas mal, constate Ali, après un coup d'œil au bras de Michel. La journée est presque terminée. Rentre chez toi, demande à ta mère de te soigner. Je finirai seul.

Le jeune homme vient d'émerger à l'air libre, lorsque les sirènes d'alarme se mettent à hurler dans les souterrains. Une équipe de sauveteurs passe devant lui et s'engouffre au pas de course dans les profondeurs du Santon. Un accident ? Mal à l'aise, pris d'un pressentiment, il remonte à leur suite dans les galeries. On entend des cris. Un chaos indescriptible. Les équipes de sécurité affluent. Personne ne prête attention à Michel qui court à perdre haleine vers la galerie qu'il vient de quitter. Un nuage de poussière, dense, suffocant, bloque sa progression. Le boyau est obstrué par un amoncellement de gravats. On ne distingue plus le front de taille. Un agent de sécurité accourt, l'agrippe par le bras.

— Vous ne pouvez pas rester ici, vite, dégagez ! Le plafond est instable, c'est très dangereux. Il peut y avoir d'autres éboulements.

— Les hommes qui travaillaient là, où sont-ils ?

L'homme le regarde avec compassion.

— Il n'y aura sûrement pas de survivants. Sortez de là.

Bouleversé, Michel se détourne, traînant des pieds de plomb. Pas de survivants. Ses camarades du front de taille sont sous les décombres. Ali, le chef électricien, et tous les autres. Il s'en est fallu de peu que lui, Michel, partage leur sort. Aveuglé par les larmes, il se hâte vers la sortie.

L'intense lumière du dehors lui fait plisser les yeux. Les hauteurs inhospitalières du Murdjadjo ferment l'horizon des gens de Kébir, obligeant depuis la nuit des temps les regards et les âmes à rebondir vers l'immensité bleue. Il contemple les pentes du Santon, si familières. La montagne est saignée à vif par de gigantesques carrières, sa face nord semble avoir été entamée à la louche par quelque Gulliver délirant. Les souvenirs sont là : les tentes des Américains, les courses en ventraine, les promenades en compagnie de Tessa, les cueillettes avec Moman. Le Santon, théâtre de tant de souvenirs d'enfance, est méconnaissable.

Michel se rend le lendemain aux bureaux de la Compagnie, sur la convocation de Monsieur Morel. Le visage grave, le chef de service déclare :

— Vous comprenez, Michel, à la suite de ces événements tragiques, j'ai décidé de ne pas vous garder dans les souterrains. Je suis très content de votre travail, justement. J'ai beaucoup de sympathie pour vous. Vous avez de grandes qualités. Vous devriez être à l'école. Je suis désolé que vous n'y soyez plus ; en tout cas, je ne veux plus que vous preniez de risques. Dès lundi, je vous affecte sur la jetée nord.

L'ingénieur en chef lui démontre de sa voix monocorde, à l'accent parisien prononcé, que le chantier où il gagne sa vie depuis plus d'un an, n'est pas un endroit pour lui. Rouge, le front bas, le jeune homme ne répond pas. Trop dangereux pour lui parce qu'il est jeune ; mais pas pour les autres, les pauvres forçats du front de taille.

Désorienté, perdu, Michel erre sans but sur le port envahi de bateaux de guerre, chalands, remorqueurs, navires de transport du chantier naval. La flottille de pêche est obligée de naviguer de plus en plus loin pour jeter les filets. Le village change tellement, que va-t-il advenir des pêcheurs de Kébir ? Le prêtre, prévenu, accourt pour réciter les prières. Les camarades de Michel sont tous morts.

Le dimanche suivant, la mère réunit toute la famille.

— Nous gênons la Marine avec nos bateaux de pêche, c'est sûr, affirme Nicolas. Ils ne savent pas quoi faire de nous. Les deux nouvelles jetées vont émerger à douze mètres au-dessus du niveau de la mer. C'est trop haut pour l'accostage de nos lamparos et de nos sardiniers. Notre port de pêche, c'est un caillou dans leur chaussure, une verrue au milieu de leur figure. Il semble que la Marine envisage de nous supprimer.

— Nous supprimer ! Comment ? Ils ne peuvent pas faire ça, proteste Papa.

— Bien sûr qu'ils le peuvent. Tout le littoral est classé zone militaire. Ils peuvent déplacer non seulement le port de pêche, mais tout le village s'ils le veulent[31]. Nous serons peut-être expropriés.

— Expropriés ! murmure Moman, saisie. Ça veut dire… ?

— Ça veut dire que nous serons obligés de quitter nos maisons.

— Mais pourquoi ?

— Elles seront détruites, pour faire place au nouveau port.

— C'est affreux. Qu'allons-nous devenir ?

— Nous pourrions nous installer à Aïn el-Turck. Je ne sais pas. Il est question de déplacer non seulement les pêcheurs, mais toute la population dans le port le plus proche, peut-être à Béni-Saf.

— Qu'est-ce qu'on irait faire à Béni-Saf ? s'offusque Moman. Mes parents, les parents de Pepico sont enterrés ici. Personne ne me déplacera, ni à Béni-Saf, ni ailleurs.

---

31 De par le décret-loi du 12 avril 1939 classant le site de Mers el-Kébir « zone de guerre de la première série », les autorités militaires peuvent déplacer le village pour céder la place au port de guerre. La zone d'expropriation prévue est si large que tout le quartier résidentiel, c'est-à-dire toute la commune, s'y trouve incluse.

Je jure que je ne quitterai jamais ma maison, même sous la menace d'un fusil.

— Tranquillisez-vous, Maman, rassure Nicolas. On n'aura pas besoin de sortir le fusil. Le maire négocie un compromis avec l'Amirauté. Il s'agirait d'aménager au cœur du port moderne, entre deux avancées de terre-pleins, un quai spécial pour la flottille de pêche.

— Quelqu'un peut m'expliquer ce qui se passe ici ? soupire Moman. Pourquoi cet énorme chantier, nos plages disparues, les cabanons détruits, la montagne percée de trous ? Des années que ça dure et on n'en voit pas la fin.

— Ils construisent des installations stratégiques de la plus haute importance. La baie de Mers el-Kébir a été sélectionnée parmi tous les ports français pour y établir notre première base antiatomique. Les structures aériennes et souterraines sont destinées à protéger la flotte d'une attaque nucléaire.

— Ce port nous a déjà causé des tas d'ennuis et ce n'est pas fini, prédit Moman sombrement. Vous verrez ce que je vous dis. Tout ce chantier ne fera qu'attirer l'attention sur nous et nous transformera en cible. Nous avons déjà vécu deux bombardements, des privations, mais le pire reste peut-être à venir. Quand la prochaine guerre éclatera c'est sur notre tête que s'écrasera la bombe atomique.

Nicolas étend son bras et attire sa Tessa contre lui. Un léger embonpoint tend les boutons de ses chemises. Influent dans le village, Sorano a toute la confiance du maire. Il vient d'acheter un quatrième lamparo et plus de vingt personnes travaillent pour lui. Il ne sort plus qu'occasionnellement en mer. Désormais, il se rend au bureau. Il a acquis des intérêts dans des sociétés en France. Rusé, avisé, l'homme réussit dans les affaires. Marié à la belle Tessa, heureux père du petit Vincent... On ne voit pas ce que pourrait lui offrir de plus la destinée qui lui a toujours souri.

A LA MAISON, la situation financière s'est détendue depuis que la mère reçoit deux enveloppes par semaine : celle de Michel et celle de Joanno. Moman n'a plus besoin de travailler chez Sardine. Mais elle a travaillé si dur, toute sa vie, que ses mains sont incapables de s'arrêter. Assise devant sa porte, elle tresse avec l'alfa ramassé dans le Santon des tapis et des paniers que des messieurs d'Oran viennent lui acheter. La mère retourne patiemment les cols de chemises et reprise les chaussettes de ses trois hommes. Elle tricote pour Vincent, son petit-fils adoré. Elle pouponne souvent, lorsque Tessa va faire ses courses en ville.

Ces derniers temps, Marthe d'Ambrosio ne va pas bien. Son visage naturellement coloré tourne fréquemment au rouge brique. Elle s'essouffle rapidement. Elle porte quelquefois la main à son épaule, comme pour maîtriser une crispation subite.

— Maman, tu dois voir le docteur Salinier, s'inquiète Tessa. Cette douleur n'est pas normale. C'est la région du cœur.

— Bien sûr que non, ce n'est pas le cœur. C'est l'épaule, répond Moman. J'ai dû faire un faux mouvement. Pas la peine de déranger le docteur.

— Comment ça, le déranger ? Pourquoi est-ce que ça le dérangerait ? C'est bien son travail de soigner les malades, non ?

Marthe émet un léger ricanement.

— Ne t'inquiète pas ma fille. Je suis plus solide que tu ne le penses. Je me sens essoufflée, un peu fatiguée. Je vais me reposer, ça va passer.

C'est Joanno qui, revenant du chantier, trouve un soir sa mère étendue sur son lit, mains croisées sur la poitrine. La « Visiteuse » trônant sur la table de nuit, projette son ombre sur le visage blafard de la morte.

Tessa, secouée de pleurs, s'occupe de la défunte, lui passe une de ses robes à fleurs, celles qu'elle portait avant la guerre, avant le départ de Joanno. Elle brosse et étale soigneusement la chevelure noire sur son oreiller. C'est la première fois que Michel voit les cheveux de sa mère hors du carcan de sa résille. Ainsi préparée, Marthe d'Ambrosio semble plus jeune. Le jeune homme constate avec stupéfaction qu'elle est belle. Tessa caresse le pauvre visage figé pour l'éternité.

— Je ne peux plus voir cette statue ici, dit-elle en désignant la Vierge de plâtre. Elle me rappelle trop Maman, tout le temps en train de lui parler. On la donne à Carmelette. Tu es d'accord, Papa ?

Effondré sur son banc, les avant-bras pendants entre les genoux, le père considère sa fille d'un air désemparé.

— Fais-en ce que tu veux, ma fille, dit-il. Qu'est-ce que ça peut faire ? Ta mère n'en a plus besoin. Là où elle est, elle parle en face à la Sainte Vierge.

Le jour de l'enterrement, l'église de Mers el-Kébir est pleine à craquer. Des paroissiens n'ayant pu pénétrer se pressent aussi sur le parvis. La chorale des pêcheurs entonne le chant des morts avec une telle ferveur que la maison de Dieu tremble sur ses fondations.

— Nous voici réunis, chers frères, commence le père

Krüger, pour accompagner de nos prières l'âme de Marthe d'Ambrosio, dans son dernier voyage vers le Seigneur qui vient de la rappeler à lui. Marthe était l'épouse dévouée de Joseph, la mère de Joanno, de Thérésa…

Les yeux de l'assistance se tournent vers les quatre d'Ambrosio, assis au premier rang.

— … et de Michel. Une femme dévouée, courageuse. Mais Marthe était aussi une authentique Kébirienne.

La voix du prêtre enfle.

— Une demoiselle Gallardo dont la famille a été une des premières à s'installer dans notre baie. Ses ancêtres espagnols, comme ceux de la plupart d'entre nous, ont traversé à la rame l'étroit bras de Méditerranée qui nous sépare de l'Espagne. Ils sont arrivés les mains nues, avec pour seule fortune terrestre un matelas, quelques couvertures, quelques vêtements et une besace contenant une poêle pour cuire leur riz. Leurs débuts furent très durs. L'aridité des sols, le manque d'eau douce et la violence des tempêtes avaient déjà découragé bien des pêcheurs métropolitains de la colonisation officielle. Mais nos ancêtres sont restés, mes frères. Les conditions de vie, si semblables à celles de l'Espagne et du sud de l'Italie, ne les ont pas rebutés. Chaque foyer recèle des récits de ces temps héroïques, où nos pères mettaient leurs balancelles au mouillage dans l'anse de la digue, à l'abri des tempêtes. Ils se réfugiaient dans les cavernes du Santon qui furent leurs premières maisons. Leurs femmes soutenaient leurs hommes, s'entraidaient et s'occupaient ensemble des enfants. C'est grâce à leur générosité, à leur ténacité que notre petite communauté vivant de la mer a prospéré et que notre village de Saint-André a vu le jour.[32]

Le père Krüger marque une pause pour reprendre haleine. Son regard balaie l'assistance subjuguée.

— Marthe d'Ambrosio avait reçu en héritage le courage, la combativité des pionniers de notre pays. Elle n'a jamais renoncé, même aux heures les plus sombres de sa vie. Nous gardons tous en mémoire son immense peine, pendant les années de guerre, où elle attendait le retour de son fils. En ces temps-là, il n'y avait pas d'argent dans les maisons et pas grand-chose à manger. Elle faisait front dans l'adversité. Ce sont des femmes comme Marthe qui ont rendu l'aventure de cette terre possible. Elles sont les piliers de notre communauté.

Accrochée au bras de son père, Tessa pleure à chaudes larmes. Joanno, effondré à sa droite, ploie la nuque. Michel, bouleversé, pense à sa Moman qui l'a nourri, habillé, soigné pendant son enfance. Il la revoit frotter énergiquement son torse à l'alcool camphré quand il s'enrhumait. Elle apposait sur sa poitrine, quand il avait mal à la gorge, ces cataplasmes de farine de moutarde brûlant la peau comme une braise et piquant si fort les yeux que l'enfant passait la moitié de la nuit à pleurer. Cette mère, qui, hier encore, l'obligeait à avaler sa cuillère d'huile de foie de morue… qui l'envoyait à l'école et veillait à ses leçons quand il était petit, qui le grondait quand il faisait des bêtises et se montrait fière de lui quand il réussissait. Elle n'était pas sa vraie

32 Sous le règne de Napoléon III, le décret du 23 mars 1864 érige la bourgade en commune de plein exercice sous le nom de « Saint-André de Mers el-Kébir, village de pêcheurs ».

mère. Elle avait donné le jour à Joanno et Tessa, mais pas à lui. Michel comprend qu'aujourd'hui, c'est leur enfance à tous trois qu'elle emporte avec elle.

Papa, Michel, Joanno et Nicolas ont soulevé le cercueil de Moman sur leurs épaules. Ils émergent en pleine lumière sur le parvis.

Les yeux embués, Michel ne remarque pas le couple qui vient de se mêler à la foule. La femme, coiffée d'un chapeau jaune paille, s'appuie au bras d'un monsieur chauve. Un sourire vague erre sur ses lèvres rouge vif.

La procession des villageois escorte Marthe d'Ambrosio à sa dernière demeure. Voisins et amis compatissent, consolent. Samir et Norbert entourent Michel, serrent ses mains, tapotent son épaule. Violette est venue aussi ; elle se tient à l'écart. La foule murmurante se disperse petit à petit. Restés seuls, les d'Ambrosio, tête baissée, assistent à la descente du cercueil dans la fosse profonde. Michel frissonne. Moman au fond de ce trou obscur, pour l'éternité ! Elle qui avait si peur du noir ! Il sursaute. La première motte de terre, jetée par Tessa, a heurté le cercueil avec un bruit sec.

— Tu as tellement lutté, bredouille-t-elle. La vie ne t'avait pas épargnée. Elle commençait seulement à devenir plus facile pour nous. J'aurais tellement aimé que tu puisses en profiter plus longtemps… Repose-toi maintenant, Maman.

Les premiers temps, Tessa vient remplacer la mère auprès de son père et de ses frères. Le matin, elle descend d'un pas alerte la route du cimetière, le petit Vincent trottinant à ses côtés sur ses jambes grassouillettes. Elle prépare la nourriture, range un peu la maison, s'assure que son père et ses frères ont tout ce qui leur faut. Ensuite, elle repart, emportant sous son bras leur panier de linge. Lorsque Nicolas se déplace en France pour ses affaires, la jeune femme s'installe quelques jours dans la maison de son père. Ces soirées-là, l'âme de Moman flotte dans la maison, autour des d'Ambrosio réunis, comme avant.

Quelques semaines plus tard, en rentrant du travail, Papa, un peu triste, tend à Michel une lettre, déposée par le facteur le matin même. Un peu surpris, car il ne reçoit jamais de lettres, le jeune homme examine l'enveloppe, couverte d'une écriture large. Un nom figure au dos : Louise Baechler-Muller. Sur le moment, cela ne lui évoque rien.

— Elle t'a écrit, constate Papa.

Le vieux pêcheur se racle la gorge.

— Il fallait s'y attendre. Je me doutais qu'elle le ferait, maintenant que ta mère nous a quittés.

CE MATIN-LÀ, Tessa est venue à la maison repasser la chemise de Michel et préparer son pantalon. Au moment de partir, elle lui a conseillé de s'arrêter chez le fleuriste : il n'est pas convenable de se rendre à une invitation les mains vides. Intimidé, mal à l'aise, Michel soulève le heurtoir à tête de lion de la porte de monsieur et madame Baechler-Muller. La porte s'ouvre aussitôt. La femme blonde, entre deux âges, étreint ses mains. Le visage de Louise lui fait face. Ses yeux clairs, un peu ternes, légèrement rapprochés du nez, donnent l'impression d'un léger strabisme. De courtes boucles encadrent sa tête fine.

— Michel, dit-elle, avec chaleur. Comme je suis contente de te voir. Entre. Ces fleurs sont très belles ! Vraiment, il ne fallait pas.

Ses petites mains volettent autour du vase tandis qu'elle y dispose joliment les fleurs. Michel reconnaît les lieux. Dans le salon, rien n'a changé. Le guéridon et les revues sont là. Le regard du jeune homme erre sur les tapis colorés, sur les tentures sombres. Le calme et l'ordre règnent dans la maison de Louise. Elle lui a donné un air d'ailleurs en s'entourant de paysages et d'objets de sa vie d'avant ; une vie dont Michel ne sait rien.

— Mon mari est à Paris, déclare-t-elle. Il regrette de manquer cette rencontre. Tu le verras la prochaine fois.

Pour cacher son trouble – il y aura des prochaines fois – Michel se perd dans la contemplation des tableaux. Une rivière, placide et grisâtre, serpente mélancoliquement sous de hautes futaies. Une femme, belle et blonde, dont la chevelure ruisselle sur une épaule dénudée… Ici et ailleurs des hérons aux couleurs étranges, perchés sur leurs pattes grêles, piétinent au bord des ruisseaux ; çà et là quelques natures mortes, fruits aux couleurs improbables, tassés contre des pots aux formes rebondies. Les paysages et les couleurs sont inconnus de lui ; le vert lumineux des arbres, celui, plus profond, de nénuphars errant sur des mares troubles ; l'éclat fauve de l'automne incendiant des forêts touffues.

— Ce sont des paysages du Pays-Haut de Lorraine, dit Louise Muller. Ma région natale… Je les ai peints quand j'étais jeune.

— Ces tableaux sont de vous ?

— J'ai fait beaucoup de choses dans ma vie. La peinture, c'est mon premier métier, et toujours ma passion. Je te montrerai mon atelier.

La fierté et l'émotion recouvrent Michel comme une vague. Une mère peintre ! Louise désigne un groupe de cartes postales au dessin délicat ; des roses à l'aquarelle étalant leurs pétales alanguis.

— Ces cartes que tu vois là, je les ai peintes au petit pinceau. A l'époque où j'étudiais aux Beaux-Arts, je les vendais comme cartes postales. Cela me rapportait un peu d'argent de poche…

La femme de charge a dressé le couvert avant de s'éclipser. Louise conduit Michel à table. La viande du gigot est tendre. Michel mange vite. Le chablis lui tourne un peu la tête. Les couteaux et fourchettes, disposés de part et d'autre de l'assiette, le déroutent un peu. Elle grignote du bout des dents, épiant le jeune homme à travers ses paupières mi-closes. Détendue, elle parle. Il l'écoute.

Elle connaît beaucoup de choses sur lui, sur son enfance chez les d'Ambrosio. Elle sait qu'il a échappé de justesse à l'effondrement de la galerie dans le Santon. Elle a été informée de la blessure causée par le détonateur de grenade, pendant l'occupation des Américains. Très surpris, le jeune homme brûle d'envie de demander d'où elle tient ces informations, mais il n'ose pas. Moman n'aimait pas les questions. Cette mère-là, il ne sait pas qui elle est.

— Marthe me parlait de toi, dit-elle, en réponse à son interrogation muette. Elle me disait à quel point tu aimais dessiner.

Michel peine à imaginer Moman, sa robe noire comprimant son sein maternel, son chignon noir tirant sa nuque en arrière, sa voix forte, en grande conversation avec cette personne diaphane, vêtue de clair. Que pouvaient-elles avoir à se dire, toutes les deux ? Michel était au centre de leurs conversations, le seul lien entre elles. Un sentiment d'étrangeté envahit le jeune homme. Moman parlant de lui. Moman qui ne lui parlait jamais, à lui.

— Cela me faisait plaisir, continue Louise. Je voyais que tu étais bien un Muller. Chez nous, tout le monde dessine plus ou moins. Mon oncle a eu son heure de gloire, dans les années vingt. Quand j'étais enfant, je passais mon temps avec des pinceaux. Mes parents n'ont pas cherché à me décourager. Jeune fille, ils m'ont envoyée aux Beaux-Arts. Tiens, une anecdote me revient. Au début de la guerre, un ami de passage à Genève m'avait acheté là-bas une grande boîte de crayons de couleur. Je l'avais remise à Marthe pour toi. Tu ne t'en souviens peut-être pas, tu étais trop petit.

Le sang afflue aux joues de Michel. La boîte de crayons, une anecdote ! L'émotion est toujours là, intacte. La maison de Papa et Moman, les essences de pin coupé et de résine, les effluves de liqueur de banane, les vapeurs de cacao. L'arbre de Noël, parsemé de balles de coton et saupoudré de farine ; le bœuf et l'âne s'abreuvant au ruisseau de papier aluminium… La boîte de crayons multicolores venait d'elle.

— Je ne m'en souviens plus, répond-il.

Il se lève pour prendre congé.

— Reviens dimanche prochain, propose Louise, devant la porte. Mon mari a envie de te connaître. Vous vous êtes rencontrés une fois, je crois. Sais-tu ce qui me ferait plaisir ? Apporte-moi quelques dessins. J'aimerais voir ce que tu fais.

Michel reste un instant immobile derrière le battant qui s'est refermé. Elle veut le revoir avec ses dessins. L'allégresse le soulève de terre alors qu'il reprend le chemin du village.

Sur la place, Papa semble l'attendre. Il marche à sa rencontre.

— Alors ? demande-t-il simplement, en arrivant à sa hauteur. Tu l'as vue ?

— Oui, répond Michel avec un sourire un peu contraint.

— Tu as bien mangé ?

— Oui.

— Comment tu l'as trouvée ?

— Je ne sais pas.

Papa soupire.

— Elle m'a encore invité dimanche prochain.

— Encore invité !

Le père tapote l'épaule du jeune homme et s'éloigne les poings serrés dans les poches. Il se déplace avec difficulté, courbé sur sa canne. Papa ne se remet pas bien de la mort de sa femme. Ces derniers temps, il a beaucoup vieilli.

A la maison, Tessa, curieuse, le presse de questions.

— Alors ? Raconte. C'est bien, là-bas, sa maison ?

— Oui.

— Tu es content ?

— Je ne sais pas.

— Vous allez vous revoir ?

— Oui.

Vincent s'agrippe en geignant à la jupe de sa mère. Tessa se penche, soulève son petit dans ses bras. Ses yeux gris débordent de compréhension.

— C'est une bonne chose, déclare-t-elle. Tu as raison. Elle t'aidera, mieux que nous ne pourrons jamais le faire.

La réaction de Joanno lui fait mal. Tête basse, les yeux fuyants, son frère ne demande rien, ne pose aucune question.

Michel promène son regard sur la pièce simplement meublée, le vieux poêle ; le décor de son enfance, entre Papa et Moman, Joanno et Tessa. Est-ce toujours sa maison ? Se sentira-t-il un jour à sa place dans l'appartement de la femme aux ongles peints ?

Louise Muller a soulevé pour lui un coin du rideau de mystère entourant sa naissance. Elle lui a révélé une chose très importante : la boîte de crayons, l'origine de son besoin fiévreux de dessiner. Tant de choses restent à comprendre ; si nombreuses sont encore les questions sans réponse, si douloureux, les « pourquoi » troublant son sommeil. Michel ne trouve pas qu'il soit blâmable de chercher, d'avancer au-devant de sa vérité. Dès lors, pourquoi se sent-il soudain fautif, comme s'il se conduisait mal envers Joanno et Papa ?

— LE JOUR où je t'ai vu pour la première fois, devant la porte, dit Leonidas, je me suis douté de quelque chose. Ton regard me rappelait vaguement quelqu'un. Je peux te le dire, tu as les mêmes yeux que ta grand-mère. Je me souviens de la réaction de Louise, quand je lui ai dit qu'un jeune homme aux yeux clairs avait demandé à la voir. Elle était si troublée. Je me doutais qu'elle me cachait un secret.

— Comment vous en doutiez-vous ?

— Tu peux me tutoyer, Michel. Nous sommes en famille. Comment m'en suis-je douté ? Eh bien ! Elle éludait systématiquement certains sujets de conversation, notamment ses études aux Beaux-Arts. Elle se fermait comme une huître dès que je la questionnais sur ses années parisiennes.

Leonidas Baechler est professeur dans un lycée de la ville. Une calvitie étendue dégage un visage aux traits vigoureux, aux yeux profondément enfoncés sous les arcades, au sourire juvénile. Il déplace avec lenteur un grand corps maigre. Entre Michel et lui, la sympathie est immédiate.

— Quand avez-vous su ?

— Je te dis de me tutoyer. Le jour où elle a appris la mort de ta nourrice. Elle m'a montré l'avis de décès sur le journal. Comme je lui demandais en quoi la disparition de cette pauvre dame pouvait nous concerner, elle m'a avoué que madame d'Ambrosio gardait son enfant depuis sa naissance.

Il allume une cigarette, tend son paquet à Michel.

— Elle voulait revenir dans ta vie et il a bien fallu qu'elle m'en parle. Cela m'a fait plaisir de savoir qu'elle avait un fils. Je regrette qu'elle ne me l'ait pas dit plus tôt.

Michel considère Leonidas avec étonnement.

— Oui, très plaisir ! répète l'homme. J'ai cinquante ans. J'ai vécu de nombreuses vies, mais aucune ne m'a donné d'enfant. Nous ne pouvions pas en avoir, Louise et moi. Je me figurais que le problème venait d'elle.

Un sourire joyeux détend son visage.

— Il semble que ce n'était pas le cas. Un garçon nous est tombé du ciel. Son enfant à elle.

— Mais pourquoi n'a-t-elle rien dit avant ?

— C'est à cause de sa famille. Elle n'était pas mariée.

Il écarte les deux bras, d'un geste fataliste.

— Ils vivent dans un autre monde, là-bas. Un monde que tu découvriras un jour. C'était une autre époque. Tu les rencontreras. Et là, tu comprendras.

Louise a scruté longuement les carnets de Michel couverts de dessins.

— Ce que je vois là est d'autant plus impressionnant que tu n'as aucune technique. Tes cadrages sont justes, les perspectives bien rendues. Il faudra que tu travailles, mais tu peux y arriver.

Michel éprouve un sentiment d'étrangeté quand sa mère utilise les mots « travail » et « effort » en évoquant son dessin. Le jeune homme ne connaît d'autre travail que celui d'ouvrier électricien à l'arsenal de Mers el-Kébir. Le dessin, c'est son refuge dans l'adversité, le passe-temps auquel il s'adonne à ses moments perdus, presque en cachette, car Moman a toujours vu d'un mauvais œil ce qu'elle considérait comme une perte de temps et d'argent.

— Le choix de tes sujets est curieux, poursuit Louise en feuilletant le carnet. Tes sources d'inspiration sortent vraiment de l'ordinaire. Je m'attendais à des couchers de soleil sur la mer ou sur les collines, des barques dansant sur les vagues. Mais non. Je vois des grues flottantes, des monte-charges, des trains de chantier, des grottes fantomatiques, des amas de blocs de béton, des barges et des bateaux de guerre. Par moments, on voit en arrière-plan un pêcheur qui tire ses filets. Tu ne fais pas le choix de la facilité et cela me plaît. Tu t'en sors bien. Tu as le sens de la lumière. C'était une bonne idée de traiter ce tunnel au fusain, cela rend bien la lumière diffuse de ce souterrain.

— Je n'ai pas de fusain, dit Michel.

— Ah ? Ces estompés, derrière les ouvriers accrochés à la paroi… On jurerait du fusain.

— J'écrase au mortier une branche de pin brûlée. Cela me donne une sorte de poudre noire que j'étale avec les doigts et un chiffon… Je renforce les contours avec le bout de la branche.

Une lueur d'admiration passe dans les yeux de Louise.

— C'est bien cela. Tu inventes le fusain, murmure-t-elle. La construction de ce port t'a beaucoup inspiré. C'est étrange.

— Quand j'étais petit, avec mes copains, on passait notre temps sur les plages, on courait dans les collines, on était libres d'aller partout où on voulait. Tout a été bouleversé quand ils ont commencé à construire ces longs quais en déversant des remblais dans la mer.

— Qu'est-ce qui te fascine à ce point dans tout cela ? Après tout, c'est un chantier comme un autre.

Michel hésite.

— C'est ma vie. C'est un peu comme si le monde était devenu fou. Les bulldozers fracassent les falaises, le Santon, tout creusé de trous et de kilomètres de galeries, est une vraie termitière. Les plages ont presque toutes disparu, les rues sont envahies de militaires. Avant, Mers el-Kébir était un hameau de pêcheurs. Maintenant, c'est différent, le village essaie de survivre au milieu du port de guerre.

— Il ne sait plus qui il est, achève Louise. Un peu comme s'il avait perdu son identité.

Michel, tout empli de trouble, acquiesce, tout en soutenant le regard brillant de Louise Muller.

— Quand j'étais petit, je voulais devenir pêcheur comme Papa et Joanno, dit-il. Papa n'a jamais voulu en entendre parler.

— C'est heureux, répond-elle assez sèchement. Il n'aurait plus manqué que ça.

Michel se redresse, blessé. De quel droit s'arroge-t-elle le droit de juger les actions de Papa ?

— Il disait que c'était trop difficile de vivre de la pêche, que je devais apprendre un vrai métier. Pourtant, j'étais heureux quand on partait tous les trois en mer. Je me sentais comme eux. J'étais Michel d'Ambrosio. Tout était clair pour moi. Et maintenant…

— … Tu ne sais plus qui tu es, ni quelle voie tu dois suivre, achève-t-elle. C'est ce que tu voulais dire ? Tu le découvriras par toi-même. Le passé est écrit, Michel, nous n'y pouvons plus rien. Nous devons aller de l'avant. Qu'en penses-tu ?

Michel ne répond pas.

— Je me pose une question.

Il l'interroge du regard.

— As-tu déjà pensé à faire des sculptures ?

— Des sculptures ? s'étonne le jeune homme.

— Oui. As-tu par exemple essayé de donner des formes à la terre glaise ? Ce n'est pas le matériau qui manque par ici. Ou de tailler des blocs de pierre, des pièces de bois ?

Michel songe un instant aux petites voitures que Samir et lui façonnaient avec la terre glaise du Santon. Il pense au pêcheur en bois d'olivier décorant l'armoire des parents, offert à Papa par un marin rescapé, après l'attaque des bateaux.

— Non. Pourquoi ?

— C'est sans importance.

Une conviction étrange envahit le jeune homme. Cette question semble au contraire avoir son importance.

— Michel, aimerais-tu passer les week-ends avec nous ? Leonidas est d'accord. Nous passerions te prendre le samedi matin et te ramènerions le dimanche soir. Ainsi, nous ferions plus ample connaissance. J'aménagerais une pièce attenante à mon appartement. Tu aurais ton lit, une armoire, un coin rien qu'à toi. Nous achèterions le matériel qu'il faut, toiles, peintures à l'huile, pinceaux. Un chevalet. Si tu veux, tu prendras des leçons.

— Ce n'est pas possible, répond Michel avec vivacité.

— Pourquoi ?

— Papa est seul. Je ne peux pas le laisser.

— Mais il a son fils aîné pour s'occuper de lui. Prends le temps qu'il te faut pour réfléchir. Rien ne presse.

Michel sait que pour lui, le plus dur va être de l'annoncer à la famille. A Papa. Et surtout, à Joanno. Une gêne grandissante s'installe entre les deux frères depuis qu'il fréquente madame Muller. Pourtant, un puissant désir s'insinue en lui jour après jour. Une vie pour dessiner, pour peindre. Un soir, prenant son courage à deux mains, Michel informe la famille de la proposition de sa mère. Si cela ne les dérange pas, le jeune homme ira la rejoindre le week-end. Papa baisse aussitôt le nez.

— Pourquoi est-ce que ça nous dérangerait ? rétorque Joanno vivement, dressé sur ses ergots. Tu fais ce que tu veux, non ? Tu es assez grand pour prendre des décisions. Va rejoindre ta mère. Les week-ends, même toute ta vie, si tu veux.

— Joanno, ne parle pas comme ça à Michel, proteste Tessa, appuyant sur son bras une main réconfortante. Essaie de comprendre. Il a tout de même bien le droit de chercher à connaître sa mère.

— Je le comprends très bien au contraire, Tessa. Mais il ne faut pas qu'il oublie que la seule mère qu'il ait jamais eue, c'est la nôtre.

L'HABITUDE EST PRISE. Leo et Louise l'attendent le samedi à l'entrée du village. Ils se rendent dans leur maison de villégiature, à Aïn el-Turck. C'est une petite maison au jardin tout planté de géraniums. La terrasse en marches d'escalier mène directement à la plage de sable. Dans la chambre de Michel, un lit étriqué est surmonté d'une croix de bois toute simple. Le soir, il se faufile dans des draps de lin rêches fortement bordés sous le matelas de laine. Une vieille bible, posée sur le chevet près de lui. Sur la première page figure le nom de Michel Muller, son grand-père.

Leur vie ne ressemble en rien à ce que Michel a connu auparavant. Lorsqu'ils se promènent en voiture, Michel prend le volant de la Corvette. Louise et son mari fréquentent les cinémas, les théâtres, les salles de concerts. Ils dînent dans des restaurants. Cet homme et cette femme s'entendent bien. Ils ne crient pas, ne se disputent pas, comme le faisaient Papa et Moman. Michel les entend souvent plaisanter à mi-voix par la porte entrebâillée du cabinet de Leo. Il la taquine gentiment et Louise émet ce curieux rire, un peu étouffé, qui ne s'adresse qu'à lui.

Quand elle ne travaille pas au magasin, Louise passe de longues heures à son atelier. Elle en émerge les doigts barbouillés et le regard vide. Michel sait qu'elle peint pour lui, mais il n'a pas encore été invité à admirer son œuvre. Cet après-midi-là, il se trouve tout seul et désœuvré dans l'appartement. La tentation est forte d'aller voir ce qu'elle fait. Il pousse le battant d'une porte généralement fermée, celle de la chambre de Louise. Un parfum musqué flotte dans la pièce. Un édredon de plumes grenat couvre le lit. Une coiffeuse, surmontée d'un miroir incliné, occupe le coin le plus éloigné de la fenêtre. Un fouillis de dame encombre le plateau de marbre blanc : pots de crèmes rebondis, poudriers peints, fards, brosses, épingles, un flacon de parfum. Michel se penche vers un cadre ovale. Sur la photo, une très jeune fille aux cheveux blonds sourit à l'objectif. Michel peine à reconnaître sa mère. Elle a coupé ses cheveux longs. Mais il y a autre chose. Son regard, son expression sont différents, plus graves.

Le jeune homme se détourne. Deux pièces de vêtement étranges pendent au dossier du fauteuil. Il n'a jamais rien vu de tel. Cela ressemble à des chaussettes, hautes, fines et transparentes. Un peu honteux, conscient de faire intrusion dans l'intimité de sa mère, Michel tourne le bouton de la porte menant à cette partie secrète de l'appartement, car on n'y accède qu'en traversant la chambre de Louise. Des vapeurs de peinture et de solvant étouffent la pièce de petites dimensions. Deux lucarnes diffusent l'intense lumière du dehors. Un désordre étonnant règne dans la pièce envahie de meubles bas, de chevalets, de toiles, de cartons épars : l'atelier de sa mère.

Sur le mur sont accrochées trois huiles, de petite taille, mais de couleurs vives, inhabituelles dans la palette de sa mère. La peinture est encore fraîche : Louise vient de les terminer.

A gauche, deux personnages autour d'un verre, dans un bar. Un petit béret coiffe le chignon de la femme dont s'échappent quelques mèches blondes. Elle est jeune, belle, ses formes sont graciles. Ses lèvres rouges et fraîches sourient à la vie. Un homme se penche vers elle. La concupiscence se devine à la posture de ses épaules larges.

Au milieu, les deux mêmes personnages sont allongés à même le sol, à moitié dévêtus. Les cheveux blonds de la femme sont étalés autour de sa tête. Une grande fragilité se dégage d'elle. Son attitude est équivoque. Il est difficile de dire si elle attire ou repousse son compagnon, au corps tendu par l'obstination et le désir, au visage dissimulé sous un bras.

Sur la dernière toile, la fille gît sur un lit défait, dans un fouillis de draps et de linges froissés. Son teint est livide, comme celui d'une morte. Une femme corpulente, vêtue de noir – une religieuse ? – debout devant une fenêtre aux persiennes mi-closes, tient un tout petit enfant au creux de son bras.

Fortement ébranlé, le jeune homme se détourne. Il s'agit, à l'évidence, de trois épisodes d'une même histoire, celle de Louise Muller. Des tableaux évoquant ces pages du passé de sa mère qu'il ne connaît pas et qui le concernent. Une fille blonde, séduite par cet homme aux longs bras. Deux êtres enlacés. Enfin, un nouveau-né dans les bras d'une dame en noir. Le drame est là, sous ses yeux. Une femme séduite, peut-être abandonnée. Un enfant confié aux bons soins d'une religieuse. Les images, inquiétantes, les couleurs, violentes, parlent de Louise comme elle-même ne l'a jamais fait. Il le sait, parce qu'elle le lui a expliqué. Elle a parlé, parlé et tandis qu'il écoutait, il savait que c'était important, ce qu'elle disait.

Il savait qu'il n'oublierait pas ces mots qui s'enfonçaient en lui, atteignant les profondeurs de son âme.

« C'est ta réalité à toi que tu dessines, Michel. Elle ne ressemble à aucune autre. Le dessin c'est un langage. Tu vas acquérir les techniques d'expression. De même que la connaissance des lettres te permet de lire et d'écrire, la connaissance des techniques du dessin et de la peinture te fourniront les outils dont tu as besoin. Ta création t'appartient et face au papier blanc on est seul, et libre. Tes yeux voient du bleu ? Choisis un vrai bleu dans ta palette. Tu aimes le vert de cet arbre ? Etale de grands aplats de couleur et si ton vert ne chante pas assez, ajoute un peu de jaune, un soupçon d'outremer. Le sang coule ? Utilise le vermillon. Tu exprimes ta propre vision du monde, douce et calme, violente ou tourmentée. Tu exprimes énormément de choses et aussi – surtout – ce que tu ne peux pas dire. »

Bouleversé, Michel recule vers la porte, lorsqu'un dessin tout différent accroche son regard. Un pastel aux teintes douces, posé sur une table. Le jeune homme reconnaît Cap Falcon, son phare, au bout du long ruban de sable rouge. Elle a dessiné trois garçonnets jouant le nez au vent sur le rivage avec leurs cerfs-volants. L'un est blond. Les cheveux du deuxième sont très bouclés. Le troisième enfant, aux cheveux bruns, porte un short flottant largement autour de ses jambes maigrichonnes.

Sur un guéridon, une feuille de vélin est couverte de l'écriture sinueuse de Louise.

S'il t'en souvient, mémoire, dis-moi encore souvent
Ces matins d'avril, de mars
Où je ne sais quoi, dans l'air du temps
Annonçait Pâques et les cerfs-volants.

Mémoire, dis-moi comme ce frêle enfant,
Devenait soudain géant
Trois bambous, deux ficelles, papier glacé ou non
Entre ses doigts, l'oiseau naissant
Portait des ailes frangées sur ses flancs.

S'il t'en souvient, mémoire, dis-moi l'oiseau étrange,
si vivant
Dis-le-moi là-haut se balançant
Dis-moi aussi le vent
Portant le bruit de ses ailes se froissant.

Toi qui ne connais pas ma vie d'avant
Cette époque qui semble d'un autre temps
Sais-tu que tu as vaincu le vent?
Toi, l'enfant, tu m'as appris les cerfs-volants[33].

Soudain, les murs de l'atelier reculent, le décor de l'appartement s'évanouit. L'aquarelle s'étale démesurément, envahit tout l'espace. Les yeux fermés, Michel tente de contenir les battements affolés de son cœur. C'était au début de la guerre, avant l'arrivée des Américains. Le printemps faisait sa réapparition sur la corniche baignée de bleu.

33 D'après le poème de Christiane Ascensio-Ruiz.

Ce jour-là, trois enfants, joyeux, insouciants, ont nagé dans la mer. Les galets les plus plats de la plage ont rebondi sur les vaguelettes. Les cerfs-volants ont volé haut, si haut dans la brise d'ouest. Les visages hilares de Norbert, Michel et Samir se levaient vers les triangles de roseau colorés et frangés des *bilotchas* se tortillant dans l'azur. Une femme, assise sur un rocher non loin d'eux, contemplait la mer. Le dos tourné aux enfants, elle ne semblait pas prendre garde à leurs rires et leurs cris. Sa main glissait à petits coups sur les pages d'un carnet posé sur ses genoux. Michel s'est approché, elle lui a parlé, elle lui a montré ses dessins. Il s'en souvient maintenant. Lorsqu'elle lui a dit au revoir, elle l'a appelé par son prénom. Sur le moment, ça l'a étonné, car il était sûr de ne l'avoir jamais rencontrée auparavant. Moman prétendait que Louise avait attendu qu'il soit tout grand et tout élevé pour revenir rôder autour de lui. Moman ne disait pas la vérité. Ce jour-là sur la plage, c'était pourtant bien elle. Il n'était qu'un petit enfant et elle était déjà là.

Michel se précipite hors de l'atelier, claque la porte d'entrée, dévale quatre à quatre les marches d'escalier. Hors de lui, il débouche dans l'intense lumière, devant la vitrine du magasin de chapeaux. Ses paupières se ferment sur ses yeux humides. Des vapeurs torrides tombent sur ses épaules. Adossé au mur, il reprend lentement le contrôle de son souffle. Le brouhaha de la rue pénètre en lui, s'insinue dans ses veines. Des passants vont et viennent autour de lui, des hommes, des femmes montrent des visages lisses de gens sans histoire. Au coin de la rue, la camionnette de livraison du bar-tabac bloque la circulation et quelques coups de klaxon agacés retentissent dans la file de voitures. Le mouvement familier et rassurant de la ville apaise le martèlement dans ses tempes et le ramène à la vie.

— TU VIENS M'AIDER ? demande un soir Joanno à Michel. J'ai fixé une étagère, pour la nouvelle statue de la Vierge, au couvent. Sœur Josépha aimerait qu'on pose un éclairage, tu vois. Juste un tube pour l'éclairer de dessous.

— Pas de problème, répond Michel, tout heureux de cette occasion de l'aider, d'être un peu près de lui, peut-être de dissiper le malaise qui s'est installé entre eux depuis qu'il revoit sa mère. On y va tout de suite.

Les deux hommes déposent la caisse à outils, le tube luminescent et le matériel au pied de la Sainte Vierge, trônant dans sa niche. Michel s'approche, le tube en mains. Il exerce une légère pression sur le socle de bois pour s'assurer de sa solidité.

Soudain, c'est la catastrophe. La planche bascule vers l'avant et la statue chute à grand fracas. Sa tête roule au milieu de la pièce. Son nez brisé gît à ses pieds. Les portes de l'enfer s'ouvrent toutes grandes devant Michel. Il ne sait pas comment il n'est pas mort ce jour-là.

— Qu'est-ce que tu as fait ? hurle Joanno, les bras levés.

— Je ne comprends pas, je l'ai à peine touchée, la tablette, elle est tombée, comme ça !

— Comme ça, comme ça ! Elle n'est sûrement pas tombée toute seule. Pourquoi t'es-tu appuyé dessus ?

— Je ne me suis pas appuyé. Je l'ai à peine touchée, Joanno, je te jure !

La Sainte Vierge décapitée, le nez cassé ! Michel suffoque. Les larmes brûlent ses yeux sacrilèges.

La sœur Josépha accourt, alertée par le bruit. Son regard passe des deux garçons à la sainte mutilée, abattue au sol. S'approchant de Michel, elle appuie sur son bras une main consolante.

— C'est pas grave, dit-elle. Allons, Michel, ne fais pas cette tête! Ce n'est que du plâtre, mon fils. Ce n'est pas la première fois que l'on abîme une statue. On va la renvoyer à l'atelier. Tu verras, ils réparent ça très bien, il n'y paraîtra plus!

Ces paroles de réconfort ne l'atteignent pas. Abîmée, le mot est faible. Elle est fracassée, oui, et par sa faute. Il a cassé la Sainte Vierge. Le voilà maudit. Nullement attendri par sa détresse, Joanno se plante face à lui, le regard plein de colère.

— Ce n'est pas possible, Michel, dit-il, d'une voix rauque, un peu étranglée. Ecoute bien ce que je te dis. En ce moment, tu ne fais vraiment que des conneries.

Il jette à grand bruit le matériel dans la caisse et se redresse, jambes écartées, bras croisés.

— Des conneries! De grosses, grosses conneries!

Empoignant la caisse à outils, Joanno tourne le dos et s'éloigne à grandes enjambées. La grande porte du couvent claque bruyamment derrière lui. Michel, désespéré, comprend que c'est la première fois de sa vie que Joanno s'énerve après lui.

Tessa est à la maison, occupée à préparer un repas. Son sourire se fige à la vue de Michel.

— Qu'est-ce qui s'est passé? demande-t-elle, effrayée. Mon Dieu, que tu es pâle.

— J'ai cassé la Sainte Vierge.

Les yeux de Tessa s'arrondissent.

— Comment ça, tu as cassé la Sainte Vierge ?

— La statue, au couvent. La planche n'était pas bien fixée. Je l'ai à peine touchée, elle est tombée.

— C'est une statue qui est cassée, tu m'as fait peur. Qu'est-ce qu'elle a dit, la sœur ?

— Elle a dit que ce n'était rien, qu'on la renverrait à la fabrique, qu'ils l'arrangeraient.

— Bon, tu vois. Ne te mets pas dans un état pareil. On dirait que tu as vu la mort. Joanno n'était pas avec toi ?

— Si, mais il est parti. Il était furieux après moi. Il a dit que c'était ma faute. Il a dit que je ne faisais que des conneries.

Tessa sourit.

— Il a peur de te perdre.

— Me perdre ?

— Oui, tu vas nous quitter. Joanno le sait.

— Je ne vous quitterai jamais.

— Si, tu le feras. Peut-être pas tout de suite, non. Mais tu le feras. Et tu auras raison. A ta place, j'en ferais tout autant.

Michel est si touché qu'il ne peut répondre.

— Chez nous, on ne sait pas exprimer nos sentiments. Pendant ces années, tu as été notre petit frère. Papa te considère comme son fils. Au début, Maman voulait t'adopter. Je ne sais pas pourquoi ça ne s'est pas fait. Je crois que Madame Muller s'y opposait.

— Tu crois qu'elle était contente de m'avoir ?

— Souviens-toi comment elle était, la pauvre, toujours à trimer pour joindre les deux bouts. Elle n'avait pas le temps de s'arrêter pour nous regarder. Une fois, tu étais tout petit, bien avant la guerre, bien avant le départ de Joanno, ta mère est venue à la maison.

Michel ouvre la bouche pour parler, mais Tessa y pose sa main.

— J'avais dix ou onze ans. Quand elle est entrée dans la maison, je l'ai trouvée si jolie, jolie comme cette poupée que j'admirais tellement dans la vitrine de monsieur Covès. Elle avait les mêmes cheveux blonds et soyeux. Maman savait combien je désirais cette poupée, elle disait qu'à la prochaine bonne saison de pêche, elle me l'achèterait. Papa n'a pas dû faire beaucoup de bonnes pêches, pauvre Papa. La poupée est restée des mois dans la vitrine. Un jour, elle n'a plus été là. Quelqu'un avait dû l'acheter.

Tessa hisse son fils sur ses genoux et referme ses bras autour de lui.

— Tu avais à peu près l'âge de Vincent, trois ou quatre ans. Elle te regardait. J'ignorais qui elle était. A sa façon de parler, on voyait qu'elle venait de France. Pendant la guerre, elle est venue s'installer dans la région. Je crois qu'elle aurait aimé te voir plus souvent, mais Maman n'était pas d'accord.

— Pourquoi ?

— Difficile de comprendre ce qui s'est passé entre elles. Maman ne me faisait pas de confidences. Tu veux une tasse de café ?

— Oui, merci.

Elle pose devant Michel le breuvage brûlant.

— Allons, ne fais pas cette tête. Tout ira bien.

Tessa boit son café à petites gorgées.

— Tu te souviens des années de guerre ? Tu te souviens de Bob ?

— Bien sûr que je me souviens de Bob.

— S'il m'avait écrit, s'il était revenu, je serais partie, je l'aurais suivi n'importe où, jusqu'en Amérique.

— Je sais.

— Comment le sais-tu ?

— J'étais caché dans les fourrés. Je vous ai vus, cette nuit-là, dans le Santon.

Tessa renverse la tête en arrière et rit bien haut.

— Bien sûr, tu ne dormais pas. Je me suis pourtant doutée que tu ne dormais pas, quand je me suis levée de mon lit. Mon Dieu si Maman avait su ! Tu n'as rien dit à personne.

— J'aimais bien Bob moi aussi. Il jouait au ping-pong avec moi. Chaque fois, il me laissait gagner.

— Bob ne m'a jamais écrit, dit Tessa, songeuse. Pourtant, il m'avait dit qu'il le ferait, qu'il reviendrait me voir quand la guerre serait finie. J'avais tellement envie de partir, de m'en aller vivre ailleurs, je rêvais d'une vie plus facile. Il semblait si sincère, je n'ai jamais pu croire qu'il m'avait menti. Je me suis parfois demandé si Moman n'était pas pour quelque chose dans ce silence. Elle aurait été capable de lui interdire de m'écrire ou d'intercepter une lettre… Quelque chose comme ça. Elle avait tellement peur que je n'épouse pas Nico. Bah! C'est la vie. Je n'ai pas à me plaindre de la mienne. Nicolas est un très bon mari, on s'entend bien. On a Vincent, et bientôt…

Elle tire sa robe à deux mains sur son ventre proéminent. La naissance de son deuxième enfant est proche.

— Si j'ai une fille, je lui donnerai le prénom de Maman.

— C'est une bonne idée, approuve Michel. Je serai le parrain.

— Mon amour pour Bob était impossible, le monde était trop vaste entre nous, poursuit Tessa. Je le sais bien. J'aimerais juste comprendre pourquoi je n'ai plus jamais eu de nouvelles de lui. J'ai l'impression qu'il s'est passé quelque chose. Si j'étais sûre qu'il ne m'a pas menti, je pourrais penser à lui avec sérénité, sans regrets.

— Je comprends.

— Revenons à toi. Michel, madame Muller a beaucoup à t'apporter, tu le sais bien. Tu auras des cours, du matériel, tout ce qu'il te faut pour avancer. Tu as tout en toi pour y arriver, conclut Tessa. Nous continuerons à nous voir, tu viendras à la maison quand tu voudras. Ne t'inquiète pas pour Joanno. Il s'y fera.

LE PORT DE MERS EL-KÉBIR est devenu méconnaissable. Du côté des montagnes, les travaux de la base navale progressent à marche forcée sur le chantier qui devient pharaonique. Les entrailles des djebels Murdjadjo et Santon sont des fourmilières mécanisées où, jour et nuit, sans trêve ni repos, été comme hiver, des milliers d'hommes travaillent, creusent, aplanissent, affouillent le sol. Les pentes des collines, creusées d'immenses chantiers à ciel ouvert, sur les anciennes carrières espagnoles, résonnent du fracas des concasseuses. Des funiculaires, des « descenderies » dévalent les pentes pour amener le matériau de remblai sur le littoral. Une noria de camions jaillit des montagnes, déverse les blocs et rocailles sur toutes les plages de la baie. La nuit, des dizaines de poteaux électriques illuminent les falaises du Murdjadjo, ses vallées profondes, éclairant le labeur des hommes dans la termitière.

Dans les entrailles du djebel Santon, la zone « opérationnelle » abritera les infrastructures à caractère militaire : postes de commandement, ateliers militaires, parc à hydrocarbures, stations de pompage, magasins à munitions ainsi que des casernements permettant d'héberger des milliers de marins, et même un appartement pour le président de la République. La base disposera d'un hôpital dont l'antenne chirurgicale est étudiée en fonction des effets atomiques.

A l'est, la zone « industrielle » est équipée de quelques installations de surface, notamment un port de travaux, et des docks flottants pour la réparation des navires. Mais les ouvrages sont essentiellement souterrains. Les flancs du djebel Murdjadjo abriteront un arsenal complet, une usine de fabrication de torpilles, une centrale électrique permettant d'assurer la totale autonomie de la base en cas d'attaque nucléaire, une usine de fabrication d'oxygène, des magasins à matériel. Trois mille personnes y travaillent jour et nuit. Quand la base sera terminée, ses trente-deux entrées seront closes par des portes anti-souffle, indispensables pour assurer une protection antiatomique. La cité fortifiée de Mers el-Kébir permettra peut-être de sauver l'humanité.

— VIENS ! dit Michel, en s'emparant de la main de Violette. Je t'emmène faire un tour sur le port. J'ai emprunté les clés du camion.

— Tu sais conduire un camion ?

— Bien sûr ! Je fais le trajet plusieurs fois par jour depuis des mois. Juste un tour, on va au bout de la jetée, et on revient.

— Si tu veux, mais pas trop longtemps, car je dois rentrer.

Les jeunes gens s'introduisent dans un énorme camion-benne, garé devant les containers. Michel aide Violette à se hisser sur le siège passager et s'installe au volant. Le moteur éructe et ronfle. Le jeune homme enclenche la vitesse, manœuvre à deux bras l'énorme volant de l'engin qui se met en branle, pivote et s'engage lourdement sur la jetée nord du port de Mers el-Kébir.

Les murailles ocre du vieux fort flambent sous les feux du couchant. Michel conduit, tout fier, le coude appuyé à la portière. Il sourit à son amie. Le long ruban de béton se déroule devant eux. Après quelques minutes, le camion s'immobilise au rond-point de jonction avec le brise-lames. Michel coupe le contact, se tourne vers Violette. Il entoure ses épaules de son bras, l'embrasse. Puis il s'écarte, recule contre la portière, plisse les yeux.

— Quel joli tableau ! Ton profil en contre-jour, la mer en arrière-plan… J'en étais sûr. J'ai apporté mon bloc et mes fusains pour te dessiner.

Violette sourit.

— J'aime tes yeux. Ils sont très grands. Ce brun, avec des reflets verts, ça me fait penser à un lac de montagne.

— Parce que tu as déjà vu un lac de montagne, s'esclaffe la jeune femme.

— Il n'y en a pas par ici, admet-il en riant aussi. J'ai l'impression qu'ils doivent être comme ça. Ne bouge plus, s'il te plaît.

Michel scrute les traits de son amie tandis que sa main griffonne le papier. Au bout d'un moment, il détache la feuille du bloc et lui tend le crayonné.

— C'est joli, admet-elle, la tête inclinée. Je ne me reconnais pas vraiment. C'est comme ça que tu me vois ?

— C'est comme ça que je te vois, affirme Michel. Comme ça, exactement, ton nez, ta bouche, ton cou…

Ses doigts légers parcourent le visage de Violette, effleurent ses épaules.

— Je peux regarder tes autres dessins ?

La jeune femme feuillette lentement le carnet.

— Qui t'a appris à faire tout ça ?

— On ne m'a pas appris. Je dessine, c'est tout.

— Alors, c'est quoi ton secret ?

— Le secret, c'est de bien observer ce que tu veux représenter, analyser les formes, les couleurs, repérer le sens de la lumière...

— Tu me le donnes, mon portrait ?

Il hoche la tête. Violette fourre la feuille dans son sac. Michel attire son amie contre lui, sa bouche erre dans son cou, au creux de son épaule. Elle se dégage de son étreinte avec un soupir.

— Non. Nous n'avons pas le temps. Ramène-moi au bus. Je dois rentrer.

Le camion reprend lentement le chemin du retour.

Le soleil vient de s'effacer sur la ligne d'horizon. Le ciel absorbe peu à peu toute la noirceur de la mer. Les eaux du port clapotent tranquillement contre les rochers, mais à l'extérieur de la digue, la brise d'ouest, qui s'est renforcée, soulève la Méditerranée. Des masses sombres prennent leur élan et assaillent la jetée en grondant. Les gros blocs d'enrochement de l'ouvrage brisent l'attaque des flots qui battent en retraite et se dispersent en sifflant.

La longue enfilade de réverbères s'allume, éclairant brillamment le port et la longue jetée. Michel manœuvre pour garer le camion près du hangar.

— Attention ! s'écrie Violette. Le poteau !

Trop tard ! Le camion vient de heurter rudement un poteau électrique. Sous le choc, les câbles se balancent, s'entrechoquent. Un violent arc électrique éblouit les deux jeunes gens, illuminant le port comme en plein jour. Tous les réverbères s'éteignent en même temps. La jetée se retrouve plongée dans une obscurité totale.

— Flûte, un court-circuit. Vite, on file. Si le contremaître m'attrape ça va être ma fête.

Les deux jeunes gens bondissent en riant hors du camion et s'élancent en courant à perdre haleine sur la route du village. Sur le parking des bus, Michel referme ses bras autour de Violette.

— Michel, je crois que tu perds ton temps à conduire des camions. Tu n'es pas doué pour ça.

— C'est vrai, sourit-il. C'est aussi ce que dit l'ingénieur en chef qui aimerait bien me voir faire autre chose. Mais il faut bien que je gagne ma vie.

Violette brandit son dessin au-dessus de sa tête.

— Ta vie est là. Nulle part ailleurs.

Michel baisse la tête. Louise Muller l'a inscrit à l'école des Beaux-Arts. S'il le souhaite, les cours commenceront à la rentrée prochaine. A cette nouvelle, une joie violente l'a envahi. Le chemin dont il a rêvé s'ouvre à lui, toute une vie pour dessiner. Il doit se décider.

— Pour le moment, je ne suis avec eux que le week-end, mais sa condition pour les Beaux-Arts est que je m'installe définitivement chez elle. Elle dit que je ne pourrai jamais fournir un travail sérieux si je perds tout mon temps en trajets.

— Elle n'a pas tort.

— J'ai du mal à me sentir chez moi, là-bas.

— Tu t'habitueras.

— Je n'ai pas le cœur de quitter la maison, de m'éloigner de Papa, de Joanno et de Tessa.

— Tu ne t'éloignes pas si loin que ça. Quelques kilomètres.

— Je devrai te quitter aussi, Violette, car je ne sais pas si...

— Un jour ou l'autre, cela doit arriver. Notre histoire n'est pas faite pour durer.

— Pourquoi dis-tu ça, proteste Michel, peiné. Nous sommes ensemble depuis deux ans. Renoncer à toi, à Papa, à ma famille, c'est trop difficile.

Il resserre la pression de ses bras autour d'elle, mais elle se dégage avec brusquerie, pivote et grimpe sur la première marche de l'autocar.

— Tu dis des bêtises, Michel, fait-elle, assez durement. Qu'est-ce que tu crois ? Penses-tu qu'une telle chance se reproduira une autre fois ? Rien n'est donné dans la vie. Ce sera ton prix à payer.

Août 1951

LE PETIT VINCENT SORANO, quatre ans, joue aux pieds de son grand-père avec ses pignols. Assis près de lui, Michel lui montre comment les disposer en tas, quatre noyaux formant une base carrée, un cinquième posé au sommet. Il projette un sixième noyau sur le petit édifice pour le faire tomber. C'était un des jeux favoris de son enfance : Samir, Norbert et lui passaient des heures à jouer avec leurs noyaux d'abricots. Michel, qui n'a pas perdu la main, parvient à tous les coups à faire chuter le monticule, provoquant l'hilarité du petit garçon.

Un homme de haute taille vient de tourner au coin de la rue, remonte les marches vers eux à grands pas, poings enfoncés dans les poches. Michel le reconnaît à la couleur de ses cheveux. Dans le village, personne n'a les cheveux si blonds et brillants, même Norbert, dont la chevelure a viré au châtain avec les années. L'homme s'immobilise à quelques mètres. Ses yeux incroyablement bleus sourient.

— Michel ?

Abandonnant les noyaux aux mains de Vincent, le jeune homme se dresse sur ses jambes. Bouleversé, il fait un pas en avant.

— Bob !

Les deux hommes s'étreignent en riant.

— Tu me reconnais, ça alors, ça me fait vraiment plaisir ! Mais tu es un homme maintenant. Tu es aussi grand que moi, je n'en reviens pas. Bonjour, bonjour Joseph, je suis si content de vous revoir !

Tout pâle, Papa se lève, tend à Bob sa main décharnée. Puis il retombe sur sa chaise, comme frappé par la foudre. Le petit Vincent interrompt son jeu, fixe l'étranger de ses yeux gris, ronds comme des billes d'agate.

— Mais Bob, qu'est-ce que tu fais ici ? s'exclame Michel.

— Je suis toujours médecin dans l'armée. Je visite l'hôpital en construction, dans la base. Je ne pouvais pas passer ici sans rendre visite à mes amis.

Bob à Kébir. Dire qu'il parlait de lui avec Tessa, il y a seulement quelques semaines. Michel se rappelle tout à coup que depuis quelque temps, on entend à nouveau parler américain à Mers el-Kébir. De grands autocars amènent régulièrement sur le port des messieurs à l'air important, militaires en grand uniforme, venus visiter les installations de la base en construction. Quand Tessa saura ça, comme elle va être contente ! Pétrifié, Papa semble incapable de proférer un son.

Le regard bleu clair de Bob scrute un instant les profondeurs de la maison par la porte entrouverte, puis s'abaisse vers l'enfant accroupi. Il se laisse tomber souplement sur les talons. Son sourire s'élargit.

— J'ai déjà vu ces yeux quelque part, dit-il. Toi, qui es-tu ?

— Vincent, répond le fils de Tessa.

— Dis donc, en voilà un beau nom ! Quel âge as-tu, Vincent ?

— J'ai quatre ans.

— A quoi tu joues, là ?

— C'est des pignols, répond l'enfant.

— Je ne connais pas ce jeu. Montre-moi comment on fait.

Les petites mains de Vincent s'activent pour reformer la pyramide de noyaux d'abricot, mais il manque son coup.

— Je vois, tiens, laisse-moi essayer, demande l'Américain.

Bob, assis par terre, jouant comme un ami de la famille avec le fils de Tessa ! Il échoue lui aussi, plusieurs fois, à faire tomber le monticule, et Vincent, ravi, pousse des cris de joie.

— J'ai si souvent pensé à vous, dit soudain Bob en relevant la tête. Je vous ai écrit deux fois quand j'étais en France. Je n'ai jamais su si vous aviez reçu mes lettres car je n'ai pas eu de réponse.

— On n'a pas reçu de lettre, murmure Michel, essayant de chasser de sa pensée le souvenir de Tessa, triste et renfrognée, guettant tous les matins le passage du facteur. Papa, est-ce qu'on a reçu des lettres ?

Papa, absorbé par la contemplation du bout de ses chaussures, dodeline doucement de la tête.

— Mes lettres se sont perdues. Toutes les deux. Pas de chance ! Pendant la guerre, tout était bouleversé, peut-être que la poste ne marchait pas bien ? Après je suis rentré chez moi, là-bas, j'ai repris ma vie. J'ai fini mes études et je me suis marié. Moi aussi, j'ai un petit garçon, ajoute Bob en ébouriffant les boucles noires de Vincent. Il apprend à marcher. Il est aussi blond que tu es brun.

Le silence retombe.

— Est-ce que Marthe est là ? Puis-je la saluer ? demande l'Américain à brûle-pourpoint.

— Moman est morte, il y aura bientôt deux ans, répond Michel.

Bob hoche la tête, subitement assombri.

— Et… Tessa ?

La voix flûtée de Vincent s'élève.

— Maman est allée faire des courses. C'est Pépé qui me garde.

— Je peux peut-être attendre son retour.

Papa redresse la tête, l'air égaré. Sa santé décline rapidement. Il ne quitte pratiquement plus sa chaise de paille et reste assis des heures devant la maison, le regard dans le vague, les coudes appuyés aux cuisses, les mains tombantes.

— Ma fille est allée acheter des choses pour son bébé, dit-il d'une voix étranglée. Ce serait mieux… Je préfèrerais qu'elle ne vous voie pas.

Bob a un sourire songeur.

— Je comprends, dit-il. Okay, je m'en vais. Dites-lui quand même, dites-lui…

Il hésite.

— Non, rien. Ne lui dites rien. Au revoir !

Après une forte accolade à Michel, il touche l'épaule de Papa, effleure la tête de Vincent. Puis il s'éloigne à grandes enjambées dans la ruelle chutant vers le port. Michel s'élance, le rejoint en trois bonds.

— Bob ! Attends !

Les yeux bleu clair de Bob ne sourient plus.

— Bob, compte sur moi. Je lui dirai, moi, à Tessa, quand elle reviendra. Je lui dirai que tu es venu.

Chère Louise,

Tandis que je flânais, hier soir, sur les boulevards, je suis tombé nez à nez avec ta tante Eugénie. Elle est venue à moi toute joyeuse, ce qui m'a fort surpris. A l'époque, ta famille, qui me prenait pour un traîne-savate, ne débordait pas d'estime pour moi.

Ta disparition il y a neuf ans ne m'a pas étonné. Je comprenais ton désarroi et ta rancune. Ta tante m'a appris que tu effectuais depuis des années de fréquents déplacements en Afrique du Nord. Elle n'a pas su me préciser où, ni pourquoi. Ta famille ne sait pas exactement ce que tu fais et ce qui t'attire dans les colonies. Il semble que tu y travailles. Je ne te savais pas l'âme défricheuse de terres vierges.

Je pense beaucoup à toi et plus je retourne tout cela dans ma tête, plus il me semble que je comprends.

Louise, nous devrions nous parler. La prochaine fois que tu passes à Paris, viens me voir. Tu sais où me trouver.

Félix
Paris, le 2 juin 1939

— Félix ? s'étonne Michel.

Louise tend à Michel un second feuillet.

— Continue à lire, dit-elle.

Ma chère Louise,

Ta tante Muller m'assure que ma lettre du mois dernier t'a été remise en mains propres lors de ton passage à Paris. N'ayant reçu de ta part ni visite ni réponse écrite, je déduis que tu ne souhaites plus me parler. Ta tante refuse de me communiquer ton adresse, mais elle a accepté de se charger de cette deuxième missive et du paquet qui l'accompagne, ce dont je lui suis très reconnaissant.

Ton silence me parle autant que de longs discours. Les jours qui passent renforcent ma conviction. Tu as été obligée de partir parce que tu voulais que l'enfant vive.

De passage dans ma famille, à Genève, j'ai visité une fabrique de crayons. J'ai trouvé cette boîte si belle que je l'ai achetée. Toutes ces couleurs ! Lorsque j'étais enfant, j'aurais été heureux que l'on m'en fasse cadeau.

Félix
Paris, le 3 septembre 1939

P.S. J'abandonne mon ciseau, mes burins et mes massettes pour embarquer comme officier marinier. J'attends mon affectation d'un jour à l'autre. Cette perspective me déprime.

— Les crayons de couleur ! murmure Michel, bouleversé.

— Cette boîte t'était destinée. J'ai hésité, puis je l'ai remise à Marthe pour ton Noël. C'était au moins une chose que tu recevais de lui. Voici encore cette lettre. Je l'ai reçue trois ans et demi plus tard.

Louise,

Ta tante Muller a été fort étonnée de se retrouver face à moi, après tout ce temps. Elle m'a appris ton installation définitive en Algérie et m'a assuré que tu y vivais très heureuse depuis ton mariage avec un monsieur charmant et très distingué (selon ses propres termes !).

Figure-toi que j'ai voyagé par là-bas, moi aussi. J'y ai même reçu le baptême du feu à bord du Dunkerque, près d'Oran, en juillet 40. J'ai pu sauter à la mer et des pêcheurs m'ont hissé plus mort que vif à bord de leur barque. J'ai eu beaucoup de chance, Louise. Une longue cicatrice sur le front, mais aucune séquelle grave.

A la suite du bombardement, nous avons attendu plusieurs semaines sur place que les avaries du bateau soient réparées. Nous dormions dans la petite école du village. La vie était douce dans ce grand port écrasé par l'azur, aux journées rythmées par le va-et-vient des barques de pêche quittant le port à la fin de l'après-midi et revenant à l'aube. Je faisais de longues promenades. Je suivais les enfants du village qui couraient nu-pieds en traînant leurs cerfs-volants aux franges colorées. J'ai goûté ces moments de paix et d'intense lumière.

Puis nous avons repris la mer et quelque temps après, le Dunkerque s'est sabordé avec le reste de la flotte en rade de Toulon. Les guerres ne sont que d'intolérables gâchis. Ma guerre à moi est finie. Chère Louise, me revoici à Paris. Une Paris occupée, triste, qui ne ressemble plus guère à la ville où nous nous sommes connus et aimés il y a treize ans. J'ai retrouvé mon atelier, mes outils et me suis remis au travail.

Le besoin de savoir me tourmente.
Bien à toi,
Félix
Paris, le 25 Janvier 1943

— Il m'a écrit encore deux trois fois, mais je n'ai gardé que ces lettres-là, dit-elle.

Michel revient péniblement de sa stupéfaction.

— Pourquoi ?

Un sourire amer flotte sur les lèvres de Louise.

— Il n'a pas voulu de nous. J'ai vécu des moments de grande solitude. Si je lui avais parlé de toi, il se serait probablement manifesté. Avais-je le choix ? J'étais mariée, et heureuse.

— Il vit toujours à Paris ?

— Je ne sais pas. Je le suppose. Ou alors à Genève, auprès de sa famille.

Louise soupire.

— Michel, écoute-moi. Tu es l'enfant de deux artistes. Le don s'est exprimé en toi dès le début de ta vie, alors même que nous vivions séparés. Tu sais maintenant qui tu es, d'où tu viens. Cela t'aidera sans doute à décider où tu dois aller.

— Le pêcheur sculpté dans la branche d'olivier, murmure Michel, étourdi.

Elle le fixe intensément.

— Le marin, dit Michel. Le marin du *Dunkerque*.

— MICHEL, TU ES PRÊT ?

— Oui.

Penchés en avant sur leurs bicyclettes, les trois jeunes gens se défient du regard.

— Samir ?

— Prêt.

— Le dernier arrivé au Bar des Sports paye sa tournée. A trois ! Un, deux, et…

Ils s'élancent en même temps dans la descente du cimetière. Samir, juché sur son vélo neuf, brillant de tous ses chromes, cadeau de son père lors son admission à la Faculté de Médecine d'Oran, prend rapidement la tête de la course. Dans son sillage, la vieille machine de Michel, achetée trois sous à un ami du chantier, soutient mal la comparaison. Norbert ferme la marche sur sa bicyclette très bien entretenue par son père.

Les trois concurrents, l'un derrière l'autre, dévalent la pente au mépris de toute prudence, zigzagant parmi les camions qui acheminent inlassablement cailloux et rocailles vers le chantier du port.

Dans la dernière courbe avant le village, un camion vient de s'arrêter, gênant le passage des vélos. Samir le double. A l'instant où Michel se déporte sur la gauche pour le dépasser à son tour, un camion-benne apparaît face à lui dans la montée. Michel n'a que le temps de se rabattre à droite, écrasant la poignée de freins. Un claquement sec se fait entendre. Le câble du frein avant vient de se casser. Rien ne pourra arrêter la bicyclette lancée à une vitesse folle.

Il n'y a qu'une solution pour ne pas percuter le camion ou s'écraser contre la falaise. D'un brusque coup de guidon à droite, Michel se jette en contrebas de la route. La roue avant heurte un gros rocher. Ejecté du vélo, le jeune homme voltige à trois mètres. A moitié assommé, il se redresse péniblement et tente d'évaluer les dégâts. Il porte une main à sa tête douloureuse. Une bosse. Son genou saigne. Comble de malheur, son pantalon est déchiré.

Norbert, qui roule derrière Michel, crie pour avertir Samir que la course était finie. Debout en danseuse sur leurs bicyclettes, les deux amis remontent la pente vers lui.

— Ça va ? fait Samir. Tu arrives à te relever ?

Michel, sous le choc, secoue la tête.

— Que s'est-il passé ? Tu t'es balancé dans le fossé !

— Mon frein avant a lâché.

Samir hoche la tête, désolé.

— Eh bien, ça va être à toi de payer la tournée, plaisante Norbert, en lissant du plat de la main ses cheveux passés à la brillantine.

— Compte là-dessus, grommelle Michel, rageur.

— Bah, je plaisante. Ton vélo est dans un sale état.

Une profonde contrariété envahit Michel.

— Tu t'en tires bien, ajoute Norbert. J'étais juste derrière toi, j'ai tout vu. Tu as fait un de ces vols planés !

— Tu aurais pu te tuer, dit Samir. Tu es en état de marcher ? Viens, je te raccompagne.

— Je m'occuperai de ton vélo, propose Norbert en inspectant la carcasse. Je vais le pousser jusqu'à mon garage, tout près d'ici. Je regarderai si je peux faire quelque chose. Mais j'en doute. Il est salement amoché. La roue voilée, la fourche tordue…

Michel refoule des larmes amères. Son vieux vélo, qu'il a mis tant de temps à s'offrir, est hors d'usage. Norbert le bricolera de son mieux, mais l'engin, déjà vétuste, ne se remettra pas de cette chute. Son beau pantalon, choisi samedi dernier avec l'aide de Tessa aux Galeries de France, est déchiré. Sa sœur le reprisera, peut-être pourra-t-il encore le mettre, mais ce ne sera plus un pantalon neuf.

Ses copains le regardent comme ils le font depuis leur enfance : Samir, l'air compatissant, Norbert, la moue goguenarde et vaguement moqueuse. Ils ont partagé les mêmes jeux, mais leurs vies suivent des voies différentes. Pour eux, le lycée, les vélos, des habits neufs. Pour Michel, un labeur ingrat sur le chantier de la base navale, des poches toujours vides. Aussi loin que remontent ses souvenirs, le père Viguier a réparé ses engins à roulettes. Désormais, Norbert, prenant la relève paternelle à la tête du garage, bricolera ses vélos.

L'affection et la compréhension de Samir ne lui ont jamais fait défaut. Lorsqu'il sera médecin, lui prodiguer des attentions sera non seulement sa deuxième nature, mais aussi son métier. Leur avenir à tous deux semble tracé.

Quant à Michel, il conduira des camions. Il escaladera les échafaudages, au risque de se rompre le cou, et il tirera des câbles. Il placera des charges de dynamite jusqu'à ce que, comme c'est arrivé au fils Ruiz, une explosion lui brûle un jour les yeux. Une révolte sourde se lève en Michel. Où trouvera-t-il sa place s'il ne saisit pas la perche que lui tend Louise Muller ?

MICHEL marche sur la route de la corniche. Il contemple le crépuscule, fasciné par le spectacle qu'offre l'horizon, à cette heure aimée entre toutes où les derniers rayons du soleil s'émiettent sur la mer en flammes. Au bout de la presqu'île, il pose à terre son sac, un gros sac de l'armée donné par Joanno. Quelques pantalons et chemises, ses cahiers, ses crayons et carnets. Toute sa vie, et dire que ça représente si peu de chose.

La flottille de pêche double la passe d'entrée du plan d'eau. Les lamparos mettent cap plein ouest et gagnent la haute mer. Michel reconnaît de loin les trois bateaux de Nicolas. Bientôt, ils allumeront leurs lampes ; ils feront route ensemble vers les îles Habibas, comme une petite procession de lucioles sur la mer d'encre. Malgré les transformations du port, la vie des pêcheurs n'a pas changé. Mois après mois, la grande rade a perdu sa beauté naturelle, son aspect pittoresque, ses roches ocre et rougeâtre piquetées de verdure. Ni les feux du couchant, ni l'intense lumière du midi n'égaient plus l'énorme chantier de la Marine. L'ancien tracé de la côte se devine à la limite de l'avancée des vastes terre-pleins. Les lignes droites, brisées, des môles et des kilomètres de quais en construction ont profondément modifié le profil de la rade. Le cœur de Michel se serre. Bientôt, les criques et les plages de son enfance n'existeront plus que dans son souvenir et celui des autres enfants du Grand Port.

Michel va s'installer chez sa mère et son beau-père. Le destin s'est mis en marche et à vingt ans, il s'en va sur son chemin. Il laisse derrière lui Violette Candela, la première femme de sa vie, son amour perdu. Cette page vient de se tourner. Il n'oubliera jamais Violette, son profil pointu, ses peignes et ses corsages à fleurs. Les derniers temps, la jeune femme tenait ses distances et le battait froid. Un soir, il l'a attendue à leur rendez-vous habituel. Longtemps. Il ne pouvait s'empêcher d'espérer, mais au fond de lui, il savait qu'elle ne viendrait pas.

Avancer, surtout ne pas se retourner.

Hier soir, il a retrouvé Samir et Norbert au bar des Sports pour commenter les résultats de l'équipe de football de la Marsa.

— Au fait, a dit Michel. Je pars.

— Comment ça, tu pars, s'est étonné Norbert.

— Je quitte le village.

— Quand ?

— Demain.

— Pour toujours ? a fait Samir, soudain inquiet.

— Je ne sais pas. Peut-être.

— Où vas-tu ?

— A Oran.

Norbert a considéré Michel avec attention, les yeux plissés, à travers les volutes de sa fumée de cigarette.

— Tu vas chez elle ?

— Oui.

— Mais c'est juste à côté, tu m'as fait peur, a soupiré Samir. Tu as dit ça sur un tel ton que j'ai cru que tu partais traverser la Terre.

Michel savait que ces quelques kilomètres se transformeraient peu à peu en un fossé infranchissable. Lorsque ses cours auraient commencé et qu'il serait bien installé dans sa nouvelle vie, il s'éloignerait irrémédiablement du grand port de sa jeunesse.

— Vous viendrez chez moi.

— Bien sûr ! On sortira ensemble en ville.

Michel sait, et ses amis de toujours le savent aussi, que ces mots-là s'envoleront. Norbert et Samir ne viendront pas chez Louise Muller. Les heures de l'enfance sont loin ; l'âge de l'insouciance a pris fin.

Il a été autrement plus difficile de dire au revoir à Papa et Joanno. Son frère, silencieux, l'a fortement étreint. Il aimerait s'engager dans la Marine marchande. Seule la crainte de laisser Papa le retient. Tessa assure que dans ce cas, son père viendra chez elle. La vieille Félicie, décédée l'année précédente, a laissé vacante sa petite chambre et Tessa se propose de l'arranger pour y installer Papa. C'en sera fini de la petite maison des d'Ambrosio.

De grosses larmes ont roulé sur les joues du vieil homme. Son Papa qui ne se fâchait jamais, qui lui racontait son enfance, lui parlait de son métier, évoquait les choses de la vie... Ce Papa aux joues salées, desséchées par les embruns, aux yeux brûlés par le soleil, c'est la deuxième fois de sa vie que Michel, bouleversé, le voit pleurer. La première, il ne l'a jamais oubliée. C'était la nuit de l'attaque des bateaux. Le pêcheur était rentré à la maison au milieu de la nuit, désespéré, après avoir aidé les sauveteurs à repêcher les marins naufragés.

Cette nuit-là, Papa avait sauvé ce marin-là.

— Est-ce que c'est sûr qu'on s'occupera bien de toi, là où tu vas ? a demandé Papa.

— Bien sûr papa, et puis tu sais, je suis assez grand maintenant pour m'occuper de moi tout seul.

Il l'a rassuré de son mieux, au prix d'un mensonge peut-être, pour voir cesser le tremblement des mains du vieux pêcheur. Il a fallu jurer que vingt ans était le bon âge pour partir, qu'il n'avait pas peur. Il a fallu promettre qu'il reviendrait très souvent rendre visite à Papa et Joanno, à Tessa, Nicolas, à Vincent et sa petite sœur Martine, sa filleule, sa famille de Mers el-Kébir.

Sur le pas de la porte, un grand désir l'a saisi de revenir se jeter dans les bras du vieil homme, de lui jurer que même s'il décidait un jour, plus tard, de se mettre en marche vers cet autre homme, Papa était et resterait son papa pour l'éternité. Mais il n'a pas osé.

La Corvette ralentit devant lui. Louise est là, une écharpe de soie nouée autour de sa gorge. Michel empoigne son sac, le jette sur le siège arrière. Louise lui cède la place du conducteur et se glisse à ses côtés. Michel démarre brusquement, fait demi-tour dans le virage. Le ruban de bitume sombre défile sous les roues de la voiture.

Le départ en France est prévu pour bientôt. Ce sera un périple de plusieurs semaines, ponctué de différentes étapes. Il est temps que le jeune homme découvre son pays. Dans un premier temps, Louise se rendra à Paris chez ses fournisseurs habituels. Leo et Michel l'accompagneront. Une visite à la famille est au programme. Cette perspective rend Louise un peu nerveuse, mais Leo se veut rassurant. Tout se passera au mieux. Il se tiendra près de sa femme au moment d'affronter le clan Muller stupéfait. Il sera fier de leur présenter Michel, le fils de sa femme et le sien. L'enfant élevé à Mers el-Kébir.

Août 1931, Alger

DRESSÉE SUR LES AVANT-BRAS, ruisselante de sueur, Louise dévisage l'infirmière qui vient d'entrer dans sa chambre.

— Tout va bien, madame ?

Dédaignant de répondre, elle mobilise sa force pour affronter les douleurs qui se succèdent maintenant à un rythme assez rapide. La sœur au visage rond, aimable, tout constellé de taches de rousseur, soulève la parturiente aux aisselles, l'installe sur les oreillers, promène un linge humide sur son visage et ses épaules dénudées. Elle remplit d'eau fraîche le verre posé sur la table de nuit.

— Je reviens vite, dit-elle. Et elle sort en tirant doucement la porte.

La jeune femme rabat ses mèches de cheveux trempées de sueur et tourne la tête vers la fenêtre. Les silhouettes des lauriers roses et des palmiers du jardin se profilent déjà sur le ciel rosâtre. Il va faire chaud et humide, comme tous les jours depuis qu'elle est arrivée en Afrique du Nord, trois mois auparavant. Tous les matins, elle ouvre ses persiennes sur ce ciel violemment outremer, dans cette ville éclaboussée de lumière, étouffée de chaleur. Il ne lui a pas été donné de voir un seul jour se lever sur une journée maussade, nuageuse ou même pluvieuse. Elle supporte mal ce pays aux couleurs violentes, aux contrastes accusés, aux montagnes pelées. Elle se sent mal à l'aise avec ces gens exubérants. Elle a hâte de retrouver les décors paisibles, feuillus, les clartés tamisées de sa Lorraine natale.

Trois mois plus tôt, son paquebot en provenance de Marseille est entré en rade d'Alger, après deux jours de mer houleuse. Pâle et défaite, après une nuit de lutte contre les nausées, Louise s'est pressée avec les autres passagers sur les ponts supérieurs. Elle serrait sur son corps un châle de lainage qui la protégeait de la brise fraîche et masquait mal une grossesse avancée. Elle ne voulait pas manquer la rencontre frontale avec Alger la Blanche, dont on parlait tant, depuis que l'an dernier, on avait célébré en grande pompe le centenaire de la présence française en Algérie, la grandeur de l'œuvre accomplie en terre africaine et le triomphe de l'Empire colonial.

Un épais brouillard dissimulait les rivages d'Afrique. Le levant perçait la brume qui s'effilochait, révélant la ville éclatante de blancheur, alanguie au milieu des collines, déferlant en cascade depuis la Casbah[34] jusqu'à la mer. Une foule bigarrée, colorée et hétéroclite se pressait de tous côtés. D'élégantes jeunes femmes, vêtues de robes multicolores à la dernière mode de Paris, se promenaient au bras de messieurs à l'air important, dans leurs complets sombres, venus à Alger pour affaires. Le vent gonflait les voiles blancs des Mauresques, entourées de grappes d'enfants, lentes, hésitantes comme des voiliers par temps plat. Des Arabes, têtes enturbannées, étaient revêtus de haïks bariolés. Un peu plus loin, sur le port, un colon venu du bled attendait d'embarquer à bord d'un moutonnier ses animaux parqués dans un enclos improvisé. Des tonneaux

34 Casbah : quartier ancien de la ville d'Alger.

de vin étaient hissés à bord d'un pinardier. Un groupe de chameliers, les hommes bleus du désert impressionnants avec leurs turbans teintés à l'indigo ne révélant que leurs prunelles étincelantes, négociait un chargement de sel avec des marchands marseillais.

Une voix forte se fait entendre dans le couloir. La porte de la chambre s'ouvre à la volée. La sage-femme entre, escortée de deux infirmières. Elle tire le drap, découvre le corps difforme et ruisselant de Louise et commence à l'examiner.

— J'en ai encore pour longtemps ? Je n'en peux plus, murmure Louise.

La sage-femme hoche la tête.

— Vous n'êtes pas prête. Il faut encore attendre.

Une vague de panique recouvre Louise. Pas prête ? Quand sera-t-elle prête ? Elle est clouée sur le lit depuis des heures, à bout de forces. La jeune femme va mourir, ici, dans cette chambre, dans cette ville où nul ne se soucie d'elle ; dans ce pays étranger, où, grâce à la complicité de sa sœur, elle est venue se cacher pour mettre au monde un enfant. Ses parents, ses amis la croient au repos dans un établissement des Pyrénées, se remettant d'une grave révolution de nerfs consécutive à son échec à l'examen des Beaux-Arts. Louise laisse échapper une plainte, la première, et se recroqueville en chien de fusil.

A peine débarquée du paquebot, elle s'est fait conduire dans les faubourgs de la ville. Elle s'est réfugiée dans le foyer de religieuses. Les jours, les semaines ont coulé avec lenteur, tandis qu'elle attendait sa délivrance. Elle a évité les contacts avec les autres pensionnaires pour ne pas être obligée de leur parler, de leur expliquer ce qu'elle faisait là, seule avec son ventre proéminent. Les raisons de sa présence devaient sembler évidentes à tous, car personne ne l'avait approchée ni questionnée. La jeune femme s'est promenée d'un pas dandiné dans le jardin planté de lauriers roses, de palmiers et de bougainvillées. Elle a lu, elle a dormi. Elle a découvert la ville d'Alger, bien différente de ce qu'elle avait imaginé. Mis à part la Casbah, trônant au faîte de la ville, unique quartier de l'antique cité miraculeusement préservé de la démolition, Alger était une ville européenne. Si seulement il ne faisait pas si chaud.

Tout avait si bien commencé pour elle. Une vie confortable, dans la famille de Michel Muller, industriel à Longwy. Une éducation soignée dans un pensionnat de jeunes filles. La musique, le dessin. Rien n'était trop beau pour les filles de Victorine Muller. Très tôt, la petite Louise a montré des dispositions pour le dessin. La famille a décidé de l'encourager dans sa voie. Après son baccalauréat, elle poursuivra ses études aux Beaux-Arts. La fille aînée des Muller a fait ses malles et s'en est allée vivre à Paris. Ses parents l'ont confiée à sa grand-tante Eugénie.

Soudain du monde, beaucoup de monde autour d'elle. Des infirmières envahissent la chambre. Une bête dévore Louise de l'intérieur. Au-delà de la pudeur, elle ne retient plus ses cris.

C'est vers la fin de la troisième année qu'elle a fait sa connaissance. C'était un de ses condisciples du cours d'histoire de l'art. Un élève doué, dont le travail de sculpteur rencontrait un certain succès. Il a montré pour elle un intérêt spécial, l'a encouragée dans son travail. La grand-tante Eugénie, à moitié sourde et toujours plongée dans des romans pour dames, ne prêtait guère attention à la jeune fille vivant sous son toit. Louise a accepté une invitation à dîner, puis deux. Le jeune homme lui plaisait beaucoup. Il était beau et chaud. Peu de temps après, elle a commencé à s'absenter du cours ; il l'a invitée à visiter son atelier. Tout s'est enchaîné rapidement. Des mains d'homme, des baisers d'homme. Quelques semaines de fièvre. Bientôt, la mauvaise nouvelle.

— Je te l'ai dit, Louise. Je suis un solitaire, un égoïste. Et surtout, je suis fauché comme les blés. Comment veux-tu que je me charge d'une famille ? Tu imagines la tête de ton père ? Il se fait une autre idée d'un gendre idéal.

Il a caressé du bout des doigts les joues défaites de la jeune fille et observé ses mains avec curiosité.

— Les créations de mes deux mains sont le but ultime de ma vie. On commence à parler de moi, j'expose un peu ici et là, mais pour le moment je n'ai pas un sou vaillant. Je ne peux être un mari et encore moins un père.

— Mais Félix, l'enfant est là.

— Bon, ne dramatisons pas. Des amis m'ont parlé d'un établissement où se règlent en toute discrétion, et en toute sécurité, ce genre de soucis. Il te faut de l'argent. Je vais me débrouiller pour en trouver.

— Je… je vais réfléchir, a balbutié Louise.

Enceinte, sans être mariée. Et cet homme, qui ne voulait pas d'elle. Elle savait qu'elle ne règlerait pas le problème de cette manière. L'enfant vivrait. Mais comment ? Prendre le risque de l'élever dans sa famille ? La jeune fille a imaginé le scandale explosant dans le ciel tranquille de la petite ville de Longwy. Sa mère inondant d'un flot de larmes ses délicats mouchoirs brodés. Son père, hurlant, tempêtant, la chassant de la maison. Les voisins chuchotant, ses amies l'évitant. Une telle honte est peut-être contagieuse ?

Le jeune homme lui a remis l'adresse et l'argent. C'était tout ce qu'il pouvait faire. Louise, silencieuse, a pris les billets. Elle savait ce qu'elle allait faire.

A moitié couchée sur la parturiente, la sage-femme appuie à deux bras sur le ventre tendu. Sur le point de perdre conscience, elle entend encore :

— C'est un garçon.

Louise contemple son nouveau-né endormi dans un lit de bois tendu de linges blancs avec une stupeur mêlée de crainte. Elle veut graver les traits minuscules dans sa mémoire : des cheveux bruns et fournis, de grands yeux clairs.

Dans quelques semaines, la religieuse amènera le petit bébé chez une nourrice dans un village d'Oranie. Elle le lui a assuré : la famille est modeste, mais d'une moralité irréprochable et fervente catholique. Le père de famille est pêcheur. La mère a un garçon de neuf ans et une fillette de six ans. Elle ne peut plus avoir d'enfants et veut prendre un garçon pour aider plus tard le père sur le bateau. Le couple veut adopter le petit, mais Louise repousse pour le moment cette idée. Il est trop tôt pour décider. L'enfant est sien. Obligée de le placer en nourrice, elle lui laisse la seule chose que personne ne peut lui enlever : son nom. Que faire de plus ? Elle doit quitter ce pays, reprendre le bateau. Le rideau va tomber sur ces semaines éprouvantes. Personne n'entendra parler de cette naissance au bout du monde. Plus tard, la douleur s'atténuera. Peut-être ne sera-t-elle plus si seule. Alors, elle ne craindra plus d'annoncer au monde entier qu'un jour, elle a eu un enfant.

NOTE DE L'AUTEUR

Le nom de Mers el-Kébir est gravé dans la mémoire collective. Même lorsque l'on ne connaît pas ce village à l'ouest d'Oran, en Algérie, on a déjà entendu ce nom-là quelque part, on ne se rappelle pas bien où. En effet, les événements qui s'y sont déroulés tombent peu à peu dans l'oubli. Pourtant, des pages importantes de la grande Histoire y ont été écrites.

Mers el-Kébir doit son passé singulier aux qualités exceptionnelles de son mouillage, l'un des meilleurs d'Afrique du Nord. Une belle baie en eaux profondes, bien abritée des vents et des courants. Le promontoire naturel du djebel Santon la protège des redoutables lames de nord-ouest ; les murailles infranchissables du djebel Murdjadjo l'isolent des vents du désert et découragent les agressions terrestres. Connue et fréquentée depuis l'Antiquité par tous les navigateurs de la Méditerranée, son sort est lié depuis la nuit des temps à toutes les tentatives d'occupation du littoral nord-africain. Phéniciens, Berbères, Espagnols, Portugais, Turcs et Français y ont successivement débarqué. En 1852, un ingénieur hydrographe français, Monsieur Lieussou, évoquait « la meilleure rade militaire de l'Algérie ».

Le développement terrestre de Mers el-Kébir reste très longtemps limité, car les conditions de vie y sont dures. Les hautes murailles du djebel Murdjadjo rendent son accès malaisé. Le sol est ingrat. L'eau douce manque cruellement. Les falaises tombent pratiquement à pic dans la mer et le manque de surfaces planes entrave tout développement urbain d'envergure. A son arrivée, c'est la ville voisine d'Oran que le colon français choisit de développer. Mers el-Kébir reste un modeste havre de pêcheurs jusqu'à ce que, dans des années 1930, la grande baie attire l'attention de la Marine française.

En effet, baignée sur ses trois faces par la mer Méditerranée et l'océan Atlantique, l'Afrique du Nord française est isolée du reste du continent africain par la mer de sable du grand Sahara ; elle présente de nombreux caractères d'insularité et doit donc être défendue comme une île, par des bateaux. En raison des grandes distances à couvrir par les flottes (mille cinq cents kilomètres entre le Cap Bon en Tunisie et le Maroc espagnol), la Marine doit établir de nombreux relais sur la côte africaine. Elle possède déjà la base navale de Bizerte, près de Tunis, qui verrouille le détroit de Sicile et l'accès à la Méditerranée orientale. Mers el-Kébir se trouve idéalement placée à l'extrême ouest du bassin méditerranéen dont elle contrôle l'accès, sur la route maritime Atlantique-Suez, face à l'Espagne et aux Anglais, perchés sur le rocher de Gibraltar. Cette position géographique et stratégique particulière décide la Marine à y construire un autre port de guerre. Sous le gouvernement Daladier, le décret-loi du 12 avril 1939 ordonne la création d'une base navale exclusivement militaire sur tout le site de Mers el-Kébir. Une large bande littorale de cinq cents mètres, comprise entre le djebel Santon et le massif de Santa Cruz, est classée « zone de guerre de la première série». Aucune construction nouvelle ne pourra y être entreprise sans autorisation spéciale de la Marine. Les travaux de réalisation sont immédiatement entrepris.

Mers el-Kébir joue un rôle important dans le dispositif militaire français avant, pendant et après la Deuxième Guerre mondiale. La jeune base sert de plateforme aux opérations navales en Méditerranée pendant la « drôle de guerre ». Le 3 juillet 1940, elle reçoit le baptême du feu : la Navy de Churchill attaque une partie de la flotte française stationnée en rade de Mers el-Kébir après la signature de l'armistice. Mille trois cents marins trouvent la mort. Pendant la guerre, les Anglais maintiennent un blocus sévère sur les ports coloniaux, empêchant ces départements agricoles de vendre blé, vin, agrumes, coton, tabac, fruits et légumes à la France métropolitaine. Les travaux du port se trouvent ralentis par le blocus, qui gêne l'approvisionnement en matériaux du chantier, la politique de collaboration et la surveillance de la commission d'armistice qui impose de drastiques restrictions budgétaires. Mais la France a besoin de la base navale et les travaux, tant bien que mal, sont poursuivis. En 1942, les Alliés, qui ont décidé d'ouvrir un front en occident pour soulager l'armée rouge qui s'épuise à Stalingrad, prennent pied dans les départements d'Afrique française pour préparer les débarquements à venir. Ils doivent livrer combat contre les généraux de Vichy, qui capitulent au bout de trois jours. Les Anglo-Américains restent stationnés deux ans en Afrique du Nord et utilisent intensivement les facilités du port de guerre en construction. En août 1944, les Alliés et l'armée d'Afrique embarquent à Mers el-Kébir : les débarquements de Provence sont en marche.

Après Hiroshima, le monde est entré dans l'ère nucléaire et le visage de la guerre a changé. La Marine doit protéger ses flottes de ce nouveau type de danger. Les navires ont besoin de leurs bases, qui remplissent deux fonctions capitales : le ravitaillement des bateaux en carburant et matériel, ainsi que la réparation des avaries de combat. Les bases navales sont le point de convergence de toutes les forces de la Marine. Elles en sont aussi le maillon faible, très vulnérables en cas de conflit. Pour protéger une base navale, exposée non seulement à l'explosion de la bombe, mais encore au souffle, à l'onde thermique, au raz-de-marée, aux retombées radioactives, la solution est de l'enterrer. Seule une épaisse couverture de roches sera à même de protéger les installations stratégiques, les parcs à munitions, les réservoirs à combustible, les centres opérationnels, de transmission, de détection de commandement… La Marine veut s'équiper d'une base antiatomique et évalue le potentiel de tous ses ports de guerre. Le site idéal doit être situé à proximité d'un vaste plan d'eau et offrir la possibilité d'enterrer toutes les installations. Les raisons qui ont attiré les Phéniciens, les Romains du Bas-Empire, les envahisseurs berbères, les pirates barbaresques, les pêcheurs de bonite andalous et les corailleurs napolitains sont toujours valables à l'ère atomique : un mouillage étendu, de quatre cents hectares, en eaux profondes, protégé par les crêtes d'un relief puissant permettant aussi de le défendre… Au cœur des djebels Santon et Murdjadjo, de gigantesques ouvrages souterrains pourront résister à un projectile nucléaire, sous cent cinquante mètres de rochers. Dans le cadre de ses engagements OTAN, la France, chargée de la protection de la Méditerranée occidentale, mettra sa base oranaise à la disposition des coalisés, en échange d'une contrepartie financière. Dans le contexte de la guerre froide, les travaux de la base avancent à marche forcée.

Lors du conflit d'indépendance, le port de Mers el-Kébir, protégé par ses installations militaires flambant neuves, fait le gros dos sous l'orage. En dépit du contexte incertain, des investissements colossaux sont poursuivis dans le Grand Port. En 1962, les négociateurs des accords d'Evian tentent de conserver le fruit de tant d'efforts. L'enclave militaire sera concédée à bail par le nouveau gouvernement algérien pendant quinze ans renouvelables à compter de la date de l'Indépendance, à condition que ses installations ne soient pas utilisées par la France à des fins offensives. Le site devient une zone exclusivement militaire, abritant les trois corps d'armée. Le port de pêche est finalement déplacé.

Peu à peu, pour des raisons politiques et stratégiques, la base perd de l'intérêt et en 1967, le président de la République prend la décision : il faut évacuer Mers el-Kébir. Le 31 janvier 1968, les clés de la base sont remises à ses nouveaux propriétaires. Le drapeau tricolore flottant sur le vieux fort est amené. Les derniers bâtiments français se détachent de la grande jetée.

L'écriture de *L'enfant de Mers el-Kébir* a commencé par des recherches et des lectures aux archives de la Marine nationale française. J'ai trouvé cette histoire si passionnante que j'ai eu envie de la raconter autour de moi. Après quelques tâtonnements, je suis venue au roman. L'histoire des gens, appuyée à la Grande Histoire, redonnerait souffle et vie au port de Mers el-Kébir, mieux que n'importe quel documentaire.

BIBLIOGRAPHIE

L'action de mon livre se situe entre 1939 et 1951, période couvrant la Deuxième Guerre mondiale et l'immédiat après-guerre, dans un village et un pays inconnus de moi ; j'ai donc eu recours à une abondante documentation : livres, photos, vidéos pour composer un cadre vivant et réaliste.

Je me suis inspirée des ouvrages suivants pour évoquer le pays lorsqu'il était un département français, la ville d'Alger, le contexte politique de la guerre de 1939-1945 en Afrique du Nord, la participation des forces coloniales aux deux conflits mondiaux :

Algérie, ouvrage réalisé par le service d'information et de documentation du cabinet du Gouverneur Général de l'Algérie, Alger, Editions Baconnier, 1951.

GAUTIER M.E.F., « L'évolution de l'Algérie de 1830 à 1930 », in *Cahiers du Centenaire de l'Algérie*, tome III, Orléans, Comité National Métropolitain du Centenaire de l'Algérie, 1930.

HUREAU Joëlle, *La mémoire des pieds-noirs*, Paris, Perrin, 2010.

LAFFONT Pierre, *Histoire de la France en Algérie*, Paris, Plon, 1980.

LAMUNIÈRE Marc, *Histoire de l'Algérie*, Lausanne, Editions Rencontre, 1962.

ROY J. J. E., *Histoire de l'Algérie, depuis les temps les plus reculés jusqu'à nos jours*, Tours, Alfred Mame et fils éditeurs, 1881.

Les livres suivants m'ont été précieux pour approcher la réalité de Mers el-Kébir à l'époque française, son développement, depuis l'arrivée des Français en 1831 jusqu'à leur départ cent trente-six ans plus tard, le peuplement au cours du 19e siècle par les Napolitains et les Espagnols, l'histoire de la région, les traditions, les habitants, les métiers, ainsi que les transformations du port, le chantier, les débarquements de troupes :

FERRARA Janvier, *Mers el-Kébir, le grand port : un haut lieu prédestiné*, Bandol, Editions Images, 1989.

TINTHOIN Robert, *Mers el-Kébir : le Grand Port*, Oran, Heintz Frères, 1956.

D'autres lectures sont venues compléter mon information sur l'histoire et le peuplement de la région d'Oran :

ABADIE Louis, *Oran et Mers el-Kébir : vestiges du passé espagnol*, Nice, Editions Jacques Gandini, 2002.

L'écho de l'Oranie, bimensuel, différents numéros, Oran, années 2004 à 2014.

METAIR Kouider, *Oran : la mémoire*, Paris, Editions Paris-Méditerranée, 2004.

ROCA Juan Ramon, *Espagnols en Algérie : mémoire d'une émigration*, Seminario Amando Beltran Permanente, IES Luis Garcia Berlanga, 2009.

Les détails de la construction du port et de la base stratégique m'ont été principalement révélés par mes lectures d'archives au Service historique de la Défense à Vincennes. J'ai retenu en particulier :

BARJOT Pierre, *Vers la marine de l'âge atomique*, Paris, Editions Amiot Dumont, 1955.

CAMUS Albert, « Le Minotaure » in *L'été*, Paris, Gallimard, 1954.
(Ce texte contient une très belle description du chantier de la corniche oranaise.)

DELAPORTE Isabelle, LASTERLE Philippe, VIAL Philippe, *Les bases et les arsenaux français d'Outre-Mer, du Second Empire à nos jours*, Panazol, Editions Lavauzelle, 2002.

Les marines de guerre, du dreadnought au nucléaire, actes du colloque international, ex-Ecole polytechnique, les 23, 24 et 25 novembre 1988, Paris, Service historique de la Marine, 1990.

Différents articles extraits des *Revue militaire d'information* et *Revue maritime* rédigés par des officiers de Marine au cours des années 1950.

L'attaque anglaise des 3 et 6 juillet 1940 sur les navires français stationnés en rade de Mers el-Kébir, l'« opération Catapult », a fait couler beaucoup d'encre. De nombreux ouvrages ont été écrits et paraissent encore aujourd'hui sur ce drame. Pourquoi ? N'y avait-il vraiment aucun moyen d'éviter cela ? Pour ma part, je n'avais besoin que des descriptions du théâtre des opérations et du déroulement de la bataille. J'ai trouvé la matière dans les ouvrages suivants :

CHABALIER Claude de, *Mers el-Kébir, malentendu, préméditation ou fatalité ?*, Genève, Editions Crémille, 1991.

SIOU Gilbert, *20 ans en 1939, marin à Mers el-Kébir*, Paris, Editions Jean-Paul Gisserot, 2007.

VARILLON Pierre, *Mers el-Kébir,* Paris, Editions Amiot Dumont, 1949.

VULLIEZ Albert, *Mers el-Kébir*, Paris, Editions France Empire, 1975.

Concernant le débarquement américain de novembre 1942 en Afrique du Nord, l'« opération Torch », dont le rôle assez peu connu a été déterminant dans le dénouement de la guerre, j'ai consulté les livres suivants :

CAROFF René, *Les débarquements alliés en Afrique du Nord*, Paris, Service historique de la Marine, 1960.

JUNOT Michel, *Opération « Torch »*, Paris, Editions De Fallois, 2001.

La partie romanesque est largement inspirée de témoignages de Kébiriens qui ont ouvert pour moi leur boîte à souvenirs. Le poème (page 255) est adapté des *Cerfs volants* de Christiane Asensio-Ruiz, avec son aimable autorisation.

J'invite mes lecteurs à visiter le site de monsieur François Beltra *www.merselkebir.org*, qui recèle un trésor de souvenirs, anecdotes, photos sur Mers el-Kébir à l'époque française.

Les thèmes de ce roman sont universels : le poids du destin, le carcan des conventions sociales, la maternité, les souffrances des populations civiles pendant les guerres, l'innocence des enfants au milieu des bombes, l'amour, la nécessité qui s'impose à chaque être humain, à des moments clés de sa vie, d'exercer des choix et d'aller au bout de lui-même.

Nous portons tous au fond de nous une de ces « Moman », de la Méditerranée ou d'ailleurs, au sein ample, dévouées, généreuses, parfois excessives, mais faisant toujours front dans l'adversité.

L'enfant de Mers el-Kébir est une fiction, appuyée à un cadre historique précis et documenté, mais mes personnages tant aimés, Michel, Moman et Pepico, Tessa et Joanno, Samir et Norbert, Carmelette, Louise et les autres sont des créations personnelles, tout à fait imaginaires.

REMERCIEMENTS

Je remercie tous les membres de ma famille, Philippe, Claire, Hélène et Pierre, pour leur soutien sans faille ces dernières années. J'ai pu compter sur leur compréhension alors que je traversais les affres de la création et que, pas à pas, un projet aux contours mal définis devenait un roman. Ils ont vaillamment supporté mes humeurs, mes absences, mes phases de profond abattement alternant avec des moments d'activité fébrile. Témoins de mes espoirs et de mes inquiétudes, ils m'ont toujours encouragée à aller de l'avant.

Mes pensées et ma tendresse vont également à mes parents, enfants du Grand Port, à mes ancêtres qui, en quête d'un monde meilleur, traversèrent au 19e siècle l'étroite bande de mer séparant l'Andalousie de la terre d'Afrique où ils reposent pour l'éternité, à mes sœurs, oncles, tantes, cousins, neveux. Sans eux, à bien des égards, cette aventure n'aurait pas été possible.

J'éprouve une infinie reconnaissance pour mes amis, d'hier et d'aujourd'hui, si nombreux que je ne peux tous les citer, qui m'ont encouragée, conseillée, parfois même inspirée et qui, depuis le début, ont cru en mon projet.

J'adresse du fond du cœur un immense merci aux Kébiriens, et en particulier aux membres de discussion du forum sur Mers el-Kébir pour l'incroyable précision de leurs souvenirs. J'ai passé de longues heures dans le groupe à lire, à m'extasier, à relever quelque détail ou anecdote, quelque recette de cuisine dont j'étais heureuse d'enrichir mon histoire. Petit à petit, c'était comme si ce monde devenait le mien. Ils voudront bien me pardonner les imprécisions ou adaptations toutes personnelles qu'ils repéreront ici et là au cours de mon histoire. Mon fil rouge a été de faire revivre le village et de lui rendre hommage.

Je salue l'association «Saint Michel de Mers el- Kébir» qui réunit chaque année à la Ciotat la diaspora kébirienne autour de saint Michel. En effet, lorsque la base navale a été cédée par la France à ses nouveaux propriétaires, saint Michel a quitté l'église de Mers el-Kébir et, en décembre 1967, a embarqué à bord du cargo *Sainte-Hélène* à destination de Marseille. Ses fidèles prennent toujours soin de lui comme de leur père bienveillant et protecteur. Le temps poursuit son œuvre et, année après année, les pèlerins se retrouvent de moins en moins nombreux autour de lui. Cependant, ces réunions sont l'occasion de joyeuses et sympathiques rencontres qui m'ont beaucoup appris sur le village, ses habitants, ses coutumes. Lorsqu'après la messe, les prières et la procession, s'ouvrent les cabassets des Kébiriennes, quelle joie de déguster de bons petits plats de là-bas.

J'exprime toute ma gratitude à monsieur Kader Ouarad, à qui ma famille doit la réhabilitation de la tombe de mon grand-père au cimetière de Tamashouet, à Oran. Son amitié et son dévouement constituent un pont vivant et chaleureux avec Mers el- Kébir aujourd'hui.

Enfin, je remercie les éditions Encre Fraîche qui m'ont fait confiance et m'ont épaulée lors de l'étape délicate de la finalisation du livre.

Aux mêmes éditions…

AJAR, *Rolle à pied d'œuvre,* 2014
Amélie Ardiot, *Kitsune*, 2007 (première édition)
Arthur Brügger, *Ciao Letizia*, 2012
Francine Collet, *Vous avez des enfants?*, 2014
Francine Collet, *Félicien*, 2011
Francine Collet et Adriana Passini, *Passage d'ombre*, 2010
Francine Collet, *Crabes à l'étouffée*, 2010
Francine Collet, *Le don d'Elise*, 2007, Prix 2008 de la Société littéraire de Genève
Francine Collet, *Sous le sourire de la lune*, 2006
Eric Driot, *Deux points de suture*, 2011
Olivia Gerig, *L'Ogre du Salève,* 2014
Anna Gold, *Bienvenue,* 2013
Olivier May, *Excision*, 2010
Yves Mugny, *Nazarov ou le vrai fils de l'homme*, 2009
André Ourednik, *Contes suisses*, 2013
Sébastien Ramseier, *Sugar daddy*, 2006
Jean-Daniel Robert, *Journal de Noé,* 2011
Jean-Daniel Robert, *Les dravasses*, 2008
Françoise Roubaudi, *Petite Masque*, 2011
Françoise Roubaudi, *Les enfants des rues m'ont appris à écouter les oiseaux*, 2008
Françoise Roubaudi, *Les cadavres invisibles*, 2008
Françoise Roubaudi, *Un plaisir acide et méchant*, 2004
Valentine Sergo, *Histoires de la porte d'à côté*, 2008
Olivier Sillig, *La Nuit de la musique*, 2013
Olivier Sillig, *Lyon, simple filature*, 2008, Prix Bibliomedia 2009
Olivier Sillig, *Deux bons bougres*, 2006
Olivier Sillig, *La Marche du Loup*, 2004
László Somogyi-Singer, Péter Diener, Iván Bächer, *1944*, 2010
Mathilde Zufferey, *La Rôdeuse*, 2010
Collectif, *Au fil de l'Encre*, coffret des 10 ans d'Encre Fraîche, 2014
Collectif, *Même jour, même heure, dans dix ans...*, 2014
Collectif, *À l'aéroport…*, 2013 (épuisé)
Collectif, *Musica!*, 2012
Collectif, *À quoi rêvent-ils?*, 2011
Collectif, *Une page et une spatule*, 2009

Imprimé en juin 2017 par l'Imprimerie Slatkine,
1279 Chavanne-de-Bogis, Suisse